W0351791

Vous doña Gracia

De la même autrice

Le Désir fou, Stock, 1976

Colette, libre et entravée, Stock, 1978 ; Points, 1984, prix Jouvenel de l'Académie française, 1979

Regard sur les Françaises, Stock, 1984 ; Points, 1985, prix Fondation Biguet de l'Académie française et prix Marcelle Blum de l'Académie des sciences morales et politiques, 1984

Histoire d'Eurydice pendant la remontée, Seuil, 1991

Lettres à ses amis et quelques autres, avec Joseph Brami, Gallimard, 1995 ; Folio, 1997

Vous, Marguerite Yourcenar – La passion et ses masques, Robert Laffont, 1995

Le Salon de conversation, avec Catherine Hermary-Vieille, Lattès, 1997

Le Livre de l'amitié, avec Arnaud Blin, Seghers, 1997

Jacques, le Français – Pour mémoire du Goulag, avec Jacques Rossi, le cherche midi, 2002 ; Pocket 2005

Constance et la cinquantaine, Seuil, 2003

De l'Alcôve à l'Arène – Nouveau regard sur les Françaises, Robert Laffont, 2007

Yourcenar sans masque, avec Élyane Dezon-Jones, Viviane Hamy, 2014

Revenir du silence – Le récit de Jenny, Julliard, 2016, grand prix Wizo 2017

À la recherche de Marie J., Julliard, 2019

Michèle Sarde

Vous doña Gracia

L'aïeule de la tribu perdue

roman

Mialet-Barrault Éditeurs
3, place de l'Odéon
75006 Paris

www.mialetbarrault.fr

© Mialet-Barrault, département de Flammarion, 2023
ISBN : 978-2-0802-4153-5

À mes amies… mes complices… mes sœurs…

Pour Hugo

« Nos livres sont les tombes élevées à nos morts mais où sont tracés les mots magiques qui, pour les autres, les feront ressusciter. »

Marcel Proust

L'AÏEULE DE LA TRIBU PERDUE

La nuit dernière, j'ai rêvé encore de doña Gracia.

Sur elle j'avais lu beaucoup de livres qui me la montraient tout en me la cachant. Soudain elle m'apparaissait telle qu'en elle-même, vivante et traversant le temps, de la Renaissance au XXIe siècle. Je savais qu'elle était une construction, un double qui se multipliait à travers l'écriture de l'autrefois. Mais je savais aussi que j'avais besoin d'elle aujourd'hui. Qu'elle m'offrait ce modèle de vie que j'avais recherché dans d'autres femmes de l'Histoire et de mon histoire. Qu'elle me tendait ses fils pour débrouiller l'écheveau.

La nuit dernière, j'ai encore rêvé à doña Gracia. Je n'avais plus besoin de livres pour lui redonner vie. Je n'avais qu'à laisser couler son existence dans la mienne. Elle avait l'habitude de ces métamorphoses léguées par d'autres femmes qui avant moi s'étaient inventé une filiation imaginaire dont elle tenait l'autre bout.

Je savais qu'elle serait la compagne de ce nouveau voyage, l'objet de la recherche, guide du passé dans le présent, ombre portée sur ma route à travers la jungle du doute et de la reconnaissance. Je savais qu'elle serait ma Béatrice, son premier prénom, et qu'elle me conduirait de nom en nom jusqu'à ma propre identité. Entre quête et enquête, j'ai décidé de partir sur les traces de doña Gracia.

Arbre généalogique présumé

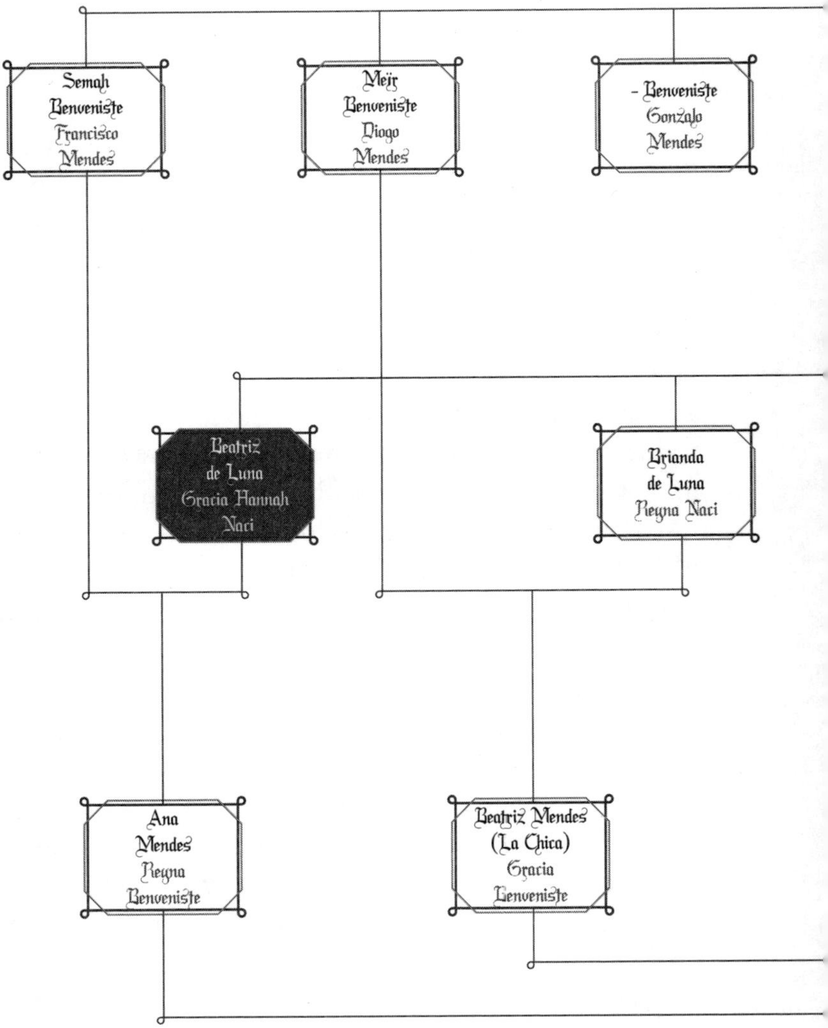

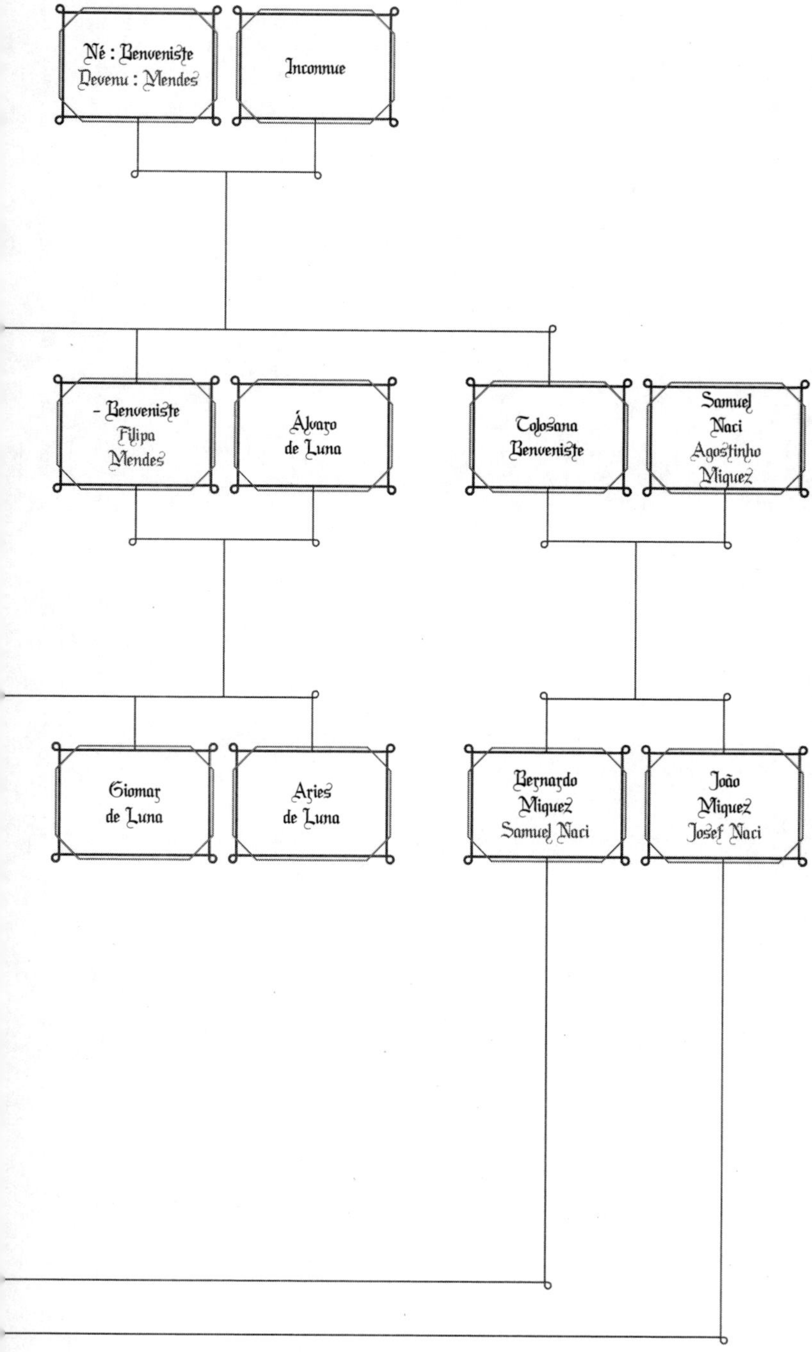

Né : Benveniste
Devenu : Mendes
Inconnue
- Benveniste
Filipa
Mendes
Álvaro
de Luna
Tolosana
Benveniste
Samuel
Naci
Agostinho
Miquez
Giomar
de Luna
Aries
de Luna
Bernardo
Miquez
Samuel Naci
João
Miquez
Josef Naci

PREMIÈRE PARTIE
FUIR L'INQUISITION

LISBONNE

Baptiser Beatriz

Je m'installe devant la vie de mon personnage sur l'écran où je vois passer des films et des séries. L'écran où j'écris aussi. Les images se déroulent. Ce matin il s'ouvre à Lisbonne, en l'an de grâce 1510, dans la chapelle de l'élégante demeure de don Álvaro de Luna et de son épouse Filipa.

— Je te baptise au nom du Père, du Fils, et du Saint-Esprit.

La toute petite fille qui sera doña Gracia n'aura pas souvenir de cette journée de liesse religieuse alternant avec les félicités mondaines, où dans les patios se presse l'élite de la société portugaise curieuse de savoir si le monarque en personne fera une incursion pour saluer les maîtres du lieu. Ils sont là cependant au grand complet les parents et les proches de la nouvelle-née qui repose dans les bras de sa nourrice. Elle est sur le point de recevoir l'eau bénite rejetée par ses aïeux espagnols en échange d'un refuge en forme de piège.

Par trois fois, le prêtre célébrant verse de l'eau sur la tête de l'enfant.

Doña Filipa, la mère – dont le prénom chrétien est inspiré de la grand-mère d'Aliénor d'Aquitaine, Philippa de Toulouse –, relève à peine de ses couches. Elle se raidit dans une lourde robe de brocart écarlate, au corsage ajusté, aux manches cloche. Elle a recouvert d'un bonnet sa tête et sa chevelure auburn aux reflets roux. Plusieurs rangées de perles ornent sa poitrine. Autour du cou, elle porte un crucifix en orfèvrerie.

À ses côtés se tient son mari Álvaro de Luna, aragonais comme elle, peut-être originaire de la petite ville montagneuse de Luna, dans le nord-est de l'Espagne. Doña ou dona Filipa est née Benveniste, comme son père et ses trois frères Francisco, Diogo et Gonzalo qui arborent à présent l'élégance et le sérieux des hidalgos d'origine espagnole. Tolosana, leur autre sœur dont j'ignore le prénom véritable, n'est pas encore la mère de Bernardo et de João qui sera un jour duc de Naxos. À la chapelle, tous ces personnages observent avec minutie le rituel de la cérémonie catholique par excellence. Ils s'agenouillent, ils prient, ils se relèvent, ils chantent, ils font le signe de la croix. Ils observent sans mot dire l'héritière de la famille, portée ainsi sur les fonts baptismaux.

C'est sous le nom de Beatriz de Luna que l'enfant est baptisée. Mais elle aura au moins quatre noms de famille au cours de son existence, et quatre prénoms. J'ai porté moi aussi quatre noms dont celui de plume que je m'étais choisi. Mais mon prénom est demeuré, fidèle au désir de ma mère et à son admiration pour l'actrice de *Quai des Brumes*, à qui Jean Gabin disait : « T'as de beaux yeux, tu sais ! »

Dans le cerveau de Francisco

Si le prêtre qui baptise pouvait s'introduire à l'intérieur de leur cerveau, il y découvrirait des bribes de souvenirs associés avec ce qui se passe en ce moment même. Le frère aîné de Filipa, Francisco Mendes, avait une quinzaine d'années, il y a maintenant treize ans. Il s'appelait encore Semah Benveniste, proscrit juif de Saragosse, réfugié en Portugal avec ses parents. Attiré avec les siens sur la place du Rossio sur ordre du roi portugais, il avait assisté à toute la conversion forcée : l'injonction de se faire baptiser, les jours interminables, exposés au soleil ardent de cet été caniculaire, sans une miette de pain, sans une goutte d'eau, les petits arrachés à leurs parents, immergés les premiers dans l'eau baptismale ; puis l'interdiction de fuir, les corps traînés vers le Tage, les tourments infligés aux rebelles, les enfants assassinés par leurs parents pour les soustraire à l'obligation, les parents retournant l'arme contre eux-mêmes, cet immense suicide collectif, suivi d'une vague d'acceptation, de résignation, de révolte peut-être contre ce Dieu qui les abandonnait à un autre Dieu. Puis le monarque à nouveau était passé à de douces paroles. Il avait promis : aucune pratique inquisitoriale ne viendrait comme en Espagne jeter en pâture ces chrétiens de force sur les bûchers des autodafés. Ils avaient assez souffert. Ils seraient tranquilles. Tranquilles ! Pour combien de temps…

Pour combien de temps ? s'interroge don Francisco devant le bébé qu'on baptise catholique aujourd'hui sans violence dans la sérénité d'une belle journée printanière. Pourtant, il n'y a pas cinq ans, la fureur populaire a massacré de nouveau dans cette même ville plusieurs membres de la famille. La menace de l'irruption de l'Inquisition en Portugal, comme naguère en Espagne, est dans l'air. Avec ses compagnons de malheur, la famille des *conversos* Mendes de Luna s'est préparée. Pas une maison qui n'ait une cave secrète, une porte dérobée, un tunnel creusé entre les maisons, entre les rues, jusqu'au fleuve, jusqu'à la fuite.

Soudain Francisco croise le regard de son frère Diogo, l'être au monde le plus proche de lui maintenant que leurs parents ont disparu et avec eux les souvenirs de leur Espagne, où l'on avait quand même eu le choix de partir sans se convertir. Leurs pensées et celles de leur sœur en ce moment convergent vers la petite fille qui vagit doucement sous ses langes brodés. Quel sera son destin ? Échappera-t-elle à la malédiction ? Francisco frissonne à l'idée qu'elle devra peut-être un jour faire alliance avec un vieux-chrétien, un chrétien de souche, qu'elle sera prolongée par une lignée étrangère à leur tribu. Il sait que si le pape et le monarque parviennent à leurs fins, le sort des *conversos* portugais sera pire que celui de leurs cousins espagnols. Il faudra l'empêcher. Il se jure qu'il fera tout pour l'empêcher.

Lorsque les portes de la chapelle s'ouvrent, l'assistance se rue sur les énormes buffets dans les somptueuses salles de réception aux murs recouverts d'azulejos, de tapisseries des Flandres, de damas et de velours d'Italie. Les invités foulent les épais tapis indiens pour accéder aux porcelaines orientales remplies de victuailles en provenance des quatre coins du monde. Y figurent les délices exotiques, produits des nouvelles découvertes où dominent le poivre, le sucre, la cannelle et toutes sortes d'épices inconnues dont la famille a le secret et qui lui servent à troquer sa sécurité. Un coup d'œil indiscret décèlerait dans le mélange subtil des mets quelques touches de plats typiquement juifs apportés d'Espagne, à base d'aubergine et de pois chiches. Il observerait aussi que les saucisses de porc dont raffolent les chrétiens de souche ont été remplacées subrepticement par des *alheiras* à base de perdrix, de cailles ou de volaille.

Tandis que les derniers invités quittent la chapelle pour se consacrer aux nourritures terrestres, doña Filipa se rapproche de Francisco, son frère préféré, et lui chuchote :

— Tu le sais, c'est une promesse, *hermano*, cette petite sera pour toi…

— Comment avez-vous nommé Beatriz ?

— Comme c'était convenu ; elle s'appelle Hannah.

Hannah en hébreu, c'est Gracia en espagnol, Graça en portugais. La grâce… Dès sa naissance, l'enfant a déjà trois prénoms : Beatriz pour les chrétiens, Hannah pour les juifs et Gracia pour le reste de sa vie. Et moi qui m'adresse à elle dans ce dialogue, entamé à l'extrémité du couloir du temps, moi je lui dis *vous*.

En mars 1947, une autre petite fille qui était moi recevait le baptême à la paroisse de Saint-François-Xavier, Paris, VIIe arrondissement. Pas plus que vous, elle n'était consciente de l'ambivalence de sa situation.

JUAN SÁNCHEZ ET SES FILS

Vingt-cinq ans avant ce premier événement de votre vie, dans la ville de Tolède en Vieille-Castille, le *converso*

Juan Sánchez, négociant en laine et soie, était l'un des pénitents de l'autodafé avec ses deux fils : Alfonso, douze ans, et Alonso, dix ans.

Les pénitents étaient divisés en deux groupes qui portaient un vêtement d'infamie différent.

Les premiers étaient revêtus d'un *sambenito*, espèce de chasuble jaune faite de toile rectangulaire percée d'un trou pour la tête, peinte de flammes et de démons. Il arrivait au-dessous de la ceinture laissant les épaules découvertes. Il était assorti de la *coroza*, haut chapeau pointu, singeant la mitre des évêques.

Juan, Alfonso et Alonso faisaient partie du deuxième groupe. Ils portaient le *sambenitillo* jusqu'aux genoux, peint de croix noires.

Pendant ce temps leurs voisins bourraient leurs poches de caillasses comme on le fait en Afghanistan aujourd'hui. Les jeunes enfants étaient placés en queue de procession de manière à épuiser la provision de pierres. Mais tous recevront les huées, les insultes et les crachats : « *Asesino de Jesús... judío diablo... demonio... bestia...* »

Une petite pierre s'abat sur la partie supérieure de la joue de Juan et manque de lui crever l'œil. Un bout de betterave pourrie atterrit sur la tête du petit Alonso qui lutte contre les larmes.

Sept vendredis de suite, Juan, Alfonso et Alonso sont menés ainsi par les rues de la ville en s'arrêtant à chaque église, jusqu'à ce qu'ils atteignent la cathédrale.

À la fin du tourment, ils seront « réconciliés ».

Les *sambenitos* du premier groupe défileront au milieu de cadavres d'hérétiques exhumés et de fugitifs en effigie.

Arrivés à destination, ils seront attachés à un bûcher auquel l'invité d'honneur mettra le feu.

FAUX PAPIERS

Juan Sánchez ne demandera pas son reste. Il fuira Tolède pour Ciudad Real où il deviendra collecteur d'impôts. Grâce à son épouse vieille-chrétienne, il s'achètera un faux titre de noblesse, d'*hidalguería*, preuve de la pureté de son sang, et deviendra Juan Sánchez de Cepeda. Son fils don Alonso s'installera à Avila et épousera en deuxièmes noces une vieille-chrétienne dénommée Beatriz de Ahumada.

Qui pourrait imaginer que Juan et Alonso Sánchez, juifs convertis, victimes expiatoires de la terrible Inquisition espagnole, seront un jour grand-père et père de l'une des plus grandes saintes de l'Église catholique, née cinq ans après vous : sainte Thérèse d'Avila ?

L'EXPULSION DES JUIFS D'ESPAGNE

Semah Benveniste devenu aujourd'hui Francisco Mendes avait deux ans lors de l'autodafé où défilait le père de la sainte. Il était né dans la loi mosaïque une décennie avant que les Rois Catholiques Ferdinand d'Aragon et Isabelle de Castille ne décrètent à l'Alhambra l'expulsion de tous les juifs d'Espagne. Ces derniers risquaient en effet de contaminer les nouveaux-chrétiens qui, à l'instar de Juan Sánchez, s'étaient multipliés dans la péninsule depuis les massacres du XIVe siècle. Se convertir ou partir ? Après la date butoir, il n'y aura plus un seul juif en Espagne. Semah n'avait que neuf ans mais sa mémoire a tout enregistré dans les moindres détails. Sur ordre des autorités juives d'Espagne, il a vu ses cousines à peine plus âgées que lui mariées dans la semaine par peur des unions mixtes, avec l'espoir de compter dans l'exil sur la protection d'un époux. Vite, des fillettes de douze ans, appariées aux célibataires de tout poil, se glissent dans le bain rituel. Vite, on rédige le contrat. Vite, le rabbin, le gobelet à la main, chante le *kiddouch*. Le marié boit, puis la mariée. Un discours. L'échange des anneaux. Le rabbin place le verre sur le sol. Le marié l'écrase avec son talon. Lui, Semah, et son frère Meïr qui n'a que sept ans ne sont pas encore concernés. Les jeunes de Salonique reproduiront le rituel avant la déportation massive de 1943. Le même n'avait pas beaucoup changé quand mon père et ma mère s'unirent en 1937. Sauf qu'on croyait avoir le temps encore.

De mars à l'été, les bannis vendent. Ils vendent tout ce qu'ils possèdent. Ils vendent à perte. Ils liquident pêle-mêle la vaisselle plate, les casse-noix et les dénoyauteurs d'olives en orfèvrerie, les anneaux et les colliers d'or, les pierres précieuses. Ils sollicitent leurs créances qu'on ne leur rembourse pas, ils bradent leurs terres, leurs maisons particulières, les propriétés collectives des *aljamas*, des communautés. Les montures précieuses, les couvertures de velours et de soie des rouleaux de Torah sont soldées à bas prix. Et la Torah elle-même, le livre sacré qu'on ne doit pas brûler ? Un *converso*, saisi de scrupule ou de compassion, accepte-t-il de la cacher chez lui ? Il est pris à son tour dans les griffes de l'Inquisition.

L'EXODE

Arrive pour la famille Benveniste et toutes les autres familles la date décisive. Au jour J de l'exode, les juifs commencent à quitter la Castille et l'Aragon. Par mer vers l'Italie, les Flandres, le Maghreb, le Moyen-Orient. Par terre vers le Portugal et la Navarre. « Toutes les cohortes du Seigneur, écrit Joseph ha-Kohen dans *La Vallée des pleurs*, les exilés de Jérusalem en Espagne, quittèrent cette contrée maudite le cinquième mois de l'année 5252, et de là se dispersèrent aux quatre coins de la planète. »

J'aime à imaginer qu'avant de prendre la route de Lisbonne, les parents de Semah et Meïr Benveniste plongèrent dans leur poche la clef de leur maison après l'avoir tournée dans la serrure de leur demeure de Saragosse en Aragon. Et qu'au même moment, avant de prendre la mer pour le port de Thessalonique dans la Grèce ottomane, Juda Senior Benveniste et son cousin Samuel, mes ancêtres présumés, firent de même dans leur maison de Castille. Les deux familles ont pour aïeul un même homme : Abraham Benveniste, rabbin de cour et trésorier du roi d'Espagne au siècle précédent. Une génération plus tard, vous les découvrirez au cours de votre odyssée.

Lorsque le jeune Semah avec son frère Meïr quitte sa ville, il est parmi les plus chanceux. La famille Benveniste est assez privilégiée pour acheter un séjour permanent au roi du Portugal en échange de cent *cruzados* par famille. Une fortune ! Que leur père peut payer. Pour ceux qui ont de moindres ressources, le séjour ne pourra pas excéder huit mois. Au-delà, s'ils n'ont pas pris la poudre d'escampette, ils seront vendus comme esclaves.

L'HISTOIRE DU MALHEUR

Semah âgé de neuf ans prend la route avec ses deux petits frères, son père et sa mère, enceinte de sa sœur Filipa.

Auparavant il a pris congé d'Oruk, un musulman de son âge, son ami.

— Prends garde que cela ne vous arrive à vous aussi, dit Semah à son compagnon de jeux.

— Nous n'avons rien à craindre. Le roi s'est engagé solennellement à nous laisser vivre dans la foi islamique.

Oruk avait tort de faire confiance. Dix ans plus tard, un décret royal imposera à leur tour aux Morisques la conversion au christianisme. Oruk devra lui aussi se convertir ou partir. S'il choisit de devenir *converso*, il sera lui aussi persécuté par l'Inquisition. Et un siècle plus tard, ses descendants seront expulsés par Philippe III d'Espagne. Qu'ils islamisent ou qu'ils judaïsent en secret, tous ces marranes sont des boucs émissaires en puissance. L'histoire du malheur a si souvent rapproché les destins des juifs et des musulmans ! Semah, Meïr et leurs descendants s'en souviendront.

C'est ainsi que le patriarche Benveniste et son épouse enceinte, avec leurs deux fils Semah et Meïr, quittent pour toujours leur ville séculaire de Saragosse. Ils traversent l'Espagne par Calatayud, Guadalajara, Madrid,

Plasencia, Caceres. Quinze mille âmes entreront comme eux dans le havre portugais par Valencia de Alcantara, au poste-frontière d'Arronches, puis par Entroncamento et Setil atteindront enfin la ville de Lisbonne. Dans leur attelage de plus en plus poussif, ils longent d'interminables files de marcheurs s'étirant sur les routes ibériques, en route vers leur destin. Entre-temps une épidémie de peste se répand dans les zones frontières entre Espagne et Portugal et les migrants sont accusés d'en être responsables.

UNE SHOAH PAR EXPULSION ?

Le but des Rois Catholiques n'est pas tant de se débarrasser des juifs que d'éradiquer le judaïsme. Ils ne savent pas que les bannis volontaires resteront eux-mêmes, doubles, aux quatre coins de la planète. Ainsi les évoque Haïm Vidal Sephiha, auteur de *L'Agonie des Judéo-Espagnols*, lui-même rescapé d'Auschwitz-Birkenau : « La mort dans l'âme, juifs et espagnols à la fois, ils emportaient toutes ces images, us et coutumes, langue, proverbes, musique, romances et contes. Ils ignoraient qu'ils constitueraient ainsi un musée vivant de l'Espagne du XVe siècle. »

Le décret de l'Alhambra est resté officiellement en vigueur jusqu'au XXe siècle. Puis le roi Juan Carlos offrit solennellement la repentance du peuple espagnol. Au Portugal, avant l'Espagne en 2015, une loi du retour permit aux descendants des proscrits de retrouver leurs racines ibériques sous forme de passeport et de faire retour à cette péninsule qu'ils nommaient en hébreu *Sefarad*, symbole de la patrie perdue.

Le roi du Portugal João II est celui qui s'est engagé à assurer protection et accueillir les jeunes Semah, Meïr et leur famille, moyennant lourdes espèces sonnantes et trébuchantes. Il mourut trois ans plus tard. Son cousin Manuel lui succéda. Il avait ses priorités.

Ce soir à Samarkand

Cette fable médiévale est de Farid al-Din Attar, poète et mystique soufi persan. Jacques Deval, dramaturge à la mode dans les années 1950, s'en inspira pour écrire une pièce que ma mère vit après la guerre au Théâtre de la Renaissance et qu'elle me commenta longuement.

Un matin, le khalife d'une grande ville trouva son premier vizir dans un état de grande fébrilité.

— Qu'as-tu ? demanda le khalife.

— Je te supplie de me laisser quitter la ville aujourd'hui même. J'ai rencontré la Mort ce matin, haute et maigre, toute de noir habillée, le visage à demi dissimulé sous un voile de coton rouge. Elle m'a regardé fixement. Elle me cherchait, j'en suis sûr. Laisse-moi partir. Avec mon meilleur cheval, j'arriverai ce soir à Samarkand.

Le khalife, qui avait de l'affection pour son vizir, le laissa partir au grand galop vers la ville éloignée de Samarkand. Pendant ce temps, tourmenté par une pensée secrète, il décida de se déguiser, et de se rendre au marché. Il chercha la Mort des yeux et l'aperçut d'emblée.

— J'ai une question à te poser, lui dit le khalife. Pourquoi as-tu effrayé ce matin mon premier vizir ?

— Je ne voulais pas lui faire peur, répondit la Mort. J'étais simplement étonnée. Je ne m'attendais pas à le voir ici dans cette ville alors que j'ai rendez-vous avec lui ce soir, à Samarkand…

Partir ? Rester ? Demeurer juif ? Devenir autre ? La Mort est partout. La conversion aussi. La survie est à ce prix. Une mystérieuse loterie préside à ces destinées incertaines.

Pour la main d'Isabelle

À Lisbonne, les Benveniste installent leurs enfants, leur demeure et leurs affaires. Filipa a le temps de naître, Semah a le temps de faire sa bar-mitsva. Cinq ans plus tard il a tout juste quatorze ans. Son père a peut-être été invité au mariage de Manuel Ier, roi du Portugal, avec l'infante d'Espagne, princesse des Asturies. Mais le souverain a signé la condition du mariage. Pour la main d'Isabelle, le décret portugais condamne les musulmans et les juifs à se convertir ou à quitter le royaume dans un délai de dix mois sous peine de mort et de confiscation des biens.

La mère de Filipa, votre grand-mère, jette un cri :

— Encore ! N'avons-nous pas assez souffert !

Pourtant elle n'a rien vu encore. Trois mois plus tard, un nouveau décret interdit aux juifs de quitter le pays. Le roi portugais les regroupe sur la grande place du Rossio, espace rectangulaire destiné aux cirques, aux cérémonies religieuses et plus tard aux autodafés. Les issues sont gardées par des soldats. On leur présente l'ultimatum : ils pourront rester au Portugal à condition de recevoir le baptême. On commence par l'administrer aux enfants arrachés à leurs parents. Puis on laisse ces derniers sans manger ni boire, trois jours sous un soleil ardent. Des prêtres les visitent régulièrement en leur promettant le retour de leurs enfants en échange du baptême. Pour finir on traîne les plus irréductibles vers les fonts baptismaux.

Le grand rabbin Simon Maïmi refuse la conversion. Il est tiré par des cordes, écartelé par des chevaux, enseveli vivant dans une fosse. Sa femme et ses enfants sont torturés à mort sous ses yeux. Il meurt au bout de sept jours de souffrances indescriptibles. L'astronome et historien Abraham Zacuto, lui aussi abominablement tourmenté, survécut et quitta Lisbonne pour Tunis où il écrivit sa fameuse chronique *Sefer Yuhasin*.

Vrai ou faux ? Des historiens modernes réfutent l'idée qu'on ait pu regrouper vingt mille juifs sur la place du Rossio de Lisbonne pour les traîner brutalement vers les fonts baptismaux. Ils penchent plutôt pour une solution négociée avec le roi portugais. Nier la violence est plus commode que la reconnaître et la tentation négationniste s'applique à toutes les persécutions contre juifs ou contre gentils. La parole des témoins est régulièrement mise en doute par les historiens. Pourtant les études faites sur les génocides et les massacres prouvent que la réalité peut dépasser la fiction.

Plutôt mourir que se *décirconcire* !

À côté des Benveniste de Saragosse, il y eut peut-être parmi les convertis de force en Portugal un certain

Raimondo López, qui fut abandonné aux flammes sur un bûcher. Il serait un aïeul de la mère de Montaigne, Antoinette de Louppes de Villeneuve, adaptation francisée de López de Villanueva. À moins que l'arrière-grand-père ne soit Meyer Moshé Paçagon, juif de Calatayud, baptisé sous le nom de Juan García López de Villanueva. Il est possible et même probable que la famille paternelle de Montaigne, les Eyquem, soit de même origine.

Je remarque dans les *Essais*, livre I, XIV, ce passage sur la force de la conviction : « Que le goust des biens et des maux dépend en bonne partie de l'opinion que nous en avons. » Je cite pour mémoire cet extrait original en moyen français, l'idiome que parlent déjà à votre époque une Marguerite de Navarre ou une Diane de Poitiers.

« Toute opinion est assez forte pour se faire espouser au pris de la vie. [...] Combien void-on de monde [...] accepter plustost la mort tres aspre que de se desirconcire pour se baptiser ? Exemple de quoy nulle sorte de religion n'est incapable.

» Les Roys de Castille ayants banni de leurs terres les Juifs, le Roy Jehan de Portugal leur vendit à huit escus pour teste la retraicte aux siennes, en condition que dans certain jour ils auroient à les vuider : [...] Ce fut qu'il ordonna qu'on arrachast d'entre les mains des peres et des meres tous les enfants au-dessous de quatorze ans, pour les transporter hors de leur veue et conversation, en lieu où ils fussent instruits à nostre religion. Ils disent que cet effect produisit un horrible spectacle : la naturelle affection d'entre les peres et les enfans et de plus le zele à leur ancienne creance, combattant à l'encontre de cette violente ordonnance. Il y fut veu communément des peres et mères se déffasant eux mesmes : et, d'un plus rude exemple encore, precipitant par amour et compassion leurs jeunes enfants dans des puits pour fuir à la loy. Au demeurant, le terme qu'il leur avoit préfix, par faute de moiens, ils se remirent en servitude. Quelques-uns se firent Chrestiens : de la foi desquels, ou de leur race, encore aujourd'huy cent ans apres peu de Portugois s'asseurent, quoy que la coustume et la longueur du temps soient bien plus fortes conseilleres que toute autre contreinte. »

Je note que cet épisode sur la résistance à la conversion de force sur laquelle méditait le maire de Bordeaux est un ajout au livre I et date des années ultérieures où l'écrivain rédigera le livre III. C'est dire qu'il a été inséré beaucoup plus tard.

On comprendra, en essayant de déchiffrer ce passage, pourquoi j'ai adapté, afin de la rendre intelligible, la langue dans laquelle vous vous entreteniez avec vos proches.

Quant à moi, je parlerai d'aujourd'hui à la lectrice et au lecteur d'aujourd'hui avec les mots d'aujourd'hui.

On ne naît pas marrane, on le devient

Ni le jeune Semah Benveniste ni le reste de sa famille ne sont épargnés. Semah est un adolescent de quatorze ans. Il est à la fois victime et témoin de l'opération de force. Il reçoit l'eau bénite du baptême. Il est dépouillé de son prénom et de son patronyme et devient Francisco Mendes. Son frère Meir a douze ans. Il devient Diogo Mendes en même temps que son troisième frère Gonzalo, le plus jeune. La petite Filipa de cinq ans n'est pas épargnée. Elle en gardera un lointain souvenir qu'elle transmettra à sa fille qui est vous. Puis la *conversa* Filipa

Benveniste devenue Filipa Mendes épousera à dix-sept ans le *converso* Álvaro de Luna. Elle vous donnera naissance neuf mois plus tard, puis deux années après mettra au monde Brianda, son deuxième enfant. Sa jeune sœur Tolosana Mendes épouse le nouveau-chrétien Agostinho Miquez, ex-Samuel Naci, dont elle aura deux fils, Bernardo et João.

J'ai pris soin de présenter votre arbre généalogique au début de cette histoire.

Et voilà comment les Benveniste devinrent des Mendes, patronyme qui s'incarnera jusqu'à nous dans le président du Conseil Pierre Mendès France, le bien nommé, celui qui faisait distribuer du lait aux enfants de France lorsque j'étais petite.

La seconde génération : Francisco, Diogo, Gonzalo, Filipa et Tolosana Mendes. La troisième génération : vous Gracia et votre sœur Brianda de Luna, vos cousins Bernardo et João Miquez, vous êtes les héros de cette histoire. Quant à la première génération, les parents Benveniste des enfants Mendes, ils tiennent bon. On a christianisé leurs corps. Mais leurs âmes ne sont souillées d'aucune tache. En Espagne où on les avait sommés de choisir, ils avaient préféré l'exil. Maintenant qu'on les force, ils choisissent la résistance. Manuel Ier pour se dédouaner a promis de laisser tranquilles les nouveaux convertis. Il s'engage à éviter que la terrible Inquisition ne s'installe en Portugal et ne persécute les « malgré eux » comme hérétiques.

Toute sa vie, Francisco se remémorera la parole du patriarche en cette veille de samedi.

— *Fijo*, nous continuerons envers et contre tout à honorer le shabbat, à nous alimenter de notre propre nourriture, à célébrer les fêtes, à transmettre le message de nos ancêtres.

— Et toi, dit la mère, toi l'aîné de la lignée, tu deviendras le prêtre de notre communauté, notre rabbin occulte.

Ainsi se fabriquèrent des crypto-juifs, des marranes qui n'avaient pas, comme en Espagne, opté pour le christianisme, sans coercition. Ainsi la communauté portugaise devint-elle, sous la tutelle de votre famille, la plus importante communauté crypto-juive de la chrétienté. Au nez et à la barbe des souverains portugais, ces nouveaux-chrétiens restent juifs dans leurs tripes. Et peu à peu le terme de « Portugais » ou de « nation portugaise » devint synonyme de crypto-juif, voire de juif tout court. Pour désigner cette espèce hybride, on dispose de plusieurs appellations : *judéo-converts*, aux XIVe et XVe siècles. *Convertis* ou *conversos* et *nouveaux-chrétiens* s'opposent à *vieux-chrétiens* (chrétiens de souche ou anciens chrétiens). *Marrane* désigne celui qui judaïse en secret, synonyme de *crypto-juif. Marrano* signifie cochon en espagnol, mais d'autres étymologies en hébreu ou en arabe lui donnent le sens d'apostat ou d'étranger. Je lui préfère l'expression plus moderne de *juif du silence.*

Ces convertis au christianisme d'apparence sont des personnages brouillés, énigmatiques, impossibles à définir, dans leur va-et-vient entre l'intime et le public. Jusqu'à peu, la double appartenance embarrassait. Les marranes ont été moins étudiés que les autres. Les convertis effraient. L'ambivalence intimide. C'est comme en politique, il faut prendre parti. Ces personnages flous que traque l'Inquisition sont aussi suspects que les agents doubles d'aujourd'hui. Disons les mots : conversion et marranisme sont des sujets tabous.

Promesses royales

Je me plonge à nouveau dans les pensées de Francisco alias Semah tandis qu'il assiste impuissant au baptême de la fille de sa sœur, première-née de cette génération… Promesses royales ! Le monarque s'était engagé à laisser tranquilles les convertis. Il s'était compromis pour lui mais pas pour son successeur ni pour son peuple. À peine cinq ans plus tôt, une décennie après la conversion forcée, s'était déclenchée une nouvelle épidémie de peste consécutive à la sécheresse, de mauvaises moissons et des famines. Rien de nouveau sous le soleil. La létalité est telle qu'on doit creuser deux nouveaux cimetières hors les murs de Lisbonne. Les processions, les messes et les prières n'y peuvent rien. Le roi non plus. Il s'est mis à l'abri à Evora avec la cour.

Restent les boucs émissaires. Certes il n'y a plus de juifs mais il y a les *conversos*. La rumeur court. On les accuse d'exporter du grain aux pays étrangers et d'en priver les bons Portugais, qui n'ont plus de pain. On accuse un jeune *converso* de s'être moqué, d'avoir blasphémé. Il est traîné jusqu'à la porte de l'église et lapidé, son corps démembré ; son frère arrivé à la rescousse est jeté au feu. Commence la chasse à l'homme, à la femme, à l'enfant. Tout le monde sait où habitent ces nouveaux venus. Ils sont défenestrés, brûlés vifs, massacrés. Francisco et sa famille ont couru à Evora sous la protection du roi. Mais certains de leurs proches n'échappent pas. Quatre jours plus tard on compte deux mille nouveaux-chrétiens de moins dans la bonne ville de Lisbonne.

Voilà de quoi don Francisco est habité tandis que la toute petite Beatriz semble lui sourire de son berceau et que la rumeur court chez les vieux-chrétiens de Lisbonne :

— L'Inquisition ! Pourquoi pas l'Inquisition aussi en Portugal ?

Tout ce que je possède, songe l'héritier des Mendes, en serrant les poings, tout ce que je possède pour empêcher ce tribunal diabolique de siéger en Portugal.

LA FORTUNE DES BENVENISTE/MENDES

Or la tribu des Mendes, souvent comparée aux banquiers Fugger d'Augsbourg, ne possède pas peu.

Le patriarche Benveniste est déjà un prince marchand lorsqu'il arrive à Lisbonne. La réussite de la famille est passée par le commerce des épices et des pierres précieuses en provenance des Indes. Elle lui a permis, cette fortune, de financer les sommes astronomiques exigées par le roi du Portugal pour accueillir durablement les bannis d'Espagne. Désormais le père sait que seul l'argent permettra la survie de sa famille mais aussi de son peuple, où que ce soit.

À peine touché le sol de Lisbonne, il s'emploie à former aux transactions commerciales internationales ses trois fils dont l'aîné Francisco n'a qu'une dizaine d'années. Pour lui comme pour ses ancêtres, la denrée primordiale n'est pas économique ; elle s'appelle la *confiance*. Comme la foi, elle ne se fractionne pas. On doit à la fois la ressentir et l'inspirer. Les injonctions sont claires, il les serine à ses fils :

— Vous devez avoir des agents *fiables* dans tous les centres commerciaux d'Europe pour négocier les termes des transactions, gérer les intérêts des paiements, prévoir les cargaisons de marchandises, former des partenariats avec d'autres banquiers, mettre en commun le capital nécessaire pour obtenir des monopoles. Partout nous avons des frères exilés comme nous, en qui vous pouvez investir votre confiance, en la mesurant à l'aune de votre intelligence des personnes, de votre expérience et de votre intuition.

» Vous devez entretenir des relations *personnelles* avec les souverains, qui seuls accordent les privilèges. Pour vous protéger. Soyez conscients que la tolérance et la générosité des monarques varient. Nous ne l'avons que trop subi avec les Rois Catholiques qui nous ont bannis.

» Vous devez vous appuyer sur une règle de base qui ne souffre pas d'exception : tous ces souverains ont une *soif d'or* qui ne connaît pas de fond. Veillez à ce que les Mendes soient parmi les seuls à l'étancher.

Le roi du Portugal João II doit financer sa cour, son armée et sa flotte, payer les mercenaires, les canons et les armes à feu des guerres incessantes contre les Maures sur la côte occidentale de l'Afrique. Il doit entretenir ses navires et ses expéditions aux quatre coins du monde. Il doit pourvoir aux exigences de luxe d'une cour toujours plus fastueuse sans accabler d'impôts son peuple qui entend profiter de l'enrichissement national. Quand on dit : le roi du Portugal, il faudrait le mettre au pluriel et l'étendre à tous les monarques en Europe et dans les empires où les souverains, perpétuellement endettés, sont assoiffés d'or et de richesses. Ces ressources hier leur venaient des juifs. Aujourd'hui elles leur viennent des *conversos* qui les ont remplacés tout en restant les mêmes. Or comme hier, les bonnes dispositions royales sont la clef de la protection et de la sécurité pour un peuple sans terre qui est condamné si le chef de la nation se retourne contre eux.

Lorsque les Benveniste sont devenus Mendes, leurs relations avec la couronne n'ont pas changé. Tout au contraire. Au début, le poivre venu d'Asie avait été un monopole royal. Pour l'exporter dans le reste de l'Europe, et surtout à destination des denses populations des Flandres, le roi doit recourir aux Mendes qui lui avancent les espèces dont il manque. Il est donc crucial pour la tribu d'avoir des représentants à Lisbonne, mais aussi à Anvers, une ville qui entretenait des relations commerciales avec le port portugais bien avant le commerce des épices.

Promesse de frères

Vous êtes encore un bébé lorsque votre oncle, Diogo, alias Meïr, deuxième frère de doña Filipa, est dépêché aux Pays-Bas espagnols. Il a vingt-sept ans.

Sur le port de Lisbonne, face à la caraque qui emmène Diogo Mendes vers la cité des Flandres, les deux frères s'étreignent une dernière fois.

— Adieu Meïr, prends bien soin de toi…

Francisco, alias Semah, insiste sur la difficulté de la tâche. Il faudra que Diogo négocie avec l'empereur et avec le roi de France. Il ne devra jamais oublier que les fonds accumulés ne lui appartiennent pas. Ils sont destinés à empêcher l'Inquisition de brûler les juifs en Portugal comme ils les brûlent en Espagne.

— Adieu Semah, ce n'est pas pour m'enrichir que je pars. C'est pour la protection des âmes et des biens de tous les nôtres.

— Et n'oublie pas, Meïr : le nouvel enfant que porte notre sœur Filipa, si c'est une fille, sera tienne un jour.

Francisco a regardé s'éloigner l'embarcation qui emporte son alter ego, celui avec qui il a partagé le bannissement, l'exil et la conversion. Il sait qu'il ne le reverra plus sur cette terre.

Diogo aux Pays-Bas

Je suis les pas de votre oncle Diogo qui débarque dans la vie de la cité d'Anvers. Elle fait alors partie des Pays-Bas bourguignons, hérités par Charles Quint. Je lis dans sa première lettre à son frère son éblouissement devant la liberté qui y règne et qui tranche sur le fanatisme catholique de l'Espagne et du Portugal. « À l'entrée de la ville, sur la porte principale est gravée cette inscription : *Pour les marchands de toutes les nations*. Alors, ils accourent de partout en files de navires de hauts mâts qui attendent des semaines entières la décharge de leurs cargaisons venues du bout du monde. »

Diogo est plus sociable que Francisco, l'introverti. Il se lie d'amitié avec un certain Jean-Charles Affaitatis qui habite la même rue que lui dans la ville flamande. Un autre jeune se joint à ce groupe de joyeux drilles habiles en affaires. Il vient d'Angleterre et il porte un nom qu'il rendra plus tard célèbre : Thomas Cromwell. C'est à Anvers que Sir Thomas More écrit *Utopia*, critique des conditions de vie en Europe à une époque où règnent la guerre, la pauvreté et l'injustice. C'est à Anvers que l'ami de More, le Hollandais Érasme, prêche les valeurs de compassion et de civilité et fustige l'avidité de l'Église catholique. On imagine le soulagement de Diogo alias Meïr à son arrivée dans la cité anversoise. Cette euphorie me rappelle notre passage, longuement commenté par ma mère, de la sombre Marseille, occupée par les Allemands, à Nice la lumineuse, alors sous tutelle italienne. Pour le Portugais de la Renaissance, c'est comme de passer de l'enfer au purgatoire car les Habsbourg sont toujours les maîtres des Flandres.

Extrait de lettre de Diogo à Francisco :

Anvers, an de grâce 1513

... Tu n'imagines pas la licence qui règne sur les mœurs de cette ville. Elle nous était inconnue jusque-là. ... Vois-tu, ce qui m'enchante, ce n'est pas tant la beauté des femmes ou la recherche vestimentaire de leurs toilettes, plutôt plus simples qu'à Lisbonne, mais la facilité avec laquelle elles s'autorisent à suivre leurs penchants amoureux. Certes il y a dans les tavernes où l'alcool coule à flots beaucoup de femmes à vendre. Mais il y a surtout, jusque dans la bonne société, des femmes qui se donnent pour le plaisir. Depuis mon arrivée, il ne s'est pas passé une semaine sans que je tombe amoureux d'une belle que je quitte le lendemain aussi aisément que je l'ai conquise

la veille. Grâce à elles je suis parvenu à maîtriser l'idiome français, langue de l'amour s'il en est mais qui m'est devenue très utile pour les intérêts de notre commerce et de la politique qui sont ici comme en Portugal inextricablement liés. N'oublie pas que Charles V et sa sœur Marie notre régente ont balbutié dans cette langue des ducs de Bourgogne en tétant le lait de leur nourrice. Continue à m'envoyer des nouvelles de la petite Gracia, notre nièce. J'aurais tant voulu la voir grandir...

Pour Francisco, Diogo décrit la *Feitoria*, le comptoir commercial fondé dans et par la ville d'Anvers qui a détrôné celui de Bruges. C'est la principale tête de pont du commerce portugais où transitent les marchandises d'Orient et d'Afrique. Les navires des Mendes jettent l'ancre dans le port avec leurs cargaisons de poivre, de cannelle et d'épices destinées à l'Europe nordique et centrale.

Notre commerce est vraiment lucratif dans une ville où se pressent les nouveaux riches, avides de raffinements.

Diogo et Francisco savent que leurs épices permettent de conserver la nourriture et la protéger des émanations de viande putride. Les produits cuits y sont enterrés. Sur certaines tables, elles sont servies sur des plateaux d'or ou d'argent ou utilisées dans les boissons. On se sert du poivre comme cadeau ou comme monnaie d'échange. Le gingembre est prisé pour ses vertus médicinales. Parce qu'ils viennent de loin et sont inconnus, ces aromates deviennent mythiques ; on imagine le paradis regorgeant de ces produits exotiques.

Diogo n'a pas trahi la promesse faite à son frère sur le port de Lisbonne. Le commerce des marchandises dissimule et permet la sauvegarde des vies humaines. Les frères Mendes d'un bout à l'autre de l'océan s'y emploient activement. Six ans après son arrivée dans la ville, Diogo écrit à son frère que grâce aux quatre-vingt mille ducats acquittés par les *conversos* aux autorités de la ville, ils ont obtenu un décret leur permettant de rester indéfiniment à Anvers, à condition d'y vivre en bons catholiques. D'autres décrets suivent et encouragent l'installation des « Portugais » nouveaux-chrétiens. C'est la qualité de leurs denrées qui emporte l'adhésion. Outre les épices et les vins, elles comportent un grand nombre de fruits dont les figues et les raisins secs, le sucre, l'huile, le coton, le bois du Brésil, l'ivoire, les perles, et toutes sortes de pierres précieuses. Les riches marchands « portugais » se pressent. Pour eux souvent la ville flamande n'est qu'un passage pour les lieux plus sûrs de l'Empire ottoman, qui n'oblige pas ses minorités à se convertir.

Mais deux années passent. Le ton des courriers entre les frères change. Diogo se plaint du durcissement des règles. Francisco répond qu'à Lisbonne, la menace grandit. Diogo reçoit à Anvers des *conversos* portugais de plus en plus démunis. Devant cet afflux, les autorités commencent à suspecter l'hérésie. Bientôt tous les Portugais arrivant à Anvers seront interrogés sur les motivations réelles de leur déplacement. Les hôteliers et aubergistes seront tenus de présenter des listes de clients sous peine d'amendes.

De même à Milan en 1943 puis à Argegno en 1944, lorsque mes grands-parents Moïse et Marie tentaient d'échapper aux griffes des fascistes, leur hôtel puis leur auberge ont été tenus de les déclarer.

Enfances… La petite sœur

Cette année-là, vous n'avez pas trois ans : une petite sœur vous est née que vous allez tout de suite adorer. Brianda est une ravissante nourrissonne, un ravissant bébé, une ravissante petite fille, qui promet pour la suite. Dès sa naissance, elle prend conscience de ses pouvoirs de séduction. On lui donne, on lui donnera toujours, le bon Dieu sans confession. Et j'insiste sur cette expression qui s'applique littéralement à cette autre enfant du marranisme. Vous ne lui en voulez pas d'être belle et de le savoir. Vous n'êtes pas d'un naturel jaloux. En revanche il y a dans votre caractère de la possessivité, voire de l'autoritarisme. Cette jolie poupée de porcelaine vous appartient d'emblée. Vous voulez la protéger du monde méchant. Plus tard vous voudrez la protéger d'elle-même. Vous la prenez sous votre aile, niant qu'elle n'aura de cesse que de s'envoler.

Au contraire de vous, je suis restée enfant unique et contente de l'être. Parce que mon père à la suite de sa chute suicidaire dans la cage d'escalier du docteur Cazès ne pouvait plus engendrer et que c'est ma mère, considérée comme seule responsable de la reproduction, qu'on a traitée pour infertilité, je n'ai jamais eu de sœur ni de frère. Mais j'ai eu cette chance d'avoir des amies. Dès l'enfance, et partout dans le monde. Et l'amour inconditionnel de mes parents m'a été une force. On dit que l'isolement des enfants uniques favorise la créativité. On cite Rilke, Andersen, Zola, Sartre. Tous ont été des hommes. Les Chinois ont prouvé que ces enfants font des prouesses. Mais j'envie toujours les grandes fratries protectrices et j'aurais aimé par-dessus tout m'enfoncer dans le « toutounier », ce divan-refuge où les sœurs imaginées par Colette se retrouvent quand la vie les malmène pour rire et pleurer ensemble. Je dis « imaginées », car Colette n'eut qu'une demi-sœur qui ne lui était pas proche. Cette trouble relation sororale qui jouera un rôle si important dans votre vie, je ne peux pas la reconstruire à partir de la mienne. Je suivrai donc, dans les détails attestés par les archives, le déroulement de vos rapports avec Brianda, sans en partager le ressenti.

Néanmoins je possède un joker pour évoquer votre enfance. J'ai eu la chance que ma mère me raconte la mienne. Au moins dans les faits qui étaient historiques puisque j'eus une enfance cachée sous une autre identité pour échapper aux nazis. Et cette dualité, nous la partageons vous et moi. Pendant longtemps, j'eus du mal à relier ce que m'avait inculqué la bonne sœur qui me préparait au baptême et ce que m'en disait ma mère. Je me suis égarée dans le labyrinthe de la double appartenance. Alors je peux imaginer que vous aussi. Une enfant ressent cette double vie, la duplicité, les secrets, les objets ou les rites qu'on dissimule et qu'on interdit sans donner de raison. *Parce que*, disait maman et je savais qu'on n'outrepassait pas ce *parce que*-là.

C'est à travers cette dichotomie commune que je me figure, grâce à Andrée Aelion Brooks dans *The Woman Who*

Defied Kings, les premières années d'une petite marrane de la Renaissance portugaise comme vous. Votre demeure est aux abords de l'ancienne *judiaria velha*, là où vos grands-parents juifs sont arrivés il n'y a pas vingt ans, quand la communauté judéo-portugaise était l'une des plus florissantes d'Europe. Des maisonnées entières incluant les parents pauvres, les domestiques, les indigents adoptés, les captifs rachetés s'entassaient dans des foyers exigus ou de vastes maisons pressées les unes contre les autres, libérant des ruelles et des impasses qui serpentaient sur le flanc de la colline. En haut se perche le château médiéval de style mauresque que le monarque a déserté pour s'installer dans le carré royal tout proche du quartier des juifs.

À l'intérieur de votre maison, les enfants sont protégés des rayons ardents du soleil par des fenêtres étroites et fermées en été, et du froid aigre par de grandes cheminées en hiver. Pendant les saisons brumeuses, ils peuvent jouer dans les patios et sur les terrasses d'où l'on aperçoit à l'horizon les bateaux glissant sur le Tage. À l'extérieur, le long du fleuve, les traditionnelles demeures aux toits de tuiles en terre cuite blanchies à la chaux selon la mode de l'époque sont sagement rangées non loin du quartier d'affaires avec ses marchés, ses boutiques, ses échoppes, ses tavernes.

Dès que vous sortez avec votre mère ou votre nourrice, vous êtes assaillie par les bruits et les odeurs puissantes d'une des plus importantes zones portuaires d'Europe. Au cri de « *água vai !* » vous êtes avertie de vous protéger des pots de chambre et des eaux usées déversées dans les ruelles fétides. L'odeur en serait aujourd'hui insoutenable, aggravée par les corps entassés sans hygiène dans des espaces confinés, par la viande de boucherie et les poissons qui pourrissent sur les étals du matin jusqu'au soir, sans compter les montagnes d'ordures balancées par-dessus les murailles de la ville.

Dans votre longue errance d'adulte, dans vos moments de nostalgie, vous reconstituerez dans votre tête les bruits de la ville de votre enfance, tels qu'évoqués par Andrée Aelion Brooks : le martèlement des sabots, mêlé au claquement des calèches et des chaises à porteurs, le babil des lavandières, leurs paniers de linge acrobatiquement perchés sur leurs têtes, les chants des porteurs d'eau soutenant leur charge des heures durant dans des jarres de céramique, les piaillements des cochons, des poules et autres gallinacés, les aboiements des chiens errants dévorant quelque vieil os miraculeusement conservé, l'explosion des voix coléreuses des mariniers réglant à l'arme blanche leurs querelles intimes, les injonctions des vendeurs de rue étalant leurs délices culinaires sur des tréteaux démontables.

PREMIER MASSACRE DE CONVERTIS

Vous n'avez que cinq ans mais vous êtes très éveillée pour votre âge. Ce jour-là, vous êtes sortie sur le port avec une troupe d'enfants et leurs nourrices. Soudain votre attention est éveillée par un placard grossier, une sorte d'affiche représentant un homme rôtissant dans les flammes de l'enfer devant une foule à genoux. Une caricature grotesque de *converso* qui se reproduit dans tout Lisbonne, incitant à la haine, à la violence, au sang.

— Qu'est-ce que c'est ? demandez-vous à votre nourrice, elle aussi révulsée par la violence de l'image.

Conversa elle-même, Margarita n'ose vous répondre.

C'est le premier massacre de nouveaux-chrétiens en Portugal après la conversion forcée de la place du Rossio.

Du côté d'Avila

Dans l'Espagne voisine, à Gotarrendura en Vieille-Castille, une petite fille est née à don Alonso et doña Beatriz en ce 28 mars 1515, année pour moi de la bataille de Marignan. Sept jours plus tard elle est baptisée dans l'ancienne église San Juan de Avila ; elle s'appelle Teresa Sánchez de Cepeda y Ahumada. On choisit de l'appeler Teresa de Ahumada, éliminant ainsi l'hérédité paternelle conversa. Moi je l'appellerai Thérèse, à la française.

La Révélation

Six ans plus tard, vous avez entre onze et douze ans, l'âge des premières règles, l'âge où l'on cesse d'être une enfant sans être encore une adolescente, un âge fragile où le petit homard attend sa carapace, exactement l'âge que j'avais lorsque ma mère me convoqua pour me signifier cette information que je n'ai jamais oubliée :

— Non, ma fille. Tu ne pourras pas faire ta première communion… parce que nous sommes juifs… Non, ma fille. Ton grand-père Moïse et ta Nonamali ne reviendront jamais des camps nazis… Ils sont morts parce qu'ils étaient juifs.

L'injonction qui en découlait était claire : *se taire.*

Vous, ce jour-là, vous avez accompagné à l'église votre mère Filipa et votre petite sœur Brianda. Dans votre carrosse, vous avez longé les chaises à porteurs de curieux venus assister au spectacle des flagellants ensanglantés, des prêtres solennels en soutanes flottantes avec leurs icônes colorées et leurs crucifix en orfèvrerie, aspergeant d'encens leurs ouailles éblouies. La procession a traversé les rues de la ville jusqu'à la place de sinistre mémoire et s'est terminée par une grand-messe à l'air libre. Par extraordinaire vous avez pu apercevoir le cortège royal accompagné de tigres, de perroquets, d'éléphants et d'esclaves noirs à peine vêtus, fraîchement arrivés d'Afrique et d'Orient.

Doña Filipa vous explique qu'on célèbre l'avènement d'un nouveau roi. Elle ne vous dit pas – pas encore – qu'il a l'intention de marier sa sœur avec Charles Quint. Et qu'à cet effet, il lui faudra à son tour violer la promesse expresse de son prédécesseur. Ce dernier, Manuel Ier, avait juré de ne pas faire venir en Portugal la terrible Inquisition qui traque justement les convertis comme vous. Mais votre mère prévoit ce qui arrivera : João III harcèlera le pape pour obtenir l'installation du tribunal de la haine dans son royaume.

« C'est le moment ! » Au retour de la promenade, votre père, don Álvaro, aura soufflé à votre mère que vous avez atteint l'âge et la maturité et que c'est à elle de vous transmettre le secret. Et comme Jenny ma mère, elle vous aura convoquée dans sa chambre à coucher.

Comme moi, baptisée catholique, vous êtes à votre insu fille de juifs. Je sais ce que ma mère a dit. Ce qu'a dit la vôtre, je ne le sais pas. Mais comme moi, toute votre vie, vous vous souviendrez de cette révélation et de l'injonction de la dissimuler. Et je le sais, je le sens car je les ai vécues comme vous plus de quatre siècles plus tard. Je ne crois pas que l'histoire se répète. Mais le traumatisme, oui.

Ce que je pressens des paroles de doña Filipa tient en deux mots : *silence* et *dualité*. Duplicité, dira l'Inquisition. Vous recevrez l'éducation chrétienne de toutes les petites Portugaises de votre âge et de votre caste. Et comme Thérèse, vous lirez des romans de chevalerie. Mais en secret, vous vous initierez aux rituels juifs préservés. Ils consistent en mille détails domestiques précieusement transmis, comme les préparatifs du shabbat le vendredi avec changement de vêtements, nettoyage général de la maison et absence d'activité le samedi. Il vous faudra apprendre à intégrer de manière souterraine les interdits alimentaires dans la nourriture quotidienne. Sans rien laisser soupçonner. À vos études ordinaires vous adjoindrez, dans la bibliothèque fournie de la maison, quelques livres en hébreu ou en arabe, notamment les ouvrages de médecine que les nombreux praticiens nouveaux-chrétiens ont été autorisés à conserver.

Par ailleurs Filipa, votre mère, comme Jenny, la mienne, sait qu'il lui revient de transmettre autre chose que le rituel. Autre chose, c'est-à-dire un nom, une histoire et une mémoire.

Transmission

— Naguère, explique-t-elle à son enfant, nous ne nous appelions pas Mendes, mais Benveniste. Nous ne vivions pas en Portugal mais en Espagne, que nous nommons Sefarad depuis qu'elle est perdue pour nous. Benveniste est le nom que mes frères Semah et Meïr portaient encore lorsqu'ils sont arrivés à Lisbonne. La plupart des nôtres, on les appelait plutôt « fils de ». Notre famille était nombreuse. On trouvait des Benveniste à Saragosse, on en trouvait à Soria, on en trouvait à Tolède et dans d'autres villes du royaume.

Comme moi, vous demandez à votre génitrice de remonter un peu plus haut dans cette histoire. Peut-elle savoir par sa mère à elle que le patronyme Benveniste Naci apparaît quatre siècles plus tôt et que Benveniste est la traduction de *bene venistis*, en français *bienvenu* ?

— Notre famille, dit doña Filipa, a gardé le nom des glorieux ancêtres qui se sont illustrés dans cette Espagne que nous croyions nôtre. J'ai retenu celui des Benveniste Naci à Narbonne il y a plus ou moins quatre siècles, ou celui de Isaac Benveniste qui nous protégea, nous Aragonais, du port de la marque distinctive infamante, établie par le concile de Latran.

Vous ne savez pas de quoi parle votre mère comme je ne savais pas ce que c'était que l'étoile jaune lorsque la mienne l'évoquait. L'étoile jaune, qui repose encore dans l'un de mes tiroirs, prenait alors l'apparence d'un chapeau pointu en Allemagne, d'une rouelle en France ou de tables de la loi en Allemagne. Bien que ne sachant rien de cette première famille narbonnaise, je constate que le berceau des Benveniste est… la France, où, par un extraordinaire retour de diaspora, ma grand-mère Marie Benveniste reposa le pied en 1921, quelque huit siècles et un deuxième exil plus tard.

Mais Filipa poursuit la litanie des ancêtres.

— Plus près de nous, il y eut le bailli Benveniste de Porta, et son frère dit Nahmanides, grand débatteur dans la disputation de Barcelone.

— *Madre*, qu'est-ce qu'une disputation ?

— Une controverse entre chrétiens et juifs, quand il y avait encore des juifs, où chacun s'efforçait de prouver la prééminence de sa foi.

Doña Filipa soupire et conclut amèrement.

— Les nôtres ont perdu toutes les disputations, réglées d'avance par les papes. La dernière et la plus importante fut celle de Tortosa. C'est, dans notre lignée, Vidal, fils de don Benvenist de la Cavallería, le champion de la cause juive, qui capitula et se convertit au christianisme sous le nom de Gonzalo.

» Le grand-père de mon père, ajoute Filipa, se nommait Abraham. Abraham Benveniste. Avant l'expulsion, il était chargé des finances publiques et contrôlait l'administration entière du royaume. Il était juge suprême des juifs et rabbin de la cour. À Valladolid, il organisa un synode pour réviser nos institutions et renforcer l'étude du Talmud. Ses ordonnances sont restées en vigueur pendant des décennies. Peut-être ont-elles aidé nos pères à résister à la tentation de l'apostasie surtout lorsqu'ils ont observé ce que l'Inquisition faisait souffrir aux nouveaux-chrétiens.

— Mais cette Inquisition qui persécute nos cousins nouveaux-chrétiens d'Espagne, pourquoi est-ce que personne n'a cherché à l'arrêter ?

Filipa hésite, puis :

— On a essayé… On a même assassiné le Grand Inquisiteur de Saragosse.

Le reste des confidences de votre mère se perd en chuchotements. Mais je peux mettre des mots sur ce meurtre dans la cathédrale qui eut lieu l'année où le jeune Alonso Sánchez était traîné en pénitent à Tolède et reçut sur la tête un bout de betterave pourrie. L'inquisiteur Pedro Arbués, lui, subit deux coups d'épée au visage puis au bras et succomba à ses blessures dans la nuit du lendemain. L'enquête et le procès établirent la culpabilité de sept tueurs, dont trois nouveaux-chrétiens qui en étaient les metteurs en scène. L'enquête de l'Inquisition sur des générations révéla que le meurtre de l'inquisiteur avait été ourdi par des membres de grandes familles de convertis, les Sánchez et les Cavallería. Leurs arrière-petits-neveux furent traduits en justice et parfois condamnés au bûcher.

Ainsi va le fil de la conteuse qui doit transmettre tout ce qu'elle sait avant qu'il ne soit trop tard. Vous absorbez. Comme j'ai moi-même absorbé. Mais ce que vos parents, qui ne l'ont pas su à la naissance, ne pourront vous inculquer, c'est comment transiger avec votre conscience en vivant une double vie. Une problématique d'agent secret qu'on maîtrise mieux aujourd'hui que la pluri-appartenance s'est répandue. À une époque où la religion était un mode d'interprétation du monde, le choix était vital. Suivre la fausse route et la fausse religion, c'était condamner à l'enfer ce qu'un fidèle avait de plus précieux : son âme. Ce conflit intérieur, il est probable qu'il n'ait jamais abandonné la vôtre. Il éclaire votre cheminement vers la spiritualité qui ira en se creusant au fur et à mesure que vous avancerez en zigzag dans les errances de votre destin. Il en sera de même pour Thérèse, sauf qu'elle prendra une autre voie.

NAISSANCE DE JOÃO

« C'est un garçon ! Il est né. Il est enfin né ! » annonce doña Filipa à ses filles. Vous écoutez la voix de votre mère qui sort de la chambre de sa sœur : « Il est fort comme un guerrier, beau comme un dieu... c'est un vrai petit messie... » Votre tante Tolosana Benveniste/ Mendes a crié pendant quarante-huit heures avant de mettre au monde ce gros bébé. Son époux Agostinho Miquez s'appelait peut-être Samuel Naci lorsqu'il était juif. Il est aujourd'hui médecin réputé auprès du roi du Portugal, en même temps que professeur de médecine et de philosophie à l'université de Lisbonne. C'est le monarque portugais lui-même qui a choisi le patronyme chrétien Miquez de son praticien.

Filipa vous aura glissé à l'oreille que le prénom secret de *Josef* a été donné à ce bel enfant, le second du couple Miquez, baptisé catholique sous celui de João. Vous avez assisté au baptême de João alias Josef dans la cathédrale de Lisbonne, en tenant par la main son aîné Bernardo, alias Samuel, qui n'a pas trois ans, qui est menu et filiforme mais qui parle déjà comme le philosophe qu'il sera un jour.

Je vois devant moi dans l'église la rangée d'enfants marranes, les quatre protagonistes de cette histoire avec leurs doubles prénoms et leurs doubles patronymes qu'ils mettront leurs vies entières à reconquérir. Vous, doña Gracia surnom de Hannah, aujourd'hui Beatriz de Luna, vous avez une douzaine d'années. Votre sœur Brianda de Luna, Reyna pour les juifs, qui a dix ans, se remarque à ses immenses yeux verts et ses mèches de cheveux roux qui s'échappent du bonnet. Votre cousin germain Bernardo qui rejoindra bientôt les bras de sa nourrice contemple d'un œil attendri son nouveau petit frère João à qui il offrira, sans réclamer jamais le plat de lentilles, son droit d'aînesse et sa vie tout entière.

Une question à laquelle nulle archive n'a à ce jour permis de répondre : le géniteur des deux garçons, le docteur Miquez, était-il frère ou cousin d'Álvaro de Luna, votre père à vous ? Autrement dit votre père et celui de João/Josef étaient-ils parents comme vos mères étaient sœurs ? La suite des recherches permettra peut-être un jour d'en confirmer l'hypothèse.

Le premier sourire de l'enfant João sera pour vous. Il s'infiltrera dans votre cœur jusqu'à ce que celui-ci cesse de battre.

LE CHEVALIER NOIR

Vous avez quinze ans. Une grande tension règne dans la demeure de votre père don Álvaro de Luna. Une rumeur se répand parmi les proches. Une nouvelle *extraordinaire*... un émissaire divin... une promesse. Ce soir les *happy few* de la famille sont invités à se réunir dans la petite salle souterraine où l'on allume les bougies du shabbat. Le docteur Miquez et son épouse Tolosana, sœur de Filipa, sont conviés ainsi que Francisco Mendes et son frère Gonzalo, en l'absence de Diogo toujours à Anvers. Vous serez de la partie puisque vous avez quinze ans et que vous avez toujours témoigné une grande maturité pour votre âge.

— *Madre*... Brianda peut-elle venir aussi ?

— *Fija*... Ton père juge Brianda trop jeune pour partager ce secret...

Doña Filipa n'ose ajouter que les parents n'accordent pas à leur deuxième fille la même confiance qu'à la première.

— *Madre... Padre...* Je vous en prie. Brianda a treize ans et je partage tout avec elle. Je ne viendrai pas sans elle.

Don Álvaro finit par acquiescer puisque vous vous portez garante.

À l'heure dite, quand les domestiques se sont retirés, le petit groupe descend. Un peu plus tard, Francisco se glisse à son tour dans le souterrain avec un hôte inconnu, petit homme frêle sombre et ascétique, qu'il présente.

— Notre frère, le valeureux chevalier noir David Reubeni, vient d'une lointaine région d'Afrique qu'on appelle l'Éthiopie. Il est le fils d'un roi Salomon, frère d'un roi Joseph qui gouverne les tribus perdues de Reuben, Gad et Manasseh. Il descend du roi David et appartient à une tribu de guerriers juifs.

— Mes frères, je suis l'un des vôtres. La mission que notre Dieu m'a impartie est de reconquérir toute la Terre promise avec l'aide des chrétiens et de la rendre à notre peuple. Lorsque j'aurai accompli cette tâche, j'enverrai mes capitaines chercher les juifs éparpillés dans l'Europe entière et l'Afrique du Nord. Et je les ramènerai dans la Maison de Dieu, leur maison.

Un grand silence accueille ces paroles prononcées d'une voix basse mais éloquente. Vous avez les larmes aux yeux tandis que votre sœur est assise toute droite sur une chaise en retrait et semble ne pas écouter celui qui se présente comme le précurseur du Messie, et qui parle tantôt en hébreu tantôt en portugais, bien que sa langue maternelle soit l'arabe.

Votre père et ses beaux-frères sont ébranlés. Ils appartiennent à une génération de juifs espagnols qui ont connu deux catastrophes : l'expulsion d'Espagne et la conversion forcée du Portugal. Ces désastres ont fait émerger dans les décennies suivantes une grande effervescence spirituelle autour de ce qu'on appelle « les douleurs de l'enfantement ». Elles annonceraient l'arrivée du Messie et « la fin des Temps ». Un jour, un descendant du roi David délivrera son peuple des persécutions et de l'exil. Il leur rendra la Terre promise et étendra cette bénédiction spirituelle et physique au reste de l'humanité. L'apparition de ce Messie sera associée à la réapparition des dix tribus perdues.

Reubeni a une personnalité charismatique. Il a été chargé d'une mission sacrée. Il se présente comme l'envoyé des tribus juives indépendantes d'Arabie, capable de ramener en Terre sainte juifs et marranes. Il s'affirme protégé par le « bouclier de David », où s'inscrit une forme du *Chem*, première lettre du nom hébraïque *Chekhinah* qui se réfère à la présence divine parmi les humains.

Il n'en faut pas plus pour faire un messie crédible. Les grandes familles de *conversos* voient l'apparition de Reubeni comme le signe que la rédemption messianique, après tellement de malheurs, est sur le point de se produire. Tant de faux messies étaient apparus et disparus à travers des siècles de persécutions sans que l'idée messianique ait perdu de sa crédibilité. Car celui qui vit dans la terreur a besoin de l'espérance, celle des mères juives qui, comme les deux Marie mes grands-mères, rêvaient que leur fils soit un jour le vrai Messie.

Le chevalier noir, dont les traits ne sont pas africains, a débarqué quelques années plus tôt dans le port de Venise, puis a marché sur Rome, chevauchant un cheval blanc. Son objectif est de convaincre le Vatican de faire alliance entre le monde chrétien et son royaume dans une nouvelle croisade. Or, dans la géopolitique de l'époque, les ennemis des monarchies européennes sont les musulmans. Ils sont partout, notamment dans cette région d'Afrique, et leurs récentes conquêtes en Asie et dans les Balkans terrifient les monarques d'Europe. Le pape Clément VII est séduit. Il remet à Reubeni une lettre de recommandation pour le roi du Portugal.

Le chevalier noir avait débarqué à Tavira, dans le sud du Portugal. Par une coïncidence extraordinaire, il se trouve que la couronne portugaise avait auparavant envoyé une mission diplomatique au roi d'Éthiopie le présumé Prêtre Jean, seul souverain chrétien de la région, et attendait avec impatience quelques signes de retour. Les rois portugais prennent Reubeni pour un envoyé de leurs propres émissaires. L'expectative est telle que l'identité juive de Reubeni passe inaperçue. Il est reçu à la cour avec tous les honneurs. Il affirme aux autorités portugaises qu'il soutiendra les expéditions de commerce d'épices en Orient contre les attaques des marchands musulmans. En échange il réclame leur soutien pour délivrer Jérusalem.

La voix du chevalier qui promet la fin de l'exil et le retour du lien à l'identité perdue vous a bouleversée. La voix railleuse de Brianda vous ramène sur terre.

— Tu crois vraiment à ces fariboles ?

— Brianda, surtout n'en dis rien à personne. Je me suis engagée pour toi.

Votre sœur a-t-elle trahi ? L'affaire explose lorsqu'un courtier *converso*, hanté par les promesses du chevalier noir, décide de se faire circoncire. Le scandale est immense. Les monarques menacent. Les marranes tremblent à nouveau…

— Adieu, chevalier David, que notre Dieu te garde sur ton chemin comme Il nous a gardés jusques aux terres qui se sont ouvertes ici pour notre peuple.

Vous entendez encore la voix de votre père à celui qui s'est réfugié dans sa crypte. De là Reubeni parvient à s'enfuir par une des issues secrètes, non sans avoir prédit à votre communauté abandonnée le salut imminent. Ce soir-là, vous regarderez le chevalier noir s'engager dans le tunnel obscur creusé dans le sous-sol de votre maison et s'enfoncer sans monture dans la nuit. Alors vous saurez qu'il ne reviendra pas. Mais vous n'oublierez ni l'homme ni sa promesse. Et vous partirez à votre tour chercher la fin de l'errance dans des contrées de plus en plus lointaines, tandis que Reubeni sera livré à l'Inquisition par Charles Quint.

Du côté d'Avila

Dès son enfance, la jeune Thérèse est attirée par le martyre qu'elle découvre dans la vie des saints et des ermites. Elle joue à être nonne dans un monastère avec les autres petites filles.

L'endogamie comme arme de combat

Quelques jours après cette scène, des ganglions lymphatiques apparaissent au cou et aux aisselles de votre oncle, le docteur Miquez, père de Bernardo et João, qui y laisse la vie. La Mort noire s'est réveillée. Elle fauchera aussi votre père, don Álvaro. Votre premier deuil ! Il vous touche en plein cœur mais vous passez vos nuits à sécher les larmes de votre mère plus qu'à pleurer sur vous-même.

— Ma fille… tu as perdu ton protecteur naturel. Mais ton père t'a ménagé un recours. Et il a signé le contrat de mariage avec mon frère avant de rendre l'âme.

Personne n'a songé à demander votre avis. Mais vous n'opposerez pas la moindre résistance. Votre destin est d'épouser votre oncle don Francisco Mendes qui a plus du double de votre âge et qui est considéré comme l'autorité religieuse secrète de la communauté nouvelle-chrétienne. La dualité s'incarne en celui qui sera votre mari. Vous réunirez en une seule alliance le sang et la fortune de la famille. Quant à la parenté qui nous paraît quasi incestueuse entre la nièce et l'oncle, elle n'était pas contraire à la loi juive.

Des marranes comme les Benveniste Mendes dissimuleront d'autant plus leurs liens de parenté qu'ils pouvaient présenter aux yeux de l'Inquisition la preuve d'un lien maintenu avec la religion de leurs pères. Quatre siècles plus tard, ma grand-mère Marie Benveniste épousera son cousin germain, fils de Reyna Benveniste, renforçant l'endogamie et l'ADN, afin que les secrets et les biens ne sortent pas des familles. L'endogamie a longtemps constitué une arme de combat pour un peuple en errance que l'union mixte affaiblit.

Elle n'est cependant pas propre aux familles juives ou marranes. Les rois si catholiques, Ferdinand et Isabelle, n'en furent pas moins eux aussi cousins germains. Ils eurent besoin pour s'épouser d'une dispense papale. Mais la consanguinité participe des tabous des chrétiens et pouvait faire annuler jusqu'aux mariages des souverains.

Cette même année, la trêve promise par le roi Manuel touche à sa fin avec le nouveau roi João III, qui, à l'instar de son grand-père, épouse Catherine de Castille, petite-fille des Rois Catholiques. Comme sa tante, la future reine a mis une condition à cette union : ce n'est plus l'expulsion ou la conversion des infidèles, mais l'installation de l'Inquisition en Portugal. Entraînés par don Francisco, favori du monarque, les Mendes se jettent dans la bataille politique et financière pour soudoyer le lobby anti-Inquisition au Vatican et empêcher ou du moins retarder le désastre qui plane sur les *conversos* portugais.

Du côté d'Avila

Thérèse à douze ans perd sa mère. Elle demande à la Vierge Marie de la remplacer.

Les noces de Gracia

An de grâce 1528, cathédrale de Lisbonne. Vous avez dix-huit ans. Votre mariage catholique, solennel et protocolaire, se déroule en présence du roi et de la nouvelle reine. Vous êtes luxueusement habillée de lourdes étoffes, brocarts, velours, rebrodées de fils d'or et d'argent avec un vertugadin et une jupe gonflante de gros canevas. Votre longue chevelure brune est maintenue par des perles dans une résille. Les robes des dames sont toutes recouvertes de pierreries dans un déploiement de toilettes, dont celle de Brianda n'est pas des moindres, boutonnée d'or pur. L'ostentation collective est telle qu'elle finira par entraîner des lois somptuaires.

Quant à vous, vous êtes tendue et vos pensées retournent aux jours précédents où vous avez célébré dans la plus grande discrétion vos épousailles juives. Pour vous préparer à la cérémonie, vous étiez passée par le bain de purification rituel dans votre propre maison et non dans un *mikveh* public comme au temps de la *judiaria*. Puis, modestement vêtue, vous vous étiez unie à Francisco sous le dais nuptial tandis que les dix hommes du *minyan* récitaient les bénédictions. Le rituel s'était terminé par l'anneau que Francisco vous a passé au doigt tandis que vous joigniez vos mains.

Le deuxième volet de ces doubles noces se terminera par un festin somptueux, accompagné de musique et de danses, auquel ont assisté la plupart des gloires de la cour portugaise, mais où votre étincelante sœur, et non vous, a brillé. Vous ne garderez aucun souvenir de cette célébration-là. Et vous ne remarquerez pas même que dans un coin du bal, votre nouveau mari vient de chuchoter à son frère Gonzalo, le troisième :

— Les nouvelles du Vatican ne sont pas bonnes. Le pape a reparlé d'une date...

— Pour l'Inquisition ?

— Ici même en Portugal, *hermano*. Il faut agir. Agir vite...

La reine a réitéré son exigence. Le roi presse le pape qui n'est que trop convaincu. Seul remède : déverser de l'or, de l'argent, des épices, toujours plus. Tous les ducats que réunit la famille Mendes doivent avoir pour seul objectif d'empêcher que le tribunal du Saint-Office ne s'installe à Lisbonne. C'est une véritable course contre la montre que mène le rabbin occulte de la communauté portugaise qui vient de devenir votre époux.

Aimez-vous, avez-vous aimé votre mari ? est une interrogation moderne. Ni à votre époque ni dans votre tribu, amour et mariage ne sont associés comme aujourd'hui. Sans être amoureuse au sens où nous l'entendrions, vous respectez don Francisco parce que c'est le choix de votre père et de votre mère. Et vous apprendrez à l'admirer pour ce qu'il est lui. Ne poussons pas l'indiscrétion jusqu'à ouvrir les rideaux qui encadrent le somptueux lit conjugal. Vous êtes jeune. Vous êtes vierge. On peut imaginer que Francisco, qui a quarante-six ans, sait se comporter avec les femmes. Mais ne respecte-t-il pas trop la sienne pour la traiter comme un homme de sa caste traite les femmes dites de petite vertu dont il s'entiche passagèrement ? Certes les sociétés chrétiennes européennes de l'époque ne sont pas prudes. Le libertinage y pullule même chez les ecclésiastiques. Il suffit de lire *L'Heptaméron* de Marguerite de Navarre, sœur de François Ier. Mais ces grandes dames sont françaises et elles ne sont pas juives. D'après moi, le rabbin Semah Benveniste, contrairement à son frère, était un homme pudique et plus respectueux que désirant.

ÉTIEZ-VOUS BELLE ?

Dans les séries télévisées turques, votre personnage est joué de nos jours par de belles actrices voluptueuses et sexy. Néanmoins, les biographes vous décrivent comme moins séduisante, plus distinguée que votre sœur. On a davantage évoqué la force de votre caractère que vos agréments esthétiques. À moins que l'intensité de votre intelligence et de votre énergie, qualités réputées viriles, n'ait éclipsé vos charmes aux yeux des contemporains qui vous décrivent comme plutôt brune, plutôt petite, à quoi j'ajouterai que vous êtes bien faite avec des yeux sombres magnifiques qui s'enflamment pour les êtres et les causes qui vous tiennent à cœur. On n'a pas de portrait de vous. Votre tribu rejette toute représentation humaine ou divine.

Mais on sait que vous étiez élégante, que vous aimiez la toilette. C'est de votre temps. J'y vois un témoignage de rancœur à l'égard des lois qui humiliaient les femmes juives en les empêchant de porter les robes à la mode. De toute façon, les charges de brocart et les pierreries ne permettaient pas d'apprécier le physique des femmes en les recouvrant de la tête aux pieds. Votre raffinement est une manifestation de rébellion. Vous n'accepterez jamais de vous voir imposer quelque vêtement que ce soit à Lisbonne ou ailleurs. Dans l'Empire ottoman, vous ferez venir vos toilettes de Venise. Pas question de vous couvrir comme les juives même riches des ghettos. Jeune, je vous imagine gracieuse et distinguée avec les traits réguliers, des flammes dans les yeux d'ébène, mais presque timide, grave, apparemment peu sensuelle. Avec le temps, vous évoluerez. Et il me faudra alors décider si vous appartenez à l'espèce des princesses de Clèves cachant le feu sous la glace mais préférant mourir que d'y céder.

DU CÔTÉ D'AVILA

On possède un portrait de Thérèse, votre contemporaine, qui partage avec vous des racines communes, peinte par Rubens, puis par François Gérard, ainsi décrite par son confesseur : « Elle était de bonne stature, et au temps de sa jeunesse, belle, et encore au temps de sa vieillesse... le teint de couleur blanche et incarné, et lorsqu'elle était en prière, il s'enflammait et elle devenait très belle, tout ce teint clair et paisible ; la chevelure, noire et crépue, le front large, égal et beau ; les sourcils de couleur claire et tirant un peu sur le noir, grands et un peu épais, non en arc, mais un peu plats. »

Thérèse a quatorze ans. Elle se passionne pour les romans de chevalerie et en écrit même un. Elle porte de jolies robes, recherche l'élégance, soigne ses mains, sa coiffure, se maquille et se parfume. Elle fréquente une cousine qui l'entraîne dans des plaisirs frivoles.

Commet-elle le « péché mortel » avec son cousin Javier dont elle est amoureuse ?

La demeure des Mendes

On ignore si votre époux vous a initiée à la sexualité mais on sait qu'il vous forme à la conduite des affaires, et surtout au maniement de ces réseaux de passeurs que nous nommerions aujourd'hui « humanitaires ».

En épousant don Francisco Mendes, vous demeurez doña Beatriz de Luna, selon la coutume ibérique qui veut qu'une femme garde toute sa vie son nom de jeune fille. Vous vous installez avec votre époux rua Nova dos Mercadores, dans les beaux quartiers du centre de Lisbonne, où les marchands et banquiers étrangers regroupaient à la fois leurs demeures et leurs entreprises. Ainsi vivez-vous près de vos principaux associés aussi bien que du palais royal, proche du port, trois lieux qui sont les atouts principaux de votre ascension sociale et économique. Cette longue et large avenue, cœur de la cité, est constituée de quatre cents maisons de ville, trente ateliers de soie, une douzaine de librairies et de merceries, au moins neuf apothicaires et des quantités d'ateliers et de boutiques, pour la plupart tenus par des *conversos*.

Depuis le premier étage de votre demeure commune, les affaires de don Francisco sont gérées sous votre œil et votre oreille vigilante, vous qui dès l'enfance avez assisté votre père dans les mêmes pratiques. Le commerce prospère et l'argent s'accumule. Deux ans après votre mariage, votre époux dépose à la *Casa de Moeda*, l'hôtel de la Monnaie, jusqu'à quatre mille kilos d'argent massif dans ses coffres-forts. Francisco sait que le temps presse, que l'épée de Damoclès est au-dessus de vos têtes. L'arrêt qui installera la terrible Inquisition est sur la table, chaque fois reporté par un nouvel apport d'argent. Cette année-là les premiers *conversos* fuient le Portugal. Francisco demeure encore mais il ignore jusqu'à quand il pourra éviter l'inévitable.

LES RÉSEAUX

— Il faut que tu saches, Gracia, comment fonctionne notre système de passeurs.

Sous le premier étage, c'est dans le souterrain que le rabbin occulte vous instruit de l'organisation des filets qui permettront à vos frères *conversos* de quitter la prison portugaise refermée sur eux. Francisco à Lisbonne, Diogo à Anvers ont mis en place des réseaux d'évasion qui débouchent sur des cités européennes plus ouvertes comme Lyon, Rome, Venise, Ferrare ou certaines villes rhénanes. Et bien sûr Anvers, la Florence du Nord où Diogo se mobilise sans répit. Au-delà, chacun sait que le plus sûr serait de gagner les grands centres de l'Empire ottoman comme Salonique ou Constantinople. Mais pour beaucoup ce n'est qu'un rêve.

Francisco vous explique comment il envoie un premier courrier pour son frère Diogo à un intermédiaire qui le transmet à un autre, lequel le fait passer à un troisième et ainsi de suite jusqu'à ce qu'il atteigne sa destination finale.

Vous lui demandez s'il ne craint pas d'être trahi en route.

— Seul le dernier de la chaîne connaît l'identité du destinataire et seul le destinataire connaît l'identité de l'expéditeur.

— Et comment s'organise l'évasion de nos frères ?

Francisco décrit comment les fugitifs quittent les côtes de nuit, depuis les petits ports de pêche après avoir payé leur dû au capitaine. Ces sommes, les Mendes les règlent par avance. Leurs navires chargés d'épices transportent ces passagers clandestins sans éveiller trop de soupçons. Mais les autorités portugaises paraissent changer de règles aussi souvent que les bateaux.

— Parviennent-ils à échapper à la surveillance des autorités ?

— C'est très variable, répond votre époux. Parfois les gardes regardent de côté, parfois ils arrêtent les gens, parfois ils montent à bord avant que le navire lève l'ancre et confisquent tout ce qui est précieux pour le dissimuler dans leurs propres poches. Les bijoux, les pierres précieuses, l'or et l'argent sont cachés dans des coffres à vêtements, dans des paniers de nourriture, et même sous les chapeaux. À chaque étape, l'argent est métamorphosé en lettres de change que nous transformerons plus tard en argent liquide, qui fera retour à leurs détenteurs.

Ces réseaux d'évasion ne sont pas sans évoquer les itinéraires de migrants que nous observons aujourd'hui vers nos rives européennes de la Méditerranée ou de la Manche. Mais force est de constater qu'ils étaient mieux organisés. Pour la communication clandestine, les frères Mendes ont mis au point ce système de correspondances qui traversent les mers et les frontières grâce à des intermédiaires postés dans tous les lieux d'Europe.

Vous voulez tout savoir. Vous bombardez Francisco de questions. Le diable est dans les détails. Va pour les détails. Vous demandez si les réfugiés empruntent toujours les mêmes routes. Il répond que cela dépend des circonstances et du moment. Pour éviter la suspicion, certains font escale à Madère, possession portugaise sur la côte occidentale de l'Afrique, certains autres marchent vers le nord. Ou ils partent par voie fluviale, suivant les grandes routes commerciales qui relient Lisbonne à Bayonne ou Bordeaux. La France, qui a depuis longtemps chassé ses juifs, n'a pas d'Inquisition et les nouveaux-chrétiens peuvent s'y installer ou embarquer pour Venise, et au-delà pour les terres du sultan.

À l'arrivée à Anvers les réfugiés vont directement chez Diogo au rez-de-chaussée de sa demeure pour faire encaisser les lettres de change et demander une « bourse de charité » s'ils n'ont plus un ducat. Le frère de Francisco les accueille par un service religieux qui les réconforte et il les aide à se loger, se nourrir, trouver un travail et repartir pour des contrées plus tolérantes.

— En avez-vous sauvé beaucoup ?

— Certes, et nous en sauverons d'autres… Car le moment venu, tu sauras me remplacer.

Vous comprenez que les Mendes puisent dans leur fortune personnelle mais que l'efficacité du résultat repose sur cette denrée déjà évoquée, plus précieuse que tous les parfums d'Arabie : la *confiance.*

Vous êtes par nature d'une loyauté sans défaut. Vous retiendrez la leçon.

En janvier 1531, un tremblement de terre à Lisbonne, quelque deux siècles avant celui qui inspira Voltaire, enflamme à nouveau les pulsions de haine et la recherche de boucs émissaires. Les *conversos* sont devenus trop riches, trop vite. Le clergé, la noblesse et le peuple portugais poussent à la roue de l'Inquisition qu'impulse la nouvelle reine venue de Castille.

DU CÔTÉ D'AVILA

Thérèse a seize ans. Don Alonso, son père, inquiet de ses fréquentations, l'envoie provisoirement au couvent de Santa María de Gracia. Thérèse supporte difficilement son manque de liberté.

PRIVILÈGE ROYAL

Ce jour-là, don Francisco Mendes est convoqué par le roi João III.

— Dom Francisco, *caro amigo*, j'ai besoin de ressources.

— Sire, ma fortune est à vous. Mais laissez-moi le temps de la réaliser.

À part lui, le monarque se demande s'il ne ferait pas mieux de profiter de la future confiscation des biens des marranes par l'Inquisition plutôt que de se créer de nouvelles dettes.

À part lui, votre époux se demande si son argent ne serait pas plus utile pour soudoyer des cardinaux opposés à la bulle que pour le prêter à la couronne qui ne remboursera jamais.

Ils se regardent. Francisco rassemble toutes ses forces pour intercéder.

— Sire, je sais que vous ne voulez de mal ni à ma personne ni à celle de mon épouse. Accordez-moi donc cette charte que vous avez concédée aux marchands allemands.

Le roi acquiesce. La charte royale octroie l'immunité diplomatique pour don Francisco et sa famille, empêchant qui que ce soit de les arrêter, de perquisitionner leurs demeures ou de les accuser d'aucun crime. Elle leur donne aussi le droit de porter des armes et d'être accompagnés d'escortes, et leur permet de passer les frontières quels que soient les interdits. Un droit de fuite en quelque sorte, plus efficace que tous les souterrains obscurs qui mènent jusqu'au Tage.

Le 17 décembre 1531, une bulle du pape Clément VII décrète l'instauration de l'Inquisition en Portugal.

ENTRE L'ENCLUME ET LE MARTEAU

Vous reposez sur votre lit en ce soir d'été. Il fait très chaud dans la capitale portugaise mais les murs de votre chambre sont épais. Vous n'avez pas pu souper avec votre époux. Vous avez été prise de fortes nausées. Ce malaise qui ne ressemble pas à vos habituelles douleurs stomacales ou intestinales, vous le mettez sur le compte de l'anxiété entraînée par la bulle du pape il y a quelques mois. Vous commencez à sommeiller lorsque Francisco fait irruption dans votre chambre. Vous ne l'avez jamais vu ainsi. Il est blanc ; ses mains tremblent. Il tient encore le plateau d'argent sur lequel on lui a remis le courrier fatal.

— Qu'y a-t-il, mon ami ?

— Diogo vient d'être arrêté à Anvers par les sbires de Charles Quint… Accusé de monopoliser le commerce des épices… et de…

— De ?

— De pratiquer en secret le judaïsme.

La nouvelle s'enfonce en vous comme un poignard.

— Gracia… il faut faire quelque chose… tout de suite. Je vais chez le roi.

— À cette heure ?

— Il me recevra… Il a trop besoin d'argent.

Cela devait arriver, pensez-vous. Depuis la bulle papale, les *conversos* se multipliaient sur les routes de l'exil. Et désormais la destination finale de ces évasions, ce n'est plus les Flandres ou l'Italie, mais l'empire de Soliman le Magnifique.

Le grand-père de l'empereur ottoman, Bajazet II, avait ouvert ses portes aux juifs proscrits. Le père, Sélim, premier du nom, l'avait laissée ouverte aux convertis. Vous aviez dix ans lorsque Soliman est monté sur le trône et a perpétué la politique de ses prédécesseurs. Or le Commandeur des croyants est actuellement l'ennemi juré de Charles Quint, champion du catholicisme. Ses troupes ont pénétré jusqu'en Hongrie d'où la reine

Marie en a appelé à son frère Charles Quint. À la tête du Saint Empire romain germanique, le roi d'Espagne dénonce à présent la fuite des nouveaux-chrétiens avec tous leurs biens vers les terres des Turcs. Il veut les capturer partout sur les siennes. Il officialise la torture pour leur arracher des informations. Son homme de main Johannes Vuysting est chargé de ces arrestations. Ce cruel persécuteur du peuple juif s'installe dans le duché de Milan dans l'attente des réfugiés *conversos* qu'il dépossède de tout, qu'il soumet à des supplices pour extorquer des dénonciations.

Dans ce contexte, Diogo Mendes avait été arrêté une première fois avant la bulle papale mais il avait produit un sauf-conduit signé par Charles Quint cinq ans auparavant et il avait été relâché. Il n'avait pas voulu alors inquiéter son frère mais cette fois, c'est du sérieux. Il a été dénoncé pour haute trahison comme juif secret, accusé d'exercer des pressions sur ses coreligionnaires pour qu'ils transfèrent leurs personnes et leurs biens en Italie et de là chez les Ottomans. Il est considéré comme agent secret du sultan au service des pires ennemis du catholicisme. Un traître ! Et le moment est vraiment mal choisi. Cet été-là le sultan mobilise non loin de Vienne une armée d'au moins cent mille hommes.

Le monde catholique tremble. Le pape parle même de se réfugier dans la France de François Ier. En effet le Français, ennemi mortel des Habsbourg, a fait figure d'exception dans la chrétienté en signant une alliance avec la Sublime Porte. Qualifié d'« impie » et d'« union sacrilège entre la fleur de lys et le croissant » par le camp du Saint Empire, le pacte diplomatique et stratégique entre un empire chrétien et un empire non chrétien durera deux siècles et demi et laissera des traces. Vous-même et surtout votre cousin serez un moment proches de la cour du roi de France Henri II, puis de ses fils. Et c'est grâce aux « capitulations » de cette époque, avantages accordés tout d'abord à la France dans les échelles du Levant, que la tribu Benveniste trois siècles plus tard se trouvera encore en position de privilégiée et émigrera en France dans les années 1920.

Pour le moment, entre Charles Quint et Soliman, vous êtes entre l'enclume et le marteau.

Du côté d'Avila

Thérèse a dix-sept ans. Elle tombe gravement malade dans son couvent de Santa María de Gracia et rentre chez son père, puis chez sa sœur. À la suite de sa convalescence, elle ose dire à son père qu'elle souhaite maintenant entrer dans les ordres. Don Alonso lui répond qu'il ne l'acceptera jamais de son vivant.

L'arrestation de Diogo Mendes

Dans la maison de Diogo la perquisition a permis de découvrir deux livres en hébreu, l'un de psaumes et l'autre de chants. Diogo doit se défendre aussi contre l'accusation de falsifier à son profit les taux de change, de prêter de l'argent à un tarif usuraire, de s'arroger des monopoles au détriment de la concurrence. Il doit également se justifier d'une accointance avec le chevalier noir. David Reubeni vient d'être arrêté à Ratisbonne et il a été soumis à un interrogatoire musclé sur son objectif de restaurer la loi juive à Jérusalem et de ramener son peuple d'exil. Il vient d'être livré par l'empereur à l'Inquisition et jeté en prison. Le faux prophète sera-t-il brûlé sur le bûcher d'un autodafé à Evora ou mourra-t-il misérablement dans un cachot de Llerena en Espagne ? On ne le sait pas. Il laissera dans une bibliothèque d'Oxford son journal intime ainsi qu'une trace dans votre vie.

Don Francisco a un atout de taille pour faire libérer Diogo.

— Sire, si Votre Majesté ne parvient pas à délivrer mon frère, elle ne pourra pas toucher les deux cent mille ducats promis à votre beau-frère Charles Quint pour ses batailles contre les Ottomans. Car c'est cette somme que mon frère était en train de réunir lorsqu'il a été arrêté.

La réponse ne se fait pas attendre, sous la forme de deux lettres conservées dans les archives. Elles ont été envoyées par le roi du Portugal et son épouse la reine Catherine d'Aragon, autre sœur de Charles Quint. Les missives plaident avec chaleur la cause du frère de don Francisco Mendes, ce « loyal serviteur » de la couronne portugaise.

L'affaire est entendue. On abandonne l'accusation d'hérésie, la plus grave. Anvers n'est pas Lisbonne, mais une ville qui tend l'oreille aux sirènes de la Réforme et de la tolérance. Et le jeu de yoyo se poursuit. Dès la fin du mois d'août, Marie promulgue un décret qui délivre Diogo – provisoirement – en échange de la coquette somme de cinquante mille ducats, sous forme de prêt sans intérêts à Charles Quint. Le lendemain de cette libération, ce dernier n'en interdit pas moins aux *conversos* en route pour l'Empire ottoman l'accès aux Pays-Bas, avec interrogatoire et fouille de tout « Portugais » débarquant à Anvers. Mais l'édit n'est pratiquement pas appliqué. Plus tard Diogo recevra une grâce complète.

À Lisbonne le commerce prospère mais l'Inquisition rôde de plus en plus près. Il s'agit d'en retarder l'intervention et de fuir pendant qu'il en est temps encore. Pour cela il faut gagner de l'argent, beaucoup d'argent afin de soudoyer les puissants, dont le roi du Portugal et les cardinaux du pape à Rome. Secondé par son autre frère Gonzalo, Francisco agrandit ses entrepôts pour les marchandises en provenance des Indes et à destination d'Anvers dans une rue adjacente à sa demeure, la rua de Lava-Cabeças. Il fait signer le bail au nom de Diogo qui court moins de risques de se voir confisquer ses biens par l'Inquisition, tandis que non loin de là, Luther tonne contre la corruption romaine et jette les fondements de la Réforme. Mais le roi se sert de l'argent des *conversos* pour acheter à son tour les cardinaux romains les plus influents en leur allouant des prébendes de long terme. Une loi interdit aux nouveaux-chrétiens de quitter le Portugal même pour les Açores et les autres colonies de la couronne portugaise.

Du moins Diogo est-il délivré ! Vous respirez. Francisco respire. Vos nausées passent. Et pour cause. Après cinq années d'attente vaine, vous êtes sur le point d'accoucher…

DU CÔTÉ D'AVILA

Thérèse a dix-huit ans. Elle transgresse la volonté paternelle et fugue du domicile familial pour le couvent de l'Incarnation non cloîtré.

LES NOMS D'ANA

— Nous la nommerons officiellement Ana, dit Francisco. Ana Mendes.

— Et Reyna pour les nôtres, souriez-vous, Reyna Benveniste. Le vrai prénom de ma sœur Brianda.

Cette nouvelle-née que, sans mal, vous aurez mise au monde dort paisiblement dans son berceau. Une petite fille ! Qui a un temps déçu son père. Don Francisco espérait tant un garçon qui pourrait reprendre un jour les affaires de la maison Mendes et continuerait la lutte contre les inquisiteurs ! Mais la grâce de l'enfant qui lui ressemble a fini par l'attendrir. On a attendu quelques jours pour annoncer la nouvelle et programmer un baptême nécessaire mais contraint. Cette fois, vous avez prié votre époux d'éviter le faste pour ne pas trop attirer l'attention sur la nouvelle venue qui devient l'une des héritières les plus convoitées du monde chrétien.

Reyna est aussi mon troisième prénom, francisé en Reine. Je le tiens de mon arrière-grand-mère qui était aussi la sœur de mon arrière-grand-père maternel Maïr Benveniste. Endogamie oblige ! Les générations passent d'un exil à l'autre. Restent le nom et les prénoms.

La naissance de sa fille sera le dernier grand bonheur de Francisco.

DU CÔTÉ D'AVILA

Une Thérèse de dix-neuf ans prononce ses vœux au couvent de l'Incarnation. Elle observe et critique les pratiques religieuses encore médiévales de l'ordre du Carmel. À nouveau sa santé se détériore. Elle souffre très probablement de crises d'épilepsie, d'évanouissements, d'une cardiomyopathie et d'autres troubles.

LES DERNIERS JOURS DE DON FRANCISCO

Diogo a sauvé sa peau et la plupart de ses avoirs. Il s'est même réconcilié avec la régente, mais il perd la confiance du roi portugais. Une lettre de ce dernier, conservée dans les archives, enjoint à Francisco de répartir ses cargaisons entre d'autres marchands. À *l'exclusion* de son frère Diogo. Cette injonction du roi est une bombe pour Francisco, sommé de choisir entre le soutien à son frère et l'obéissance au roi. À la fin de cette même année, il tombe gravement malade, sans cesser de se préoccuper d'une situation si alarmante pour lui et pour ses proches. Sur son lit de mort, il tente encore d'éviter le recours à des intermédiaires peu fiables et de stipendier, suborner, acheter, rembourser, payer et payer plus encore pour tenter de reporter la catastrophe annoncée. Mais il n'échappe pas à la Faucheuse. Elle l'emportera, laissant le Vatican sur sa faim puisque les ducats se font rares. Plus que jamais, le pape est déterminé à contenter les monarques catholiques en leur livrant un tribunal d'Inquisition qui se paie directement sur les biens de ceux qu'elle anéantit sur les bûchers.

Lorsque don Francisco comprend que c'est bientôt la fin, il vous demande un parchemin et une plume afin de rédiger ses dernières volontés, seul, loin de tous les regards y compris du vôtre, vous qui allez prendre le relais en un moment si difficile. Le testament de

Francisco vous est remis fermé et scellé avec ordre de ne l'ouvrir qu'après sa mort. Ce que vous ferez.

AGONIE

Lisbonne, fin 1534. Il va mourir, don Francisco Mendes. Il a cinquante-deux ans, presque grand âge pour l'époque. Il va mourir. Jusqu'au bout, il a tenté d'attendrir le pape par de copieux subsides destinés à empêcher que le tribunal de l'Inquisition ne s'installe au Portugal. Peine perdue. Jusqu'au bout, il a inspiré, organisé et développé les réseaux de fuite des *conversos* à travers l'Europe et au-delà. À présent, Francisco Mendes, nouveau-chrétien portugais, va mourir. Ce qui occupe sa pensée ? Semah Benveniste. Lui-même. Son double. Le juif espagnol né à Saragosse en Aragon, dix ans avant l'édit d'expulsion. Celui qui, pendant toutes ces années, a servi la communauté portugaise convertie comme rabbin clandestin.

Il va mourir le nouveau-chrétien Francisco Mendes, auquel le roi portugais est si attaché, à moins que ce ne soit la fortune plutôt que l'homme qui fascine tant le souverain. Et avec lui va mourir le juif Semah Benveniste, qui doit penser avant tout à la sécurité de sa famille, sa jeune femme et sa petite fille, mais surtout à la préservation de cette immense fortune dont il est le détenteur mais qu'il n'emportera pas dans la tombe et qu'il doit confier aux plus fiables de ses proches, tandis que, malgré son combat, se met en place à Lisbonne la sinistre Inquisition déchaînée contre tous les nouveaux-chrétiens. Il n'a que quelques heures pour rédiger son testament.

Les membres de la famille les plus proches sont autour du lit à distance respectueuse. Il y a là Gonzalo, Filipa et Tolosana Mendes, ses frère et sœurs, et leurs enfants. Bernardo, le fils de Tolosana, a une dizaine d'années ; João, son frère de huit ans, est accroché à votre robe. Ana, la toute petite, fille du mourant, ne quitte pas les bras de sa nourrice. Il y a aussi Brianda, Giomar et Ariès de Luna, vos sœurs et frère.

Pendant l'agonie, vous ne quitterez pas votre place auprès de la couche de votre époux, penchée sur lui pour écouter ses dernières paroles et recueillir son dernier souffle.

C'est alors que Francisco vous demande de faire inhumer ses restes au mont des Oliviers, à Jérusalem, afin d'être parmi les premiers à revivre quand tombera la rosée de la Résurrection. Et vous promettez.

Puis il prononce les mots : « *YRSE. PARTIR.* » Vous reconnaissez ces mots. Vous prenez un oreiller sur le lit de votre époux et le placez sur son visage et sur son cou. Et vous appuyez le plus fermement que vous pouvez, refusant l'aide que Gonzalo, frère de Francisco, vous a offerte. Quand vous sentez, à l'ultime convulsion, que le dernier souffle a été rendu, vous tournez le corps vers le mur, selon une ancienne pratique juive. Puis vous faites un signe à Gonzalo pour indiquer que la voie est libre. Le prêtre catholique, lui-même un *converso*, peut entrer et répandre l'extrême-onction sur un corps sans vie. Après le départ de l'ecclésiastique, vous nettoyez avec soin les restes d'eau bénite. Puis vous faites appel aux hommes jeunes de la famille qui vous aident à laver le corps à l'eau tiède et à l'envelopper d'un drap de lin.

Enfin, pour faciliter son voyage dans l'autre monde, vous glissez une perle fine dans sa bouche.

Vous vous inclinez à nouveau sur ce corps qui vous a accompagnée chaque nuit durant toutes ces années et vous lui jurez tout bas que vous ne l'oublierez pas. Vous veillerez le corps avec tous les proches de la tribu jusqu'à la mise en bière que, par obéissance à la coutume ancestrale, vous aurez hâtée le plus possible.

Puis le cadavre de Semah Benveniste redevient celui de Francisco Mendes pour ses funérailles chrétiennes officielles, qui se déroulent dans la cathédrale de Lisbonne avec tout l'apparat requis pour un personnage qui était jusqu'à ce jour un favori du roi. Pendant la cérémonie, inaudibles, les prières juives sont sur les lèvres de tous les membres de la famille. Elles seront peut-être aussi chuchotées par vous le soir après que chacun sera rentré dans sa demeure. Sur une table basse, le cercle le plus étroit de la famille se sera sustenté du souper rituel de la tradition, fait de poisson, d'œufs et d'olives.

Pendant la première année, vous ne pourrez pas vous autoriser à revêtir les vêtements de toile grossière de la tradition juive médiévale. Vous devrez faire votre deuil dans les robes de soie et de brocart à la mode à la cour portugaise. Qu'importe ! Ce deuil, il est dans votre cœur. Vous le porterez jusqu'au bout.

Du côté d'Avila

Thérèse a vingt et un ans. Pour la soigner de ses maux, don Alonso l'emmène à Zapardiel de la Canada, chez sa sœur. Durant son séjour, Thérèse convertit un prêtre qui y vivait en concubinage.

Le testament de Semah Benveniste

Vous aurez gardé le testament de votre époux dans le tiroir secret de votre secrétaire jusqu'à ce qu'il soit ouvert en présence de la famille et du notaire qui le lira à haute voix. En substance, voici ce qu'écrit dans son espagnol maternel votre époux, né Semah Benveniste :

Je soussigné Francisco Mendes

Parce qu'il a été, depuis le début, partie prenante dans la construction de notre entreprise que nous avons construite et dirigée en commun,

Lègue à mon frère Diogo Mendes la moitié de la totalité de nos avoirs communs.

Si d'aventure il mourait à son tour sans héritier mâle, je désire et je demande qu'il lègue sa part à ma fille Ana Mendes,

Parce qu'elle a toujours été auprès de moi une collaboratrice loyale et avisée.

De ma part propre, je lègue une moitié à mon épouse doña Beatriz de Luna.

À ma fille Ana Mendes, je lègue les deux tiers de l'autre moitié qui seront administrés par doña Beatriz, sa mère et tutrice.

Quant au dernier tiers de cette part, je désire et j'ordonne qu'il soit alloué aux dépenses afférant à mes funérailles, aux œuvres de l'Église ainsi qu'à diverses œuvres de charité. J'en destine également une partie au salut de mon âme et je désire et j'ordonne qu'une messe soit dite en ma mémoire tous les ans, au jour anniversaire de ma mort.

Fait à Lisbonne en l'an de grâce 1535.

Francisco alias Semah a testé. La moitié de la fortune des Mendes à son frère Diogo. À votre fille Ana les deux tiers d'une moitié dont le dernier tiers sera alloué à des œuvres de charité catholiques. À vous la moitié de la moitié. Mais vous restez l'exécutrice d'Ana jusqu'à sa majorité.

Avez-vous été déçue ? Pour l'instant, vous partagez avec votre beau-frère Diogo l'essentiel du patrimoine. Mais l'avenir est incertain. À votre insu, ce testament rédigé dans l'urgence sera le battement d'ailes du papillon qui provoquera toutes sortes de chaos dans votre existence et celle de vos proches.

La veuve Mendes

Doña Beatriz de Luna est devenue « la veuve Mendes ».

Antes biuda que kazada ! Mieux vaut veuve que mariée, dit l'adage judéo-espagnol.

Est-ce vrai pour vous en ces années terribles où les Benveniste de l'exil ont perdu leur nom et leur religion, où se prépare l'Inquisition ? Vous êtes aujourd'hui, avec votre fille, à la tête d'une fortune considérable dont la moitié appartient à votre beau-frère. Vous tentez de retarder l'arrivée incontournable de l'hydre à dévorer les *conversos*, face à un pape qui avale les ducats comme des bonbons et face à un monarque assoiffé lui aussi de richesses qui fera tout pour se les approprier.

Votre premier geste est de payer à Sa Sainteté les cinq cents écus réclamés à cor et à cri au moment de l'agonie de Francisco. Puis, par l'intermédiaire des exécuteurs testamentaires, vous sollicitez du souverain du Portugal un délai de quatre années pour inventorier et estimer votre fortune afin d'établir la répartition entre vous-même et votre fille Ana. Le roi refuse, arguant hypocritement que ce serait au détriment de l'orpheline.

Votre tactique est désormais de faire traîner. Vous répondez que trop de précipitation serait dommageable pour les opérations de la maison Mendes qui ne pourrait plus conduire ses affaires et accorder des prêts comme par le passé. Le monarque accorde… un mois.

L'OTAGE DE LA COUR

Vous vous réfugiez derrière votre deuil, sortez le moins possible et ruminez des stratégies lorsqu'un jour de mai 1537, Gonzalo Mendes arrive, essoufflé, à la porte de la maison de sa belle-sœur et se fait annoncer précipitamment.

Vous le recevez dans le souterrain de votre demeure qui sert de synagogue et de salle de réunion.

— Beatriz… Gracia… tout est perdu ! Le roi ordonne qu'Ana, notre Reyna, soit envoyée au palais royal pour y être élevée comme dame d'honneur de la reine et y apprendre les manières de cour.

— C'est le roi lui-même qui t'envoie, mon oncle ?

— Par l'intermédiaire de son chancelier, le comte de Castanheira. Leur but est de mettre la main sur le patrimoine de notre héritière.

— En la mariant plus tard à un vieux-chrétien…

— Sans doute ce même comte. Il sera redevable au roi de sa fortune qu'il lui rendra sur notre dos.

— Que faire, Gonzalo ?

Vous savez que si vous acceptez, vous perdez votre enfant, vous aliénez la part de son père, et vous éloignez à jamais de votre foi la descendance de votre famille.

Gonzalo soupire. Lui sait que refuser, c'est perdre la protection royale dont vous avez si cruellement besoin.

— Si je cède, ajoutez-vous d'une voix rauque, Reyna deviendra l'otage de la cour et nous ne pourrons plus fuir Lisbonne pour ne pas l'abandonner…

— … en attendant, complète Gonzalo, que l'Inquisition ne mette la main sur l'autre part du patrimoine de Francisco.

— Oui, la mienne ! Et nous perdons tout.

— Sauf ce qui revient à Diogo, à Anvers.

Vous regardez fixement votre oncle et beau-frère et par-delà vous apercevez de l'autre côté des terres son double, le troisième frère. Et soudain vous vous remémorez l'ultime injonction de votre époux sur son lit de mort : *Yrse, partir.*

— Je lui écris, incontinent… Et nous lui mandons notre meilleur émissaire.

À Thomas Cromwell, chancelier de l'Échiquier

La missive, partie de la cité d'Anvers, est signée de dom Diogo Mendes. Elle est adressée à Thomas Cromwell, chancelier de Henry VIII, alors au faîte de sa gloire.

Le financier anversois rappelle à Thomas les bons souvenirs de leur jeunesse. Il sait que le royaume est en pleine crise politique et religieuse depuis que le roi a rompu avec le pape qui l'a condamné pour avoir épousé sa maîtresse Anne Boleyn et répudié son épouse, fille des Rois Catholiques. Cromwell lui-même a approuvé la dissolution des monastères. Le roi d'Angleterre a cruellement besoin d'argent. Et Diogo offre de lui en fournir si Sa Majesté permet à sa belle-sœur doña Beatriz de Luna, veuve de son frère, de faire escale dans son royaume, avant de rejoindre les Flandres.

Il joint à son courrier une lettre des échevins d'Anvers, versée aux archives, qui présente la dame Mendes comme « une personne de grandes ressources et de bonne volonté qui pourrait assurer la continuité des prêts de la maison à l'Angleterre. La veuve portugaise, accompagnée de sa fille, sa sœur, son autre beau-frère et ses deux neveux, entreprend un voyage d'affaires pour Anvers où elle conduira, en collaboration avec son beau-frère Diogo, d'importantes et urgentes opérations commerciales. Vu les périls des routes maritimes où la guerre fait rage entre François Ier et Charles Quint, la couronne britannique pourrait offrir à la voyageuse une sécurité sans faille qui ne sera pas payée d'ingratitude ».

Yrse… Fuir

Reste le plus compliqué : quitter le Portugal. À cet effet, vous sollicitez une entrevue avec le monarque portugais.

— Sire, j'ai grand besoin d'un sauf-conduit. Pour une absence temporaire, destinée à régler la succession de la famille Mendes, qui profitera ensuite à Votre Majesté.

Vous vous devez, expliquez-vous au roi, d'accompagner à Anvers votre sœur Brianda, depuis sa naissance promise en mariage au frère de votre époux. Le souverain n'ignore pas que Diogo Mendes, sujet de son beau-frère Charles Quint, hérite de la moitié de la fortune familiale. Vous en profiterez pour emmener vos deux neveux Bernardo et João, fils de votre sœur Tolosana, qui doivent commencer leurs études à l'université de Louvain.

Le roi hésite puis acquiesce. Vous n'attendez pas une minute de plus. Le navire de Diogo est en rade sur le port de Lisbonne. Le reste de la tribu, les restes de la fortune suivront plus tard, à travers les réseaux de passeurs, les lettres de change, les reports de dettes et de crédits, toutes les opérations coutumière pour ces familles qui ont été juives avant d'être chrétiennes et qui ont l'expérience ancestrale des persécutions et des stratégies de fuite. Vous n'avez pas le temps de faire vos adieux à vos proches, à la ville de votre enfance que vous savez ne plus jamais revoir. Déjà le bateau s'éloigne des côtes de la péninsule Ibérique où s'étaient succédé depuis la destruction du Temple des générations de Benveniste. Mais l'exil est dans leurs gènes. Dans vos gènes. Dans mes gènes.

Pour survivre, il faut *fuir*.

Tandis que vous allez vous évader de votre ville natale, je me remémore une autre évasion : notre passage de la ligne de démarcation à l'automne 1942, maintes fois raconté par ma mère. Le Juste, notre passeur d'Angoulême, ne prenait pas un sou. Il avait mis trois semaines pour établir les laissez-passer. Ils étaient conformes aux faux papiers des vrais Charentais originaires du petit village d'Écuras en zone libre. Mes parents devaient bénéficier de leur identité. Ils étaient censés passer la ligne pour aller visiter leurs terres de l'autre côté de la Vienne. Ce matin-là, nous avions pris place tous les trois dans la voiture à gazogène, une Hotchkiss noire à capot blanc, de notre bienfaiteur. À La Rochefoucauld, premier poste-frontière coupé en deux par la ligne, la sentinelle allemande examine l'*Ausweis* de couleur blanche, renouvelable, du notable passeur qui a ses affaires à Limoges, et ceux des passagers, de couleur jaune, pour un seul voyage. Puis l'homme regarde à l'intérieur de la voiture et il voit trois adultes et une petite fille, assise sur les genoux de sa mère. « *Nein*... ! Enfant... pas sur papiers. »

Le Juste passeur, monsieur Blois, est grand chasseur dans sa propriété familiale de Pontauroux. Cela lui donne une idée : « Je connais une autre sentinelle, un Polonais, qui adore le gibier. Je lui promettrai un lapin ou un lièvre. Il est amateur ! » Et c'est ainsi qu'une petite fille vivante de juste trois ans, qui était moi, est échangée contre un lièvre mort de la forêt de la Braconne. Et qu'une famille, semblable à la vôtre, quatre siècles plus tard, débarque en zone encore libre et échappe provisoirement à la Shoah, avant d'errer de ville en ville comme vous êtes sur le point de le faire.

Sur l'eau... la légende de Lancelot du Lac

— Son blason était fait d'argent à trois bandes de gueules...

— Mais pourquoi la Dame du Lac a-t-elle enlevé Lancelot ? demande João qui ne perd pas un mot de l'histoire que vous racontez. Et pourquoi ne lui a-t-elle rien dit de ses origines royales et de son vrai nom ?

Vous êtes une jeune femme de vingt-sept ans. Votre cousin, devenu par alliance votre neveu, en a treize. Il aime les romans de chevalerie et plus encore les romans courtois que vous connaissez par cœur.

Je vous vois tous les deux, au centre d'une flottille, sur une gracieuse caravelle rompue aux tempêtes atlantiques. La petite compagnie est en outre composée de votre sœur Brianda, de votre beau-frère Gonzalo, du jeune Bernardo, votre autre cousin-neveu, de la petite Ana qui n'a que quatre ans et de deux servantes *conversa*s portugaises. Vous voguez sur l'océan entre le port de Lisbonne et le port de Bristol pour un voyage qui durera au minimum deux semaines. Une escorte d'hommes armés vous accompagne sur un vaisseau de guerre, capable de pourfendre les pirates qui pullulent sur ces mers. Vos affaires personnelles sont transportées dans de vastes coffres doublés de velours. Les jeunes se poursuivent, s'amusent, font des jeux, écoutent le soir à la veillée les histoires extraordinaires que vous leur racontez.

Je vous entends poursuivre le conte, évoquer la fée Viviane dans son palais aquatique, passerelle menant à l'autre monde, île enchantée où elle éleva celui qu'elle appelle Beau Trouvé, Fils de Roi ou Riche Orphelin.

— La Dame du Lac, autrement appelée la fée Viviane, donne à Lancelot une éducation de parfait chevalier. Il devint l'un des plus valeureux de la Table ronde avec Perceval, le chevalier au Lion, et l'un des plus accomplis, habile au combat et à la chasse autant qu'à la musique ou à la danse. Elle l'initia à la courtoisie et à la noblesse de l'esprit. Mais...

— Mais quoi ? interroge en chœur toute la petite assistance.

— Il tomba amoureux de la reine Guenièvre, la propre épouse du roi Arthur, son suzerain à qui il avait juré allégeance. En parfait chevalier courtois, il se dévoua entièrement au service de sa dame. Il obéit à tous ses ordres même lorsqu'elle lui demanda de se dire vaincu lors d'un tournoi ou de monter sur la charrette infamante de la honte. Mais cette faute l'empêchera d'accomplir la quête du Graal.

— Qu'est-ce que le Graal ? demande Bernardo.

— Le Saint Graal est un vase, répond Brianda, dans lequel Joseph d'Arimathie avait recueilli le sang du Christ.

Vous lancez à votre sœur un regard noir. Pour vous, le Saint Graal est une conquête spirituelle à laquelle Lancelot a pu finalement accéder à travers l'amour que lui portait la reine Guenièvre et qui apportera au royaume d'Arthur la paix et la prospérité.

— Tu as complètement changé le sens de l'histoire, ricane votre sœur tandis que le jeune João continue à rêver sur son double, le chevalier blanc, déchiré entre chevalerie et courtoisie...

Les dames ont tout loisir d'interroger l'horizon sur les ponts instables, protégées de l'âpreté des vents marins par des capes de laine épaisse, tandis qu'on prépare les repas sur un foyer alimenté par du bois de corde. Les provisions ne manquent pas. Dans le port de Lisbonne, on a embarqué des barils d'eau fraîche, d'huile et de vin, des paniers regorgeant de fromages, d'oignons, de farine, de haricots, de poisson, de viandes salées, de confitures et de fruits secs, de riz et de pois chiches, de galettes, d'olives et de toutes les épices de l'Orient. Des poulaillers avec des volatiles vivants, enfermés dans des cages, fournissent de la viande fraîche et des œufs. Mais vous souffrez souvent du mal de mer et ne voulez rien en laisser paraître, reconnaissante à Bernardo de s'occuper de la petite Ana.

Pendant que les enfants s'amusent, pendant que vous faites avec votre oncle-beau-frère Gonzalo des projets de vie dans les Flandres, Brianda de son côté boude et ne sort de sa mauvaise humeur que pour jouer les coquettes auprès du capitaine et des jeunes membres de l'équipage, où figurent d'assez jolis garçons.

— Je me demande pourquoi tu nous as contraintes à quitter Lisbonne. Il n'y avait aucun danger. Le roi nous aurait protégées ! ne cesse-t-elle de répéter à la grande sœur toujours si sérieuse, bien trop sérieuse à son goût, qui l'a arrachée à la vie de fêtes et de bals, et tous les charmes de la cour portugaise où elle étincelait de sa resplendissante beauté.

Mais vous n'en avez cure. Vous n'avez pas mentionné à votre sœur le projet de son mariage avec Diogo que vous considérez comme un prétexte pour justifier votre départ. Certes, la rumeur de cette possible union court dans la tribu. Mais depuis la lecture du testament de Francisco, vous avez votre idée sur la question, une idée que vous ne partagez avec personne, pas même avec Gonzalo.

Vous écoutez avec attention ce dernier vous exposer la situation politique du pays qui vous attend, imitée par le plus jeune des adolescents Miquez qui manifeste une agilité d'esprit exceptionnelle pour son âge. João demande à Gonzalo comment les *conversos* sont traités dans le pays dont ils aperçoivent déjà au loin les côtes.

— Comme dans la plupart des pays d'Europe, hors notre Espagne de jadis, répond Gonzalo, les juifs ont été chassés d'Angleterre il y a presque deux siècles. Mais là aussi, certains se sont convertis pour rester. Et des marchands de notre foi sont arrivés après notre expulsion d'Espagne et notre conversion en Portugal. C'est chez eux que nous demeurerons à notre arrivée à Bristol.

Avant de s'endormir sous votre regard apaisant, João serre le poing... Et lance avec détermination :

— Moi, je ferai mieux que Lancelot. Et je te rapporterai le Graal...

L'ESCALE ANGLAISE

À Bristol, la famille Mendes est accueillie par la petite communauté de marchands spécialisés dans le commerce du tissu. Ils pratiquent presque ouvertement le judaïsme, sous le vernis nouveau-chrétien, sans être inquiétés. Vous allez y être hébergée par une homonyme, Beatrice Fernandez, épouse du médecin de la communauté, qui est déterminée à sauvegarder son judaïsme à ses risques et périls. Vous n'en revenez pas d'observer votre hôtesse qui ne se cache pas pour donner des cours de religion, pour faire apprendre aux enfants les prières phonétiques, pour observer les fêtes et les jeûnes, pour cuire elle-même le pain azyme du Seder et pour organiser le rituel dans sa propre maison.

Tracé de la migration de doña Gracia sur une carte de l'Europe du XVIe siècle : Lisbonne, Bristol, Londres, Calais, Anvers, Lyon, Venise-Ferrare, Raguse, Salonique, Constantinople.

À Londres vous attend une communauté *conversa*, minuscule mais agissante, où vous êtes reçue par l'un des vôtres. Antonio della Rogna possède à l'intérieur de sa propre maison une synagogue secrète où la petite famille pénètre avec une espèce d'exaltation sacrée. Dans la ville on ne parle que de la première Bible traduite en anglais, sous l'égide d'Henry VIII qui veut établir une Église d'Angleterre indépendante.

Vous seriez bien restée davantage. Mais une épidémie de peste balaie soudain toute autre préoccupation. Et sans plus attendre, vous filez à nouveau pour gagner Douvres et traverser la Manche. J'aperçois déjà votre attelage tandis que vous prodiguez à Lady Lisle, votre hôtesse de Calais, alors aux mains des Anglais, des adieux émouvants. La voiture traverse le pays de François Ier sur des routes défoncées, parmi des paysages dévastés par la guerre que se sont livrée le Habsbourg et le Valois, afin d'atteindre dans les Flandres le port d'Anvers où vit Diogo Mendes, où règne Charles Quint, où peindra Brueghel l'Ancien. Votre prochain refuge.

DU CÔTÉ D'AVILA

Thérèse a vingt-deux ans. De retour à Avila le dimanche des Rameaux elle subit en juillet chez son père une rechute de quatre jours. Elle restera paralysée pendant plus de deux ans.

ANVERS

Revoir Diogo

L'automne à Anvers. Au moment où vous posez le pied sur le sol de la ville, vous entrez dans l'inconnu. Vous ne connaissez pas votre oncle et beau-frère qui a quitté Lisbonne lorsque vous n'aviez que deux ans. Mais vous avez beaucoup entendu parler de lui. Vous n'ignorez pas que votre sœur Brianda lui a été promise à sa naissance, l'année même où il a levé l'ancre vers les Flandres. Vous savez qu'il a travaillé étroitement avec votre époux, pour mettre en place et faire fonctionner les réseaux d'évasion dont vous venez vous-même de profiter. Vous savez aussi qu'il a été arrêté cinq ans plus tôt et a manqué de peu le pire. Vous savez encore – et non sans une certaine amertume – que votre mari a laissé à son frère, non à vous, la moitié de son énorme fortune, dont vous n'héritez que du quart puisque l'autre quart se répartit entre votre fille et différentes dépenses et œuvres de charité.

J'aperçois l'attelage un peu fatigué par tant de routes qui amène la veuve Mendes et sa famille jusqu'à la somptueuse demeure de Diogo rue du Cimetière Sainte-Marie, dans le plus riche quartier d'Anvers. La propriété que Diogo a achetée récemment comprend, autour d'un patio à l'espagnole, orné d'une fontaine dorée, deux belles demeures séparées ainsi que neuf maisons plus petites réservées à la famille, au personnel et aux réfugiés de passage. Au-delà, rien d'autre que des bois et des espaces ouverts. Au Moyen Âge ces terrains avaient appartenu aux juifs jusqu'à ce qu'ils soient sommés, eux aussi, à la suite d'un pogrom, de se convertir ou de partir.

Je discerne assez bien les deux sœurs qui s'avancent en ce jour d'octobre vers leur oncle qu'elles n'ont encore jamais vu. Par l'effet de miroir qu'est l'écriture, je reconstruis leurs prunelles. Le premier regard qu'échangent entre eux les trois protagonistes de ce drame de famille en herbe contient les semences de la brise qui se transformera en tempête. La lutte sororicide entre Gracia et Brianda naît de ce regard-là. Elles ne s'en remettront jamais.

De fait, ce n'est pas d'un regard qu'il s'agit, mais de trois. Diogo pose son premier regard sur Brianda. Il voit une jeune femme éblouissante dans la fleur de sa jeunesse, captivante par sa sensualité, avec ses espiègles yeux verts, sa chevelure blond-roux à demi cachée par son bonnet, sa bouche voluptueuse qui attire le baiser, ses formes aguichantes qui se devinent à travers le corset. En elle, il identifie, sans en avoir conscience peut-être, des traits de sa sœur Filipa et de leur propre mère. Il est – disons-le – très rassuré qu'elle soit belle. Brianda lui rend son regard, à la fois soulagée devant le charme de l'homme auquel elle sent qu'on l'a destinée et déterminée à le conquérir par tous ses pouvoirs de séduction.

Votre regard intercepte celui des deux autres. Vous voyez un homme qui a tous les traits de votre époux mort mais en plus jeune, plus allègre, plus puissant. Diogo, qui n'a jamais été marié, a l'expérience des femmes. C'est un amant dont toute l'attitude promet secrètement à une maîtresse qu'il la trompera peut-être mais qu'il la satisfera aussi. Le deuxième regard de Diogo se pose à présent sur Gracia, tout habillée de noir. En vous, il voit d'abord la veuve d'un frère dont il a partagé dans l'enfance les épreuves de l'exil, dans l'adolescence la terrible conversion forcée, dans l'âge adulte la construction d'un exceptionnel réseau d'évasion pour leurs frères marranes. Vous êtes l'incarnation même du legs de Francisco. Vous êtes et resterez sacrée à ses yeux. Mais vous voudriez être une femme pour Diogo et ne vous résignez pas à ne pas l'être.

Cet échange de regards ne dure qu'une fraction de seconde. Déjà Diogo s'avance vers les deux dames qu'il salue avec la civilité d'un *caballero*, d'un gentilhomme formé à l'espagnole dans le milieu des cours, et la chaleur d'un parent proche qui accueille les rescapées d'un voyage éprouvant. Il embrasse la petite Ana, étreint avec émotion son frère Gonzalo et ses deux jeunes neveux Bernardo et João qui ne s'attarderont pas. Ils sont impatients de rejoindre l'université de Louvain où leurs cours les attendent.

Une Florence du Nord

Dans les semaines et les mois qui suivent, vous vous laissez aller au soulagement d'avoir trouvé enfin un toit, un hôte, et cette patrie sans frontières, cette patrie nomade qui s'appelle la liberté. Le matin au réveil, pour l'ouverture et la fermeture des portes de la cité, à onze heures chaque soir, pour annoncer la fermeture officielle des tavernes, on y entend les cloches sonnant joyeusement depuis les myriades d'églises. Anvers est à ce moment précis de son âge d'or au centre de l'économie internationale. Elle a gagné sur Bruges et sur Venise le statut de plus riche cité d'Europe. À Anvers, on peut encaisser une lettre de change écrite n'importe où, prendre une option sur une marchandise à venir dans le port, vendre des produits, augmenter du capital dans n'importe quelle monnaie. J'imagine la toute première Bourse comme certains centres commerciaux d'aujourd'hui avec une cour centrale entourée d'arcades couvertes, sculptées, décorées dans le style gothique. Sous les voûtes, des bancs et de longues tables où l'on peut négocier et écrire. Au-dessus, des boutiques et des ateliers où les grands peintres flamands de l'époque vendent leurs œuvres.

Cette Florence du Nord attire les orfèvres, les tisserands, les souffleurs de verre, les sculpteurs, les dramaturges, les musiciens, les relieurs, les imprimeurs, les diamantaires, les soyeux, les graveurs, les écrivains, les penseurs, les éditeurs, les artisans et, suivant les époques, des peintres comme Jérôme Bosch, Albrecht Dürer ou Brueghel l'Ancien. Chaque jour s'y célèbrent naissances, baptêmes, mariages et banquets de funérailles. Chaque nuit s'y donnent des fêtes somptueuses dont Diogo a le secret. Les foires et les marchés y sont bondés.

Diogo déploie tous ses charmes pour captiver les dames et leur faire aimer la cité des Flandres où elles s'apprêtent à vivre. Il les escorte dans les réjouissances et les emmène au spectacle. Ils vont déjeuner sur l'herbe ou dresser des tables dans les champs voisins. Brianda et Gonzalo patinent avec lui quand arrivent les premiers frimas sur les douves gelées. Il vous fait découvrir une bibliothèque publique, vous introduit dans les ateliers des grands peintres ou dans les boutiques artisanales qui exposent et vendent les tapisseries des Flandres. Surtout, il vous permet de renouveler votre garde-robe, défraîchie par l'interminable voyage, dans des lieux à la mode où vous vous commandez des toilettes fastueuses.

Brianda est aux anges. Elle se passionne pour la mode autant que pour les arts et se damnerait pour une toilette. Vous êtes plus sobre dans vos goûts, sans le désir insatiable de plaire qui caractérise votre sœur. Mais vous êtes sensible à l'élégance, marque de noblesse morale et sociale, et serez toujours parfaitement habillée. Anvers à cette époque est l'une des capitales du goût. C'est là que Thomas Cromwell achète ses chemises et ses meubles, là que Lady Lisle commande ses gilets, ces *waist coats* très en vogue l'année de votre arrivée, là que Diogo Mendes choisit ses tenues de gentilhomme jamais en reste de raffinement.

Vous causez avec Diogo qui vous raconte l'histoire de la cité, aujourd'hui possession de Charles Quint élu quelque vingt ans plus tôt empereur du Saint Empire contre François Ier, qu'il a depuis emprisonné à Pavie. Le roi d'Espagne est un héritier. Il règne sur une grande partie de l'Europe, des Pays-Bas jusqu'à l'Autriche, la Bohême et la Hongrie. Dans l'incapacité d'être partout à la fois, le souverain a installé sa sœur Marie, reine douairière de Hongrie, à la tête des Pays-Bas. Marie, qui a toujours refusé de se remarier, est une reine sans pouvoir. Elle a laissé à la postérité cette phrase qui pourrait s'appliquer à la plupart des femmes de son époque, y compris à vous-même : « J'ai trop d'expérience pour ne pas reconnaître qu'il est impossible à une femme d'exercer des fonctions dans la paix et encore moins dans la guerre, principalement si elle est veuve, car la femme, quelle que soit sa qualité, n'est jamais crainte ni respectée comme l'homme. »

Mais c'est avec elle que Diogo d'abord puis vous-même devrez traiter. Son frère le Habsbourg a trois ennemis jurés : les Turcs, les Français et les protestants. Les nouveaux-chrétiens persécutés par l'Inquisition se rapprocheront des trois. Charles Quint peut facilement en déduire que les amis de nos ennemis sont nos ennemis.

SE (RE)MARIER ?

Les jours passent mais Diogo n'aborde pas le sujet tabou de son mariage. Il est courtois avec vous, empressé avec Brianda. Vous mettez cet empressement sur le compte du malentendu qui règne entre vous du fait de ce silence. Dans les semaines qui suivent, un huis clos de plus en plus tourmenté se développe entre cet homme de cinquante-deux ans qui ne fait pas son âge et les deux jeunes femmes dont la plus vieille n'a que vingt-huit ans. Diogo ne manque pas d'exercer ses talents de séducteur. Il en a l'habitude. Chacune des sœurs se prend au piège et une âpre concurrence s'installe entre elles, avec des armes différentes. Brianda joue de sa séduction auprès des hommes pour attiser la jalousie de Diogo. Vous l'attirez par votre conversation et votre intelligence.

Ce soir-là, en vous couchant, vous avez décidé de trancher. Brianda est absente, partie à une fête, chaperonnée par Gonzalo. Vous avez dîné avec Diogo, conversé avec lui des affaires de la maison Mendes. Mais vous n'avez pu vous endormir. Au milieu de l'insomnie, vous vous êtes levée et dans votre vêtement de nuit, une légère chemise de toile fine immaculée, vous vous êtes glissée dans la maison de Diogo et avez frappé à la porte de sa chambre.

— Meïr, tu es mon oncle, frère de ma mère, et mon beau-frère, frère de mon époux. Il ne tiendrait qu'à toi de devenir mon mari. Nous réunirions ainsi nos deux parts de la succession familiale pour ne former qu'un seul patrimoine comme le sous-entend le testament de Francisco.

— Gracia, douce amie… Tu sais à quel point tu m'es chère. Mais c'est à ta sœur que je fus promis.

— Tu n'es pas sans ignorer que la loi du lévirat impose à tout homme le devoir d'épouser la femme de son frère mort.

— Je connais l'injonction de la *halitsa.* Mais c'est à la condition que cette veuve n'ait point d'enfant… Et tu as Ana…

— Dans ce cas, il nous faudra recourir à la cérémonie du déchaussement par laquelle je te libérerai… de moi.

— Franchement, Beatriz, ce rituel ne s'impose pas…

Diogo, s'il est hanté par les persécutions contre les *conversos* et les moyens d'y remédier, est influencé par le courant rationaliste qui verra dans la judéité l'identité d'un peuple hanté par l'exil plus que le strict respect d'une loi ancestrale.

Beatriz... Gracia... je ne vous reconnais plus. Vous êtes nue sous vos vêtements de nuit, votre chevelure étalée jusqu'à vos flancs. Vous n'avez rien de commun avec la dame en robe de velours élimé qui s'est avancée en ce jour d'octobre à la rencontre d'un inconnu qui va devenir un intime. Vous le regardez alors. Une flamme inconnue traverse votre corps. Et soudain, sans le vouloir, sans le savoir, vous vous jetez dans ses bras.

Mais son premier mouvement est de se dégager.

— Beatriz... je ne peux pas... Tu es toujours pour moi la femme de mon frère bien-aimé... Un être sacré ! Gracia... Pardon... J'ai besoin de toi... Autrement...

Rêve ou réalité ? Ce matin-là, vous vous êtes réveillée en sueur, les cheveux en bataille, votre longue chemise blanche entièrement relevée. La rumeur laisse entendre que vous avez voulu vous substituer à votre sœur. Par désir ou par intérêt ? Les deux motivations ne sont pas exclusives. J'ignore si vous avez sacrifié au vieux rituel séfarade par lequel la veuve libère son beau-frère de l'obligation de l'épouser en le déchaussant. Mais je sais, je sens que vous avez désiré Diogo cette nuit-là comme vous n'aviez jamais désiré aucun homme jusque-là.

Les noces de Brianda

Deux ans après la scène où, pour la première fois de votre existence, vous vous êtes abandonnée à vous-même, on célèbre les noces de don Diogo Mendes avec doña Brianda de Luna dans la chapelle de la demeure anversoise.

Bien des choses ont changé pendant ces premières années de votre installation dans la ville des Flandres. Vos relations avec votre beau-frère se sont tendues tandis que vous avez négocié avec lui le contrat de mariage de votre sœur en y intégrant une dot confortable : quatre mille trois cent cinquante ducats prélevés sur le patrimoine de la famille de Luna. Pas un mot sur cette nuit dont vous avez honte. Une femme pardonne rarement d'avoir été repoussée, surtout au profit d'une autre. On oublie trop souvent la Phèdre antique et racinienne qui accuse Hippolyte de l'avoir forcée alors qu'il l'a repoussée par respect filial et parce qu'il a d'autres orientations sexuelles. Vous n'êtes pas Phèdre. Vous n'incriminez pas votre beau-frère. Mais vous lui en voulez. Le ressentiment est de votre côté, la culpabilité du sien.

Vous n'hésitez pas à l'accabler de reproches : il manque de zèle dans l'observation des rites juifs secrets ; il s'est exagérément « christianisé ». Il vous répond que depuis son arrestation pour crime d'hérésie, il est sous la surveillance constante des autorités, qui pèsent le moindre de ses gestes pour le mettre en défaut. Vous opposez une grande résistance à la pratique des rites catholiques, témoignera le père Sebastião, prêtre portugais. Dans le confessionnal, vous exigez de vous asseoir sur une chaise et vous ne vous mettez jamais à genoux. Vous ne confessez aucun péché mais dites seulement :

— J'aime Dieu.

Votre dernière exigence ? Que Diogo sollicite du pape Paul III l'autorisation pour toute la famille Mendes additionnée de six autres hommes – afin d'avoir le quorum requis pour un *minyan* – d'organiser chez eux, dans leur chapelle, un prétendu service catholique, d'y recevoir la communion, et d'y choisir leur confesseur.

— Gracia, tu déraisonnes… le Vatican comprendra tout de suite à quoi nous voulons en venir !

— Ton frère Semah l'avait obtenu d'un autre pape à Lisbonne !

Le plus incroyable est que vous arrivez à vos fins. La réponse papale qui vous est adressée donne au confesseur nouveau-chrétien le droit d'absoudre chacun d'entre vous de toute allégation de transgression ou d'hérésie et vous accorde le « privilège d'un autel portable… à huis clos… sans cloches et à voix basse ». La famille est autorisée à manger de la viande durant le carême « sur avis d'un médecin ». Elle est également habilitée à enterrer ses morts sans aucune pompe funéraire. Du coup, l'union entre Diogo et Brianda est célébrée dans la « chapelle » familiale, en l'absence de tout regard extérieur. J'ai du mal à imaginer cette cérémonie surréaliste : un mariage juif sous un crucifix !

Du côté d'Avila

Thérèse a vingt-quatre ans. Vers le milieu de l'année, elle recouvre la santé, selon elle, grâce à saint Joseph. Elle revient au couvent avec les goûts mondains de sa jeunesse. Son esprit s'égare et elle abandonne la prière.

Le fils de Lucrèce Borgia

Dès la veille du mariage de Diogo, vous avez déménagé, quittant volontairement le cocon domestique et familial de la rue du Cimetière Sainte-Marie pour vous installer chez vous et laisser le jeune couple à ses ébats. Vous avez la nostalgie de Lisbonne et de ceux que vous avez laissés derrière vous, dont votre mère doña Filipa qui s'est éteinte là-bas sans vous. Dans vos lettres, vous vous plaignez d'être seule, malgré la présence de Gonzalo, d'une armée de domestiques nouveaux-chrétiens et de beaucoup de réfugiés de passage qui vont directement chez vous maintenant que Diogo est occupé par sa nouvelle épouse. Parmi eux, le docteur Dionisius, médecin « portugais », qui s'était d'abord réfugié à Londres. Vous rêvez de quitter Anvers. Sur vos instances, il sollicite de la reine Marie ainsi que de la France des sauf-conduits pour la ville de Ferrare en Italie.

Pourquoi Ferrare, cette petite ville sur le Pô à une centaine de kilomètres de Venise ? Le duc Hercule II, fils de Lucrèce Borgia, y est arrivé au pouvoir trois ans plus tôt et il a confirmé l'édit de son grand-père Hercule Ier, qui après l'expulsion avait accueilli les *ebrei spagnoli*, les bannis d'Espagne. D'autres juifs du Levant souvent d'origine espagnole ont choisi de revenir en Europe où ils peuvent développer le commerce avec l'Orient. Et le duc envoie des émissaires à Anvers pour y recruter de riches marchands *conversos* en voie de marranisme. Son négociateur est arrivé en Flandre avant le mariage de Brianda et vous a trouvée en plein désarroi. Il vous transmet les propositions du duc Hercule. Le Ferrarais note dans ses carnets, versés dans les archives, que doña Gracia est sur le point de déménager dans sa ville avec d'autres *conversos* et qu'il a l'intention de les y escorter.

Mais il y a un hic : la route directe Ferrare-Anvers passe par le duché de Milan, vassal du Saint Empire, alors sous le contrôle de Charles Quint. Et son représentant, le terrible Vuysting, guette les nouveaux-chrétiens pour les dépouiller et les torturer afin de leur extorquer des renseignements sur les Turcs. On envisage alors de vous faire passer par la France. Mais les Français refusent. Ils ont déjà des marchands nouveaux-chrétiens du Levant, libres de commercer dans leur pays.

Vous avez été tentée mais vous réfléchissez. Ce n'est pas à vous que vous pensez tout d'abord. Ce que vous demandez pour vous-même et votre famille, vous entendez le solliciter aussi pour vos frères de malheur qui n'ont pas les mêmes moyens que vous. Vous exigez des garanties permettant à *tous* les nouveaux-chrétiens préparant une installation à Ferrare d'être autorisés à retourner librement au judaïsme sans peur et sans représailles du terrible tribunal. Certes Ferrare n'a pas d'Inquisition et le duc Hercule est un homme de bonne volonté. Mais il n'est pas éternel et la cité est un petit État chrétien. Si à un moment ou un autre le vent tournait, ils pourraient être taxés de catholiques renégats.

Le duc Hercule répond par un édit qui autorise tout marchand hispanophone ou lusophone, incluant ceux qui reviennent du Levant, de résider à Ferrare, comme chrétiens ou comme juifs. Le décret les autorise à emporter toutes leurs possessions sans payer de droits de douane. D'un trait de plume, le duc fait de sa ville de Ferrare un havre de paix, le refuge le plus sûr de toute l'Europe chrétienne. Ariès de Luna, votre frère, sera le premier de la famille à s'y installer.

L'élargissement de la demande du docteur Dionisius à « quatre femmes portugaises » n'aboutit pas à temps. L'émissaire accompagne le médecin jusqu'à Ferrare, vous laissant sans escorte. Vous renoncez pour cette fois. Il est remplacé dans votre demeure par un autre médecin « portugais », non moins prestigieux : Amatus Lusitanus.

Le docteur Lusitanus

Vous sauvez des vies mais vous ne parvenez pas à vous défaire de votre mélancolie ; de cette *saudade* de l'exil, faite de vague à l'âme, de nostalgie d'un chez-soi au cœur même de l'ailleurs, de regret de tout ce qui a été perdu. Pour la première fois de votre existence, vous ne vivez plus dans la même demeure que votre sœur qui file le parfait amour avec celui qui vous a rejetée. Avec le temps, les charmes d'Anvers, si différente de votre lumineuse Lisbonne natale, se sont épuisés. Les contrôles religieux sont de plus en plus sévères. Vous vous languissez tellement que vous cessez de manger et tombez malade. Et vous appelez à votre chevet le célèbre médecin botaniste et novateur appelé Amatus Lusitanus, lui aussi *converso* portugais, d'origine espagnole. Né juif sous le nom hébreu de Haviv, il est devenu par conversion João Rodrigues de Castelo Branco au Portugal. Pour vous il demeurera Amatus, l'Aimé. Il a fait ses études à l'université de Salamanque. Il est connu pour ses recherches sur les plantes médicinales importées d'Inde et d'Orient. Lié depuis longtemps à la famille Benveniste, il a à peu près votre âge. Amatus, le bien nommé, vous traitera pour des malaises digestifs mais probablement aussi pour d'autres maux plus intimes.

Ce jour-là, vous l'avez fait appeler dans votre chambre. Vous avez des troubles de digestion et souffrez de l'estomac.

Le docteur vous confectionne une boisson médicinale à base de roses roses. Il s'assoit auprès de votre lit. Vous lui parlez de vos douleurs mais aussi de votre solitude loin du pays de votre enfance, dans cette ville brumeuse et pluvieuse, où l'on parle ce français et ce flamand que vous ne comprenez pas. Vous lui parlez de vos parents, Álvaro et Filipa, qu'il a connus. Ils avaient tant souffert de l'expulsion d'Espagne et de la conversion forcée ! Et vous auriez tant voulu les emmener avec vous dans votre fuite ! Vous lui parlez de Francisco, votre tendre, votre irremplaçable époux, qui n'a pas pu vous accompagner jusqu'au bout. Et de votre petite Ana que vous appelez Reyna et qui n'a pas six ans. Quel avenir connaîtra votre enfant dans ce monde fanatique qui sombre de toutes parts, où l'Inquisition menace de s'étendre, où l'argent et l'or amassés à si grande peine sont versés sans répit pour sauver des vies, comme de l'eau dans un réceptacle de sable, qui absorbe tout ?

Le médecin écoute – il sait écouter – votre douce voix qui passe de l'espagnol au portugais – pour conter le commencement de l'errance, l'isolement du veuvage, la peur des puissants, l'immense commisération pour ceux des vôtres qu'on a martyrisés pour être restés fidèles à une foi qu'on leur a arrachée par la force la plus brutale. À son tour, il se livre. Il évoque sa vie mais aussi ce qui lui donne sens, ses recherches. Il vous raconte la censure qui a expurgé de ses ouvrages certains passages, sa critique du droit canon imposant aux religieuses une chasteté qui pour la plupart n'est pas choisie et qui leur procure des troubles…

— … bien semblables à ceux qui vous… qui t'affectent en ce moment, ma Dame.

Est-il conscient de ce qu'il vient de dire ? Soudain, entre vous : le silence. Amatus n'est plus un médecin mais un homme. Vous n'êtes plus une malade mais une femme, dont la chair pleure la privation, le désir, refoulé au plus profond depuis que Diogo s'est refusé en cette nuit où vous vous êtes offerte, comme vous vous offrez en ce moment même à cet homme, qui se penche sur vous et qui vous attire à lui.

C'est ainsi que le médecin deviendra le remède et que revenue de votre dépression, désensorcelée de Diogo, vous pourrez vous impliquer dans la conduite de ses affaires et dans la gestion des réseaux qui entraînent grâce à vous vers les Flandres, vers les villes italiennes et vers l'Empire ottoman des « Portugais » de plus en plus pauvres, fuyant l'hydre de l'Inquisition, de la captivité et de l'esclavage, comme les migrants d'aujourd'hui fuient la misère et les dictateurs.

Je découvre qu'Amatus avait travaillé avec Ambroise Paré, premier Français à évoquer la découverte italienne du clitoris « siège du plaisir féminin » nommé *Amor veneris*. On pensera ce qu'on voudra de cette coïncidence.

Les filets secrets des Mendes

Vous êtes libre. Plus de tuteur, plus de mentor. Amatus vous soigne mais c'est vous qui décidez de tout. De son côté Diogo vous traite avec un respect et une affection accrus depuis qu'on a appris la nouvelle tant attendue de la grossesse de Brianda.

— Un fils ! Gracia, nous allons avoir un fils ! Enfin !

Ni Diogo ni personne ne peut, en ces temps reculés, déterminer à l'avance le sexe du bébé. Mais la conviction remplace l'échographie. Sur votre conseil, Diogo prétexte de la future naissance pour faire venir sa vieille nourrice de Saragosse. Blanca Fernandes a soixante-quinze ans, âge canonique pour une nourrice. Née en Espagne, elle a suivi la famille à Lisbonne où elle a été convertie de force, puis, dans les commencements de l'Inquisition, elle a fui à Madère. À l'arrivée à Anvers, malgré vos efforts, elle n'échappe ni à l'arrestation ni à l'interrogatoire. Elle est accompagnée d'autres membres de la famille, dont votre tante Tolosana, sœur de Filipa, et mère de Bernardo et João.

Dans le bureau du rez-de-chaussée de la demeure où Diogo traite ses affaires, vous passez désormais ensemble de longs moments, de l'aube aux heures les plus tardives de la nuit, penchés sur des écritures, des lettres, des documents, des chiffres tandis que les techniques et les secrets se transmettent à bas bruit dans les langues ibériques qui un jour deviendront le ladino, le « juif », la langue des Judéo-Espagnols. Diogo vous apprend les stratégies pour protéger les marchandises et les empêcher de tomber dans les griffes de l'ennemi. Comment identifier les sceaux de cire codés ou les autres marques secrètes destinées aux marchands nouveaux-chrétiens, comment réassigner les avoirs à d'autres familles de *conversos*, en cas de saisie ou d'arrestation par l'Inquisition, quelles sont les techniques de double comptabilité ? Il vous explique que les marchands gardent très peu de registres commerciaux et font leurs comptes sur des petits morceaux de papier en signes codés, un peu comme de la sténo, indéchiffrables.

Ainsi mon ami l'ex-goulaguien Jacques Rossi, dit Jacques le Français, prendra-t-il l'habitude en plein XXe siècle de tenir son carnet d'adresses en langage codé appris dans les services secrets du Komintern et les camps soviétiques.

AU COUVENT DES CARMES

Le privilège papal, obtenu par Diogo, vous permet « accompagnée de quatre honnêtes femmes » de visiter au moins quatre fois par an le couvent des Carmes ou tout autre monastère féminin de votre choix et de vous y entretenir avec des religieuses cloîtrées. Vous leur réservez des donations qui font partie des devoirs de charité d'une bonne chrétienne mais qui en sous-main servent la résistance à l'oppression des autorités catholiques. La stratégie globale des nouveaux-chrétiens implique l'envoi de jeunes filles *conversas* dans ces couvents disséminés dans l'Europe entière. Objectif : leur sécurité personnelle et la préservation secrète de la foi unique. Le couvent est le lieu idéal pour cacher des documents ou des objets précieux, servir de relais aux correspondances secrètes ou accueillir des voyageurs clandestins. Quelques années plus tard, du côté d'Avila, Thérèse, petite-fille du *converso* Juan Sánchez, réformera le Carmel et déchaussera les Carmélites.

NAISSANCE DE *LA CHICA*

Cette nuit-là, vous n'êtes pas couchée, vous frémissez en lisant le témoignage concernant l'une de vos obligées sur la route de Milan, perdant son compagnon alors qu'elle est sur le point d'accoucher, et retrouvée morte de froid avec le bébé. À la porte de votre demeure, un envoyé de votre beau-frère tambourine.

— Doña Beatriz, le seigneur Diogo vous implore de venir immédiatement. Votre sœur a perdu les eaux depuis plusieurs heures et l'enfant se présente mal.

Vous vous précipitez. Brianda a grossi exagérément ces derniers mois et vous vous êtes préparée à un accouchement difficile. Dans l'antichambre, Diogo a réuni son frère Gonzalo, sa sœur Tolosana, et la vieille nourrice Blanca. Vous arrivez au moment où la tête du bébé émerge avec le hurlement sauvage de la mère.

— C'est un garçon !

On attend l'autre cri, celui de la vie… Il ne vient pas… Le docteur Lusitanus s'affaire au milieu des sages-femmes. Il est décomposé. Et Brianda continue de gémir puis de crier.

C'est Blanca la vieille nourrice qui donne l'alerte.

— Il y en a un autre !

Vous corrigez doucement :

— Une autre.

C'est vous qui recevez la petite fille tandis que les matrones s'occupent du premier bébé mort – car il est bien mort – et que Diogo, effondré, sanglote sur un fauteuil.

Vous resterez au chevet de votre sœur et ne quitterez pas la nouvelle-née d'une semelle pendant ces quelques jours tourmentés. La petite fille sera baptisée à la cathédrale Notre-Dame d'Anvers en grande pompe et vous la porterez sur les fonts baptismaux. Le jour de son baptême, vous la déposerez délicatement dans les bras de votre fille Ana alias Reyna en lui recommandant de l'aimer toujours comme sa sœur. Ce qu'elle fera jusqu'au bout. Comme vous, elle se nomme Beatriz Mendes pour les chrétiens, Gracia Benveniste pour les juifs. Comme elle est votre miniature, plusieurs biographes la surnomment Gracia *la Chica*, la Petite, pour la distinguer de sa tante. Et c'est ainsi que je la nommerai. Tandis que la mère pleure à grand bruit la perte de son petit garçon, vous vous appropriez votre filleule que vous considérerez toujours comme votre fille.

DU CÔTÉ D'AVILA

Thérèse a vingt-six ans. Un jour, par hasard, elle voit dans un oratoire une image du Christ souffrant. « C'était une représentation si vive de ce que Notre-Seigneur endura pour nous, qu'en voyant le divin Maître dans cet état, je me sentis profondément bouleversée. Au souvenir de l'ingratitude dont j'avais payé tant d'amour, je fus saisie d'une si grande douleur qu'il me semblait sentir mon cœur se fendre. » Elle reprend l'oraison naturelle, le dialogue direct avec Dieu. Mais son confesseur lui affirme que c'est le démon qui lui crée des illusions.

CHRONIQUE D'UN MEURTRE NON PERPÉTRÉ

Les réseaux d'évasion se sont tendus depuis votre arrivée à Anvers. La situation des convertis portugais devient catastrophique, entre les ravages de l'Inquisition et une grave crise économique. Alors ils émigrent. Ou plutôt ils s'évadent. Plus seulement les riches qui entendent préserver leurs avoirs et les développer, mais les pauvres qui veulent seulement sauver leur peau. Les nécessiteux reçoivent à Londres des lettres de change au nom de Diogo, apportées par un marchand vieux-chrétien, qu'ils encaisseront après avoir passé par les fourches caudines de l'entrée dans la ville. Vous unissez tous vos efforts avec ceux de Diogo pour porter secours aux misérables qui se déversent des cargos sur les quais, flottille après flottille, les vieux et les malades, les enfants et les femmes enceintes. Leurs maigres possessions sont cachées dans les doublures, les garnitures des vêtements et sous les chapeaux hauts de forme. Tous sont arrêtés et subissent l'interrogatoire. La plupart sont dépouillés, surtout si on leur prête la moindre intention de passer chez les Turcs. Et le fruit des spoliations emplit les coffres de l'empereur toujours en faillite.

Ainsi les bijoux de ma grand-mère Marie Jerusalmi ont-ils dû enrichir le trésor de guerre nazi. Et pourtant grâce à notre concierge parisienne, mon père a survécu à la rafle des Bulgares de 1942 tandis qu'aujourd'hui même, des Justes polonais nourrissent les réfugiés ukrainiens. Toute l'opération anversoise supposait une confiance entière dans la famille bienfaisante, une *confiance* dont les clefs sont en train de se transmettre de Diogo à Gracia.

Ce jour-là vous trouve assemblés dans la crypte secrète chez votre oncle-beau-frère. Il y a là son représentant à Londres Antonio della Rogna ainsi que d'autres marchands *conversos*, Gonzalo, Tolosana, vous-même et Gaspar López votre cousin et agent milanais. Brianda s'est fait excuser. Elle a rendez-vous avec un artiste dans un atelier. Objet de la réunion : la situation des *conversos* devenue intenable. Au Portugal, ils ne peuvent plus survivre. S'ils veulent récupérer leurs dettes, ils sont menacés par leurs débiteurs d'être dénoncés comme hérétiques à l'Inquisition. À Londres, Henry VIII se rapproche de Charles Quint et ils ne sont plus en sécurité en Angleterre. Quant à l'empereur, son obsession est le sultan ottoman qui offre l'asile et la liberté de religion à *ses* marranes. Pour beaucoup, Anvers n'est qu'une oasis avant l'Italie et l'embarquement pour le Levant, terre des infidèles. Diogo a payé et paie encore pour atténuer les persécutions. Mais cela ne suffit plus. L'esprit de l'Inquisition est dans l'air : spoliations, délations, tortures, exécutions. López vous conte par le menu le calvaire infligé par le représentant du Habsbourg aux malheureux refugiés portugais qui doivent traverser son duché pour atteindre les autres villes italiennes et au-delà l'empire du sultan.

— Que faire ? interroge Diogo, tandis que vos yeux se mouillent de compassion et que vos poings se serrent de colère.

Vous n'hésitez pas une minute.

— Supprimer Vuysting.

Suit un grand silence.

Puis Diogo reprend le questionnement.

— Comment ?

J'ai l'impression de répéter le récit du meurtre dans la cathédrale il y a moins d'un siècle dans la ville natale des Benveniste. Il ne s'agit plus d'un Grand Inquisiteur, mais du représentant de Charles Quint. Néanmoins cette fois, le complot se solde par un échec. Gaspar López est arrêté à Milan, soumis à son tour à la torture et retourné. Il désigne les conspirateurs : Diogo Mendes, Antonio della Rogna et vous, doña Beatriz, veuve Mendes : des juifs cachés, ayant fait allégeance à leur foi et prêts à tout pour la préserver. C'est Vuysting lui-même qui mène l'enquête. On interroge d'abord les capitaines de vaisseau.

Ces témoins-là n'ont pas intérêt à dénoncer. Puis il y a les autres, les prêtres, les servantes, les vieux-chrétiens de tout poil, agents de la couronne, de toutes les couronnes.

Ceux-là racontent l'entrée clandestine des réfugiés dans la cité des Flandres après qu'ont sonné les cloches du couvre-feu et de la fermeture des portes. Ils évoquent les *conversos* anversois bons catholiques, qui une fois à Venise ou à Ferrare deviennent juifs pratiquants. Un ancien serviteur de Diogo est maintenant rabbin à Venise. Des marranes brûlés en effigie à Lisbonne vivent paisiblement à Anvers. Des services religieux juifs sont organisés à l'intérieur des maisons anversoises ou aux abords des couvents de Carmélites. Leurs corps sont inhumés, selon le rite juif, à même la terre dans les vastes espaces alentour.

Il faut que Charles Quint et sa sœur Marie la régente aient bien besoin de l'argent des Mendes car ils n'osent rien faire contre Diogo.

Mais le temps presse. Une nouvelle fois, les mêmes mots sont sur vos lèvres et se transmettent aux siennes... *Yrse, partir.*

Vous proposez Ferrare à nouveau. Amatus a été invité par l'université de la ville et vient de quitter Anvers. Diogo ne dit pas non. Mais Brianda refuse catégoriquement de s'en aller.

Adultère

Cependant, Diogo ne voit pas beaucoup sa femme à la maison. Et depuis plusieurs jours, la Chica qui n'a pas un an est saisie d'une forte fièvre qu'on ne parvient pas à faire passer. Vous êtes à son chevet sans discontinuer, tandis que Diogo, penché sur un livre de comptes, vérifie les dépenses de l'épouse.

— Elle va finir par nous ruiner avec ses toilettes et ses artistes, sans compter toutes les vies que nous ne pourrons pas sauver !

Vous n'en pensez pas moins, mais essayez de calmer votre beau-frère, d'excuser votre sœur.

Diogo a jusque-là réussi à se contenir, mais cette fois il éclate d'une colère froide.

— Tu n'as pas besoin de la couvrir. Elle jette l'argent, notre argent, par les fenêtres, et pas seulement en œuvres d'art. Et elle n'est jamais là. Quant au soupirant à qui elle dispense ses agaceries, il n'y en a pas un, mais plusieurs !

— Elle est jeune. Elle a eu quelques années difficiles…

Vous évoquez le départ de Lisbonne, l'épreuve du voyage, de l'exil, le douloureux accouchement, la mort du fils…

— Elle a bien le droit de s'amuser un peu !

— Gracia, pas de ces fourberies avec moi. Je l'ai fait suivre. Je *sais*. Je connais jusqu'au nom de son amant du moment. Je suis en droit de demander des comptes. Et de sévir.

Vous baissez la tête. Vous ne répondrez pas au mari courroucé. Vous tenterez de parler à votre sœur, de la prévenir de faire attention, de changer d'attitude. Le premier galant vieux-chrétien introduit dans l'intimité d'une nouvelle-chrétienne est, surtout s'il finit par être éconduit, un délateur potentiel. Ils sont à la merci du moindre soupçon.

Mais Brianda ne se contentera pas de se rebiffer, elle vous accusera de l'avoir dénoncée à son mari. La bataille meurtrière entre vous, commencée à l'instant où vous avez aperçu Diogo pour la première fois, est en train de se transformer en conflit armé. Quant au mari dont le ressentiment gonfle jusqu'à la haine, il observe.

Réapparition de João

L'année 1542 commence dans cette ambiance délétère. Mais à l'automne, une nouvelle brise la morosité ambiante.

— Josef est de retour ! Que notre Dieu soit loué ! Josef est là !

Josef, c'est João Miquez, fils de Tolosana, doublement apparenté à vous puisqu'il est votre cousin et le neveu de votre mari. Et celle qui pousse le cri d'allégresse est votre fille, la petite Ana qui vient d'avoir huit ans.

Le plus jeune des frères Miquez, qu'on appelle secrètement par son nom hébreu Josef, brillamment diplômé de l'université de Louvain, vient se reposer dans sa famille à Anvers. Deux ans plus tôt, c'est son frère Bernardo, alias Samuel, qui était revenu couronné de lauriers. Bernardo a décroché le titre de docteur, a étudié le latin et l'hébreu, programme d'études réservé à la fine fleur des étudiants en théologie. L'aîné des fils du docteur Miquez, savant et intellectuel comme son père, est un rêveur qui abandonne volontiers à son frère les feux de la rampe. Vous l'aimez tendrement mais vous aimerez Josef autrement.

João vient de servir comme capitaine de cavalerie dans l'armée de Charles Quint. Il rentre chez les siens grandi, mûri, fort d'un « carnet d'adresses » qui inclut le propre neveu du Habsbourg, le futur Maximilien II dont il est devenu à l'université le compagnon et l'ami. Dans les tournois de joute, il a souvent affronté par jeu ce partenaire complice qui sera un jour empereur des Romains, roi de Bohême et de Hongrie. Devant sa famille, Josef évoque ces passe-temps avec éloquence et esprit. Il rayonne d'énergie, d'intelligence et de charme. Il a dix-huit ans. Et la beauté du diable.

Vous en avez trente-deux et vous ne rayonnez pas moins par votre présence, votre élégance grave et comme retenue, sans la joliesse et les minauderies de votre sœur. Il y a dans votre regard sombre un feu intérieur qui ne vient pas des sens ni de l'intelligence, mais d'une forme de spiritualité fascinante pour ceux qui vous croisent en un moment où vous n'êtes plus « la veuve Mendes » mais déjà doña Gracia. Pour João, vous aviez d'abord incarné l'épouse de celui qui remplaça son père dans les années cruciales de l'adolescence, puis vous avez été celle qui lui servit de mère pendant l'odyssée britannique. Aujourd'hui que Josef est un homme, vous êtes devenue… une femme. Dans le fond de votre cœur, il était et demeurera le chevalier blanc, le Beau Trouvé.

Ses études à Louvain ont donné à João la maîtrise du français et il a commencé à travailler pour la maison Mendes à Lyon. C'est dans le commerce lyonnais que les rois de France lèvent les fonds pour leurs guerres contre Charles Quint. João a déjà négocié pour la maison Mendes des prêts importants à la couronne française, atteignant jusqu'à cent cinquante mille ducats.

Pendant cette adolescence européenne et cosmopolite, João alias Juan alias Jean alias Giovanni, le caméléon qui deviendra Josef, a été formé à l'esprit chevaleresque qui subsiste encore en ce grand moment de la Renaissance et que don Quichotte incarnera de façon picaresque dans quelques décennies. Depuis que vous lui avez conté l'histoire sur la caraque qui vous menait vers l'Angleterre, dom João se voit en Lancelot du Lac et vous êtes sa reine Guenièvre, la femme de l'oncle, à la fois interdite et convoitée. Entre vous deux, aujourd'hui adultes, et dès le premier regard de reconnaissance, naît une étoile qui ne cessera de scintiller jusqu'à votre mort et la sienne.

Catherine Clément, dans son beau roman *La Señora*, m'a permis de faire votre connaissance. Elle y narre, à la première personne masculine, la passion qui aurait dévoré Josef pour sa cousine devenue sa tante par alliance, qu'il aurait désirée, sans la toucher, jusqu'au bout. Les autres biographes n'effleurent qu'à peine le sujet, se contentant de reproduire les ragots des mauvaises langues de l'époque qui auraient fait courir le bruit d'une liaison charnelle entre la tante et le neveu. La connotation incestueuse ne gêne pas alors. Francisco, votre mari, n'était-il pas le frère de votre mère ? Mais la différence d'âge, dans le sens interdit, faisait tenir pour peu vraisemblable une histoire d'amour entre une femme et un jeune homme que quatorze ans séparaient. Et pourtant, votre contemporaine Diane de Poitiers a vingt ans de plus que le roi Henri II, son insatiable amant, et elle l'a connu presque dans les langes. Alors si le roi Henri est resté jusqu'au bout amoureux de Diane, pourquoi pas Josef de vous ? Un autre modèle, féminin et littéraire celui-là, naîtra au siècle suivant sous la plume de Madame de Lafayette. Je reparlerai de la princesse de Clèves. Car il s'agit, en l'absence de trace écrite de votre part, de vous prêter des sentiments qui soient dignes de vous. À partir de ce moment où João/Josef pose le pied sur le sol de votre demeure d'Anvers, je vous vois tomber en amour de votre Nemours et lui de vous.

La mort de Meïr Benveniste

Anvers, printemps 1543. Il va mourir, Diogo Mendes alias Meïr Benveniste. Il a cinquante-huit ans, six ans de plus que Francisco au terme de sa vie. Il va mourir. Jusqu'au bout, il a tenté d'attendrir l'empereur Charles Quint et sa sœur la régente des Pays-Bas par de copieux subsides en échange de la sécurité des persécutés de l'Inquisition. Jusqu'au bout, il a inspiré, organisé et développé les réseaux de fuite des *conversos* à travers l'Europe et au-delà vers le Levant. C'est le moment où le Conseil du Brabant – siège régional du gouvernement sous Charles Quint – vient de publier une liste des cent cinquante noms de ceux qui ont été brûlés à Lisbonne par l'Inquisition dans les dernières années, tous ceux que les réseaux des Mendes n'ont pas pu sauver. Comme son frère neuf ans plus tôt, Diogo s'éteint en même temps que son monde s'écroule.

À présent Diogo Mendes, nouveau-chrétien des Flandres, va mourir. Ce qui occupe sa pensée ? Meïr Benveniste. Lui-même. Son double : le juif espagnol né et circoncis à Saragosse en Aragon, huit ans avant l'édit d'expulsion. Son double, le marrane portugais converti de force à Lisbonne à l'âge de douze ans, contraint de pratiquer une religion qui n'est pas la sienne pendant quarante-six années. Son double : l'agent secret des persécutés risquant sa vie et sa bourse pour en sauver des multitudes d'autres.

Il va mourir, Diogo Mendes, auquel Charles Quint, maître d'un empire où le soleil ne se couche jamais, est si attaché, non pour sa personne mais pour cet or qu'il sait répandre sans compter entre les mains des souverains. Et avec lui va mourir le juif Meïr Benveniste, qui doit penser à la sécurité des siens, et à la préservation de cette immense fortune qu'il n'emportera pas dans la tombe.

Il n'a que quelques heures pour rédiger son testament. Il est couché sur ce qui sera son lit de mort. Loin de vous comme son frère naguère, il dicte à un notaire son testament et ses dernières volontés, dans sa langue originelle qui est l'espagnol. Une copie sera traduite en moyen français pour la municipalité d'Anvers. Plus tard certaines parties du document seront reproduites en italien.

Le lendemain où vous le veillez sans relâche, il ne songe plus qu'au salut de son âme. Il se voit comme un renégat qui a accepté d'abjurer sa foi en échange d'une vie de confort et de plaisirs. Vous le rassurez en évoquant toutes les *mitsvot*, toutes les bonnes actions qu'il a accomplies au service de ses frères pendant le cours de sa vie adulte. Vous orchestrez avec lui la ligne de départ pour briser la dernière chaîne à l'instant final.

Le surlendemain, chacun sait que le dénouement est proche. Les membres de la famille sont autour du lit à distance respectueuse. Il y a là son épouse Brianda Mendes, Gonzalo et Tolosana ses frère et sœur. Gracia la Chica, sa fille, est dans les bras de la vieille nourrice qui éleva jadis le mourant. Et vous, la veuve de Francisco, face au prêtre catholique qui tente de lui parler de la Passion du Christ et de lui administrer l'extrême-onction, vous inspirez au moribond sa dernière résistance. Diogo cache son visage et tourne la tête. Vers vous. Vous répétez le geste qui a tranché le fil vital de Francisco avant l'onction finale. Le prêtre abandonne. Mais la famille ne perdra rien pour attendre. Le témoignage écrit du père Sebastião est sans ambiguïté : le nouveau-chrétien Diogo Mendes est mort en juif. Et par là même, il a mis en péril toute sa famille.

Lorsque le cardinal Lustiger, archevêque de Paris, juif converti lui aussi, quitta cette terre, il souhaita qu'à l'issue de la cérémonie dans la cathédrale Notre-Dame de Paris, un kaddish soit prononcé sur le parvis de cette même église et que soit apposée, dans le caveau des archevêques à Notre-Dame où il est inhumé, cette plaque : « Je suis né juif. J'ai reçu le nom de mon grand-père paternel, Aron. Devenu chrétien par la foi et le baptême, je suis demeuré juif comme le demeuraient les Apôtres. J'ai pour saints patrons Aron le Grand Prêtre, saint Jean l'Apôtre, sainte Marie pleine de grâce. Nommé cent trente-neuvième archevêque de Paris par Sa Sainteté le pape Jean-Paul II, j'ai été intronisé dans cette cathédrale le 27 février 1981, puis j'y ai exercé tout mon ministère. Passants, priez pour moi. »

Diogo Mendes, lui, n'a pas laissé d'autre trace que la dénonciation du prêtre et ses dernières volontés.

Le testament de Diogo Mendes

Il est lu par le notaire deux jours après sa mort et son inhumation hâtive, dans la plus stricte intimité, en vertu de l'autorisation papale. Vous ne vouliez pas assister à la lecture mais Brianda vous a convaincue. Elle se sent forte maintenant qu'elle est veuve d'un homme aussi puissant et riche. Elle veut que vous assistiez à son émancipation, elle qui a toujours eu le sentiment de vivre dans votre ombre et de subir vos exaspérantes leçons de morale. C'est son tour à elle d'être libre. Elle s'est placée devant, face au notaire, la pétillante dame Mendes, ses cheveux roux enfermés sous un bonnet de soie, dans une robe chatoyante aux reflets sombres, parée de ses bijoux les plus coûteux. Autour d'elle, il y a le reste de la famille avec les cousins-neveux, accourus de Lyon, Bernardo qui la regarde avec admiration, João qui n'a d'yeux que pour vous, qui vous tenez derrière tous, dans un coin sombre, pâle, amaigrie, les yeux rougis par les larmes et l'insomnie, habillée selon la tradition d'un vêtement sans apprêt.

En substance, voici ce qu'a écrit le mari de Brianda né Meïr Benveniste :

Je soussigné Diogo Mendes

Parce qu'elle a été, depuis le début, partie prenante dans la construction de l'entreprise que nous avons dirigée en commun et parce qu'elle a toujours été auprès de moi une collaboratrice loyale et avisée,

Je fais de la veuve de mon frère doña Beatriz Mendes la légataire universelle de la moitié de ma fortune, héritée de son mari, l'autre moitié allant à Beatriz ma fille, dite la Chica. Je désire et je veux que doña Beatriz devienne la tutrice de cette fille et exécutrice de sa part jusqu'à ce que cette dernière atteigne l'âge adulte ou se marie. Je nomme doña Beatriz administratrice de l'ensemble des entreprises et des prêts dispersés partout dans le monde « pour que ce qui a été accompli jusque-là puisse se perpétuer ».

Je désire et j'ordonne que le montant de sa dot soit restitué à ma veuve doña Brianda Mendes.

Je lègue trois mille deux cents ducats aux pauvres de la ville, avec une répartition de deux cents ducats annuels : un tiers pour les prisonniers indigents, un tiers pour vêtir les pauvres et le troisième tiers pour les dots des orphelines. Si les ressources prélevées sur la fortune anversoise venaient à manquer, elles seraient compensées par les biens restés au Portugal.

Pour assister doña Beatriz Mendes dans ses entreprises, je charge mon parent Guillaume Fernandes et mon neveu João Miquez de lui assurer conseil, secours et protection.

Au cas où un accident fatal arriverait à doña Beatriz, je charge Agostinho Henriques de la remplacer à la tête de nos entreprises. Je désire et j'ordonne que dans cette éventualité, il fasse tout ce que ma dite belle-sœur et les autres peuvent faire et font.

Parce que je suis convaincu que mes exécuteurs seront parfaitement loyaux et qu'ils agiront comme j'agis et comme j'ai agi, ce testament doit être considéré comme définitif au mépris de toutes autres dispositions antérieures et ne peut être contesté par aucun tribunal dans aucune partie du monde.

Fait à Anvers en l'an de grâce 1543.

Lorsque le notaire termine sa lecture, les assistants sont tellement sidérés qu'il en résulte une minute de silence. Brianda met quelques secondes à comprendre.

Elle passe par toutes les couleurs, du blanc-gris de la stupeur au rouge de la fureur. Puis elle se retourne et saute littéralement sur vous, vous griffant, vous lacérant le visage de ses ongles.

— Félonne… traîtresse… putain…

Elle est plus grande et plus forte que vous qui êtes petite et délicate. Au moment où son bras se lève pour vous assommer, elle est arrêtée net par une main vigoureuse. Dom João la maintient fermement sans pouvoir éviter la crise qui la roule par terre et lui fait pousser des hurlements hystériques.

João redresse sa cousine et la regarde droit dans les yeux :

— Tiens-toi ! Ce n'est pas elle qui a écrit le testament.

— Elle me le paiera !

Le ressentiment est une passion triste, étudiée notamment par la philosophe Cynthia Fleury dans *Ci-gît l'amer*. L'historien Marc Ferro disait déjà dans *Le Ressentiment dans l'Histoire* qu'« à l'origine du ressentiment chez l'individu comme dans le groupe social, on trouve toujours une blessure, une violence subie, un affront, un traumatisme. Celui qui se sent victime ne peut pas réagir, par impuissance. Il rumine sa vengeance qu'il ne peut mettre à exécution et qui le taraude sans cesse. Jusqu'à finir par exploser ». Dorénavant la rancœur à l'égard de sa sœur devient le moteur des choix existentiels de Brianda tout comme la rancœur à l'égard de l'Occident chrétien sera la pierre angulaire des entreprises de Josef au service du sultan ottoman.

Les jours qui suivent l'inhumation et la lecture du testament de Diogo sont des scènes de guerre dans la famille Mendes. Votre sœur vous a chassée de chez elle et votre fille vous a suivie. Les autres sont demeurés auprès de Brianda dont les crises de nerfs ponctuées d'imprécations se sont prolongées, à intervalles réguliers. Chez vous, vous vous êtes retirée dans votre chambre du premier et avez demandé qu'on ne vous dérange sous aucun prétexte. Vous avez le sentiment d'être doublement veuve.

Le rez-de-chaussée de votre maison et ses nombreuses pièces sont bondés de réfugiés, *conversos* nouveaux arrivants qui savent que l'asile est maintenant à votre adresse, que c'est vous qui distribuez la manne, vous qui risquez votre vie pour continuer les activités clandestines de votre beau-frère.

Hérétique et apostat

Au moment même où vous prenez la décision de vous retirer au couvent des Carmélites pour y diriger, dans la paix du cloître, les réseaux d'évasion, vous entendez à votre porte comme une altercation. Cette voix qui prétend pénétrer chez vous malgré l'interdit porte un son familier !

— C'est urgent, je dois voir ma tante.

Et il entre, dom João Miquez, en grand deuil, son épée au côté. Vous vous levez. Il se jette à vos pieds, met un genou en terre.

— Ma Dame. Tout est perdu si nous n'agissons incontinent.

Il vous expose la situation dans la maison de votre sœur. Tandis que Brianda était en pleine crise et vouait aux gémonies l'époux qui l'avait lésée, des officiers royaux ont forcé les portes de la demeure jusque dans les bureaux de Diogo. Ils ont ouvert les coffres et les ont vidés de tous les registres et autres documents cruciaux. Ils les ont empilés dans des caisses qu'ils ont scellées. Puis, sur ordre du monarque en personne, des représentants de la couronne ont commencé à en faire l'inventaire, qui doit être terminé dans un délai d'une semaine. Ils ont ordre de se relayer et de dormir auprès des caisses afin d'identifier tous les avoirs de Diogo sans que la famille puisse dissimuler quoi que ce soit. Feu Diogo Mendes est accusé d'avoir judaïsé en secret et d'avoir voulu détruire la chrétienté en traitant avec les infidèles musulmans. Or toute personne accusée de judaïser en secret voit immédiatement ses biens confisqués par la couronne.

— Tout est perdu ! Que faire, Josef ?

Dans les moments de tourmente elle l'appelle par son nom hébreu.

— Gracia. Je connais le monarque. J'ai appris à jouter avec son neveu. Nous devons protester : si les autorités croyaient que mon oncle était un traître, elles auraient dû l'arrêter pendant qu'il était vivant et qu'il pouvait se défendre.

Vous demandez comment le prouver. Il vous répond que la fidélité de son oncle au catholicisme vient d'être démontrée par les donations charitables de son testament et l'exemplarité de sa mort. Vous n'osez démentir, vous qui savez que Diogo n'est pas mort en chrétien.

— Mais s'ils insistent, Josef, comment pouvons-nous répondre ?

Il y a un silence. Et puis João, sur un ton amer que vous ne lui connaissiez pas, rétorque en articulant chaque mot :

— Comme toujours, il faudra *payer*, payer encore et toujours. Nous n'avons pas d'autre choix.

Vous lui avouez que vous avez peur. Que vous n'êtes qu'une simple femme, seule. À la tête d'une des grosses fortunes d'Europe. Et de plus *conversa*, menacée par l'Inquisition et tous ceux qui veulent vous spolier.

— Tu n'es pas une simple femme. Tu n'es pas seule. Mes oncles m'ont chargé de te protéger et de t'obéir. Jamais je ne faillirai à cette tâche… Tu le sais bien que je suis ton Lancelot !

Vous le regardez. Il vous regarde. Vous le reconnaissez, ce soleil qui brille entre vous et vous réchauffe, comme si chacun d'entre vous était un morceau de silex qu'un léger frottement peut embraser.

Il prend votre main, la brûle de ses lèvres, se redresse. Il vous implore d'observer plus de prudence, de cesser un temps de donner secours à tous ces exilés…

— Cela, jamais ! Quoi qu'il arrive, je poursuivrai.

Vous entrez dans la danse macabre. Payer pour arracher des vifs aux bûchers. Pour exonérer le défunt de tout soupçon d'hérésie posthume, vous offrez un « cadeau » de quarante mille ducats au monarque. Pour éviter que la même accusation d'hérésie ne soit lancée contre le reste de la famille, vous « prêterez » à la régente deux cent mille ducats pour deux ans.

La réhabilitation consentie par Charles Quint ne se fait pas attendre. Elle est de la même année. L'empereur la justifie par l'argument que certaines « bonnes personnes » sont intervenues en faveur de la famille. Il reconnaît les bons et loyaux services rendus par Diogo aux autorités chrétiennes, la prospérité entraînée par ses opérations commerciales au service des habitants d'Anvers.

Cette grâce épargne à la famille des accusations futures, les absout du méfait d'avoir aidé les persécutés à trouver un havre à Salonique, leur pardonne le crime d'avoir servi d'intermédiaire entre les fuyards de l'Empire ottoman et leurs familles. Le document reconnaît que c'est en considération des sommes offertes à la couronne que l'amnistie a été accordée.

À l'automne de cette même année, vous obtenez une nouvelle fois un sauf-conduit du pape. Il permettra à votre sœur Brianda, à vous-même et à vos filles d'être protégées de toute accusation d'hérésie et de vous installer à Rome ou dans n'importe lequel des États pontificaux. L'épée de Damoclès est au-dessus de votre tête mais vous hésitez à partir avant que la reine Marie n'ait remboursé son prêt qui représente douze pour cent de tous vos avoirs.

Vous faites savoir à Brianda que les sauf-conduits sont arrivés. Elle ne vous a pas adressé la parole depuis la lecture du testament de Diogo. Elle ne vous répond pas.

De vous, Samuel Usque dira dans sa *Consolação às Tribulações de Israel* : « La Señora a généreusement fait don de sa fortune et d'autres réconforts aux malheureux qui arrivaient dans les Flandres, dépourvus de tout, désespérés, ravagés par le mal de mer, l'épouvante, tous les tourments. Elle s'est empressée de soulager les misères causées par toutes les épreuves, tous les malheurs de cet interminable voyage. Elle a insufflé son courage à ceux qui étaient trop pauvres et trop vulnérables pour fuir le feu de l'Inquisition et les a entraînés… Elle s'est muée en pilier pour les faibles, en claire fontaine pour les assoiffés, en arbre fruitier pour les affamés, en asile pour les égarés… Cet aigle a ouvert ses ailes pour en recouvrir les persécutés. »

Dans le temps on disait : « Cherchez la femme ! » Et il y avait toujours une petite femme derrière un grand homme. Aux yeux même de votre époque, vous marchez devant Josef. Sa « carrière », c'est vous qui la ferez, mais il vous a donné les moyens d'accomplir votre destin. Ensemble, vous êtes un aigle, mais un aigle à deux têtes.

VOIR MA FILLE NOYÉE…

« Je préférerais voir ma fille morte noyée plutôt que de la marier à don Francisco d'Aragon. »

Cette phrase est authentique. Vous l'avez prononcée à la face de la reine de Hongrie, régente des Pays-Bas, sœur de l'empereur des Romains.

Je ne la réécris pas, même si j'aurais préféré vous prêter une autre formulation, telle que par exemple :

« J'aimerais mieux noyer ma fille de quatorze ans de mes propres mains que de la vendre à un vieux vieux-chrétien. »

Qu'importe ! L'effet de stupeur est le même quand la phrase résonne en espagnol dans la salle d'audience du palais de Bruxelles. Vous, une juive convertie, une marchande d'épices, une usurière qui fait métier de profiter de l'argent des autres, vous avez l'audace de cracher sur un grand d'Espagne, un descendant (quoique bâtard !) de la maison royale d'Aragon. Lorsque vous terminez cette déclaration historique, il y a une minute de silence. Vous vous toisez, la reine de Hongrie, régente des Pays-Bas, et vous. Elle est si ébahie de votre réponse qu'elle ne trouve pas d'emblée la parade. Et vous, peut-être tout aussi abasourdie qu'elle par la bombe que vous venez de lancer au nez et à la barbe des tout-puissants d'alors, vous n'en revenez pas d'avoir osé. Vous écrivez à João :

Les mots sont partis malgré moi avant même que j'aie pu les retenir. Mais je ne les renie pas. J'aime ma fille Reyna plus que tout au monde et je préférerais souffrir moi-même mille morts pour lui éviter le sort funeste d'épouser un vieillard de l'autre foi, et de compromettre son bonheur personnel ainsi que notre descendance, notre fortune, et le sort de milliers des nôtres qui seraient ainsi livrés aux brasiers de l'Inquisition.

Dans la suite de votre missive, vous lui décrivez les circonstances ayant entraîné cette confrontation avec la reine Marie et le puissant monarque qui, derrière sa sœur, tire toutes les ficelles du vaudeville mélodramatique. Vous racontez comment vous avez été abordée par le trouble père Sebastião, votre confesseur et délateur, venu vous vanter les avantages d'une union qui laverait toute tache judaïque de la famille Mendes.

Vous avez été si indignée de la proposition du prêtre que vous l'avez menacé de le faire chasser de chez vous à coups de gourdin. Il n'a pas demandé son reste mais il est allé se plaindre à ses mandataires. Comme ses maîtres, don Francisco d'Aragon a besoin d'argent et il a déjà promis à Charles Quint un prêt considérable sur la fortune à venir d'Ana Mendes, la fiancée qu'il convoite. L'empereur fait pression sur sa sœur. Sa sœur fait pression sur vous. Vous avez multiplié les excuses pour ne pas répondre, partant prendre les eaux à Aix-la-Chapelle sous le prétexte de votre santé, qui depuis le départ du docteur Lusitanus est effectivement déclinante. La reine a fini par vous convoquer dans son palais de Bruxelles et vous n'avez plus pu reculer.

Vous narrez à votre cousin dans une lettre comment, parée de vos plus beaux atours, une robe de brocart écarlate, et chaussée d'escarpins de satin à hauts talons, vous avez pénétré dans la salle d'audience, tremblante à l'intérieur mais la tête haute, et êtes entrée dans le vif du sujet sans le moindre préambule. Comment vous avez insisté sur la colère qui vous avait saisie en apprenant que don Francisco d'Aragon allait partout dans la ville en affirmant à qui voulait l'entendre que c'était à cause de votre opposition à ses visées matrimoniales que les *conversos* continuaient à être persécutés.

Sur la défensive, la reine a assuré que les mesures prises contre les *conversos* n'avaient rien à voir avec d'Aragon et le projet d'union. La police accomplit son devoir en arrêtant tous les fugitifs qui entendent vivre en juifs alors que c'est contraire à la loi du pays.

Vous savez toutes les deux qu'un nouveau décret plus répressif encore a été promulgué deux semaines auparavant. Il statue que tout réfugié arrivant du Portugal sera immédiatement accusé d'hérésie et emprisonné dans les geôles municipales.

Aucune de vous deux ne s'est inclinée. La reine a déclaré qu'elle continuerait à soutenir la politique de son frère pour le bien du pays. Vous n'avez pas cédé non plus. Il n'y aura pas de mariage avec le vieux d'Aragon.

Conversion forcée… Mariage forcé… Ils n'ont donc jamais tiré les leçons !

Vous hésitez mais terminez votre lettre sur un ton de supplication :

Mon cousin et neveu bien-aimé, je n'ai plus que Toi. Je ne peux compter que sur Toi. Le sort de nos frères est désormais entre tes mains. La régente a pour toi des faiblesses. Use de tes charmes qui sont puissants. Je n'en veux pas savoir davantage. Sauve-nous !

Ces mots, vous les avez regrettés dès la missive envoyée. Vous les regretterez toute votre vie. Vous savez votre cousin séduisant, mais vous ne voulez pas en faire un séducteur. Et cette injonction n'est-elle pas un encouragement ? Partout où il va, João est entouré de coquettes. Les cours royales qu'il fréquente en sont pleines. Comment résisterait-il ? Et vous, comment résisterez-vous à la mordante jalousie amoureuse que vous ressentez pour la première fois ?

Dom João s'est exécuté. De quelle manière ? Vous n'en savez rien et moi non plus. Est-il passé par la couche de la reine ? L'Histoire retiendra seulement que l'année suivante, il a réussi à négocier la provisoire mise en liberté sous caution de tous les *conversos* encore en prison. Coût total : mille deux cent quatre-vingts ducats, officiellement pour couvrir les frais d'emprisonnement et d'interrogatoire ! Que vous payez rubis sur l'ongle. Trois jours plus tard, le provisoire devient régulier. Tous reçoivent l'autorisation de « commercer librement et de s'installer de façon permanente » aux Pays-Bas. Tous connaissent néanmoins le caractère provisoire du permanent. Quant à vous, vous savez que vous avez juste le temps de *fuir*.

VENISE

Fuir Anvers

La grande évasion commence en août 1545 : vous voulez profiter des mois qui restent avant l'hiver. Vous vous extirpez de votre demeure en douceur avant l'aurore. Vous n'avez pas le loisir de faire vos adieux à vos proches, à la ville de votre deuxième jeunesse que vous savez ne plus jamais revoir non plus. Au premier chant du coq, le convoi a déjà quitté Anvers. Il se dirige vers le sud… vers la liberté. Il cherche à être le plus discret possible malgré de nombreux attelages et des chariots remplis à ras bords de bagages. Une garde montée l'escorte.

Direction l'Italie. Mais vous n'avez pas choisi Ferrare, ni Rome, ni Florence, malgré les invitations réitérées du duc de Toscane. Cette fois ce sera Venise. Et ce n'est pas par hasard que vous avez élu la cité des Doges. Venise la cosmopolite, Venise la ville marchande, Venise porte ouverte sur le Levant. Dès l'année précédente, un sauf-conduit a été obtenu des autorités vénitiennes au profit des veuves Mendes, de leurs proches et de leur maisonnée, jusqu'à trente personnes.

Avant de prendre la décision, vous en avez parlé avec votre cousin qui vous presse. Il n'y a pas une minute à perdre. Il faut sauver Ana d'une union funeste, il faut vous sauver de l'arrestation, de la persécution, de la torture. Il faut sauver les biens qui permettront de sauver des vies.

Pour ne pas attirer le soupçon, vous ne partirez pas tous en même temps. Dans le premier convoi, il y aura votre fille Ana, votre sœur Brianda et sa fille Gracia la Chica, vos deux protecteurs João Miquez et Guillaume Fernandes, et vous-même. Vos représentants, les agents, vos autres parents comme votre beau-frère Gonzalo Mendes resteront à Anvers pour assurer les arrières et vous rejoindront progressivement.

L'entreprise n'est pas simple. Tout d'abord il a fallu arracher à la régente l'autorisation de quitter la ville. Vous avez choisi le prétexte le plus banal car il repose sur une vérité : votre santé. Vous avez demandé à retourner faire une cure à Aix-la-Chapelle, une des villes d'eaux les plus connues depuis l'Antiquité, habitude fréquente chez les dames de la haute société. La fois précédente, vous en étiez revenue, ce qui devrait rassurer la reine Marie. Effectivement, elle accorde son autorisation.

Pour n'attirer aucun soupçon, vous laissez intact derrière vous votre palais d'Anvers, richement orné et meublé, avec ses livres rares et ses œuvres d'art. Vos registres commerciaux et tous vos documents sont rangés à leur place pour signifier votre intention de revenir. Avez-vous eu raison de ne pas trier plus soigneusement vos créances de dettes et autres documents ? Ils seront autant de petits cailloux qui conduiront les monarques aux sources de vos fonds.

Vous réussissez néanmoins à emporter une grande partie de la fortune des Mendes sous des formes variées : prêts à taux d'intérêt variables, lettres de change encaissables à travers le vaste réseau d'agents européens, marchandises diverses – incluant tissus, bijoux, pierres précieuses, argent et monnaies, pourtant difficiles à transporter sur les routes non pavées et dans les passages montagneux. Il faut prévoir des cachettes pour les coffres remplis de lourds objets de valeur et de balles de textiles. Il faut prévoir les attaques de simples larrons aussi bien que les confiscations par les autorités locales. Surtout... il faut supporter Brianda.

Depuis la mort de Diogo, et la lecture de son testament, vos rapports avec votre sœur qui s'étaient déjà dégradés depuis Lisbonne sont devenus exécrables. Tout d'abord Brianda a refusé de vous parler. Devant les perquisitions et les menaces entraînées par les accusations d'hérésie contre Diogo, elle a eu besoin de vous et s'est calmée provisoirement. Puis elle a pris l'habitude de passer par Josef pour s'adresser à vous. Au printemps, pendant la pause des persécutions, le jeune homme a tenté de lui expliquer l'urgence du départ. Elle a commencé par refuser.

— Je ne veux pas m'enfuir alors que tout va mieux !

— Ce n'est qu'un temps d'arrêt. Un moment de calme avant la tempête.

— Pourquoi partirais-je alors que mon époux vient d'être blanchi du soupçon d'hérésie ? Ne suis-je pas moi-même une bonne chrétienne qui dit ses prières, se confesse et élève sa fille baptisée dans la vraie religion du Christ ?

— Brianda, ce n'est pas à notre religion qu'en veut la régente, mais à notre fortune qu'elle entend s'approprier à travers Ana et la Chica.

— « Notre » fortune... Quelle plaisanterie, mon cousin ! Il s'agit de « sa » fortune et de « sa » fille. « Elle » m'a tout pris. À moi il ne reste rien, *rien*, tu entends... que mes yeux pour pleurer.

João est très doux quand il veut. Il explique à votre sœur que les Flandres imiteront bientôt le Portugal, que tous les nouveaux-chrétiens, même sincères, seront accusés de judaïser en secret, et qu'en conséquence on leur arrachera jusqu'au dernier ducat. Même si c'est sa tante l'exécutrice, la Chica obtiendra un jour sa part et Brianda elle-même recevra de sa sœur l'usage de sa dot intégrale. Si elle reste seule à Anvers, elle n'aura plus aucune protection contre les persécutions.

Brianda cède. L'idée de vivre à Venise, capitale de tous les plaisirs, n'est pas étrangère à son accord. Mais elle redoute le voyage en compagnie de celle qui l'a privée de tout, même de son enfant. Et le voyage se transformera en interminable cauchemar dans le huis clos de l'attelage où vous serez toutes deux enfermées avec vos filles tandis que João et Guillaume sur leurs chevaux n'entendent que de loin l'écho des criailleries de Brianda et de vos propres indignations.

— Notre Dieu a eu raison, finirez-vous par exploser, d'empêcher que la part de ce bien sacré qu'est notre fortune ne tombe entre tes mains, car alors elle serait perdue pour notre peuple. Quant à ta fille, tout comme la mienne, je me couperais en morceaux plutôt que de la laisser se perdre en épousant un vieux-chrétien.

La première étape de cent trente kilomètres environ vers Aix-la-Chapelle est franchie sans encombre. Vous demeurez à peine dans la ville d'eaux. Mais au lieu de revenir sur vos pas vers Anvers, vous vous dirigez vers le sud, vers la cité de Besançon en France où vous avez des intérêts et des agents. Comment allez-vous expliquer cette déviation insolite ?

UNE JEUNE FILLE EST ENLEVÉE

Vous n'êtes pas romancière, mais vous avez beaucoup lu et l'imagination ne vous manque pas. Cette nuit-là, lors d'un bivouac dans un village isolé, devant une cheminée d'auberge où rôtit un chevreuil entier, vous avez orchestré cette histoire rocambolesque que vous jetterez en pâture aux ragots des émissaires et des informateurs impériaux.

— Que veux-tu dire, cousine ? s'exclame le jeune João interloqué. Tu prétends que j'enlève notre Reyna qui n'a pas quatorze ans et que je l'épouse. Mais ce n'est encore qu'une enfant et…

— L'essentiel n'est pas que tu le fasses, Josef, mais que la nouvelle s'en répande dans les Flandres pour expliquer que tu es tombé amoureux de Reyna et que tu l'as kidnappée pour l'emmener à Venise, ce qui expliquera que je vous ai poursuivis et que j'ai accepté cette union pour préserver l'honneur de ma fille.

— Mais ma Dame, quel serait l'avantage ?

— L'avantage est qu'ainsi Reyna sera à jamais soustraite aux prétentions de tous ces vieux-chrétiens qui n'en veulent qu'à son argent et qui l'arracheront à notre foi. Et je justifierai ainsi pourquoi je me suis retrouvée à Venise avec ma fille en dépit de ma promesse.

Ce soir-là, dom João est parti d'un énorme éclat de rire qui a fait trembler les murs du modeste gîte où ils sont réunis. Mais il s'est vite ravisé.

— Je ferai ce que tu diras, ma Dame.

Puis vous regardant dans les yeux, qui sont votre grande beauté, et qui étincellent en ce moment de malice et d'espoir :

— Mais tu le sais qu'il n'y a qu'*une seule femme au monde* que je désire épouser.

Vous ne baissez pas le regard. Vous ne cherchez pas à dissimuler cette petite larme qui, comme une perle, brille au coin de vos paupières.

Vous articulez une parole que je n'entends pas clairement mais qui ressemble au mot *impossible.*

La rumeur sans réseaux sociaux : vérité ou *fake news* ? Cette histoire abracadabrantesque a été traitée diversement par les historiens et les biographes. Est-elle pure fiction ou dom João enleva-t-il la toute jeune fille et l'épousa-t-il selon le plus pur rite catholique dans une église italienne ? C'est l'ambassadeur de Venise à Anvers qui, bien alerté par la famille, en diffuse la rumeur, coupant court à toute tentative chrétienne d'épouser une fille déshonorée ou bigame. Un autre ragot, issu de l'envoyé d'Henry VIII dans les Flandres, attribue le rôle de la jeune kidnappée non plus à Ana, fille de Gracia, mais à la Chica, fille de Brianda, dont la dot semble tout aussi alléchante. Mais la Chica à l'époque n'a pas six ans… ! Certes la notion de pédophilie est d'un autre temps. Mais l'invention du couple João-Ana alias Josef-Reyna tient mieux la route au regard des événements ultérieurs.

Quant à vous, je vous interroge : pourquoi, une fois de plus, avoir poussé l'homme qui vous habite dans les bras d'une autre, fût-elle votre propre fille, et pour la bonne cause : un mariage blanc ? S'agit-il d'une de ces épreuves sadiques que les dames courtoises imposaient à leurs héroïques soupirants pour les dresser à la retenue de leurs pulsions et épargner à leur genre le #MeToo de l'époque ? Ou d'une répétition névrotique et masochiste que vous vous infligez à vous-même pour vous punir de tant aimer ? La suite de l'histoire permettra peut-être de conclure si c'est vraiment l'amour maternel qui fait pencher la balance.

Nouvelle route d'exil

Un mois environ se passe avant que l'empereur et la reine ne se rendent compte qu'ils ont été bernés. Mais dès l'étape à Besançon, les nouvelles se brouillent. La traque a commencé. Il faut faire vite. Et vous obliquez vers l'ouest pour rejoindre la cité de Lyon, l'un des grands centres financiers d'Europe. L'étape est destinée à récupérer les dettes en suspens avant de les transférer sur les terres ottomanes. L'emprunt aux Français consenti il y a des années par João n'a jamais été remboursé.

Les anathèmes des Habsbourg commencent à vous atteindre.

— Plus vite, harcèle João… Plus vite encore…

Vous les voyageuses êtes devenues des errantes, sur des routes cahoteuses, boueuses, détrempées. Comme les misérables que vous aidiez jusque-là, vous êtes pourchassées par de puissants souverains prêts à vous faire passer par toutes sortes de tourments pour s'approprier vos biens.

Vous apprenez en route que Gonzalo, dernier frère Mendes, vient de mourir à Anvers à la fin du mois d'octobre. Cette troisième mort, ce troisième veuvage, vous bouleverse. Et le pire reste à venir : l'hiver au passage des Alpes, avec le froid pénétrant, la neige, le verglas sur les routes en lacets ; et la dernière étape de l'expédition est la perspective la plus terrifiante : la traversée du duché de Milan avec Vuysting, l'agent de Charles Quint, et ses hommes de main. Votre neveu vous avait prévenue :

— Mieux vaudrait contourner le duché.

— Et faire encore des centaines de kilomètres ? Je n'en puis plus ! Nous avons plusieurs sauf-conduits. Ils n'oseront pas !

Ils osèrent. À Pavie, votre convoi est arrêté. Vous livrez un coffre d'objets précieux comprenant deux balles de tissu. Mais vous passez.

Enfin : Venise, le bout, le but de l'expédition. En décembre 1545, six mois après votre départ d'Anvers, votre convoi, poussif et cabossé, parvient enfin à la cité des doges. Saines et sauves ! Mais non sans cicatrices de tous ordres ! Dont le conflit des sœurs ennemies n'est pas des moindres !

Lorsque enfin le convoi entrera dans la Sérénissime, la coupe sera pleine. Le ressentiment réchauffé dans le sein de Brianda se sera transformé en haine, une haine inexpiable, une haine sororicide, plus dangereuse encore que celle des maîtres de la chrétienté, à laquelle elle s'associera pour vous perdre.

Entre Gracia et Brianda, je vois une version féminine de la lutte à mort entre Caïn et Abel, entre l'agricultrice et la bergère. Dieu avait donné sa préférence à celui – ou celle – qui veillait sur ses ouailles et rassemblait les troupeaux, sur celui – ou celle – qui gardait pour soi la bonne part de ses récoltes. D'après un verset des Proverbes, la jalousie est comme la carie des os. Dieu dit à Caïn que s'il s'abandonne à son sentiment de jalousie, il se fera ronger de l'intérieur. Votre sœur, l'agricultrice, est rongée de l'intérieur ; vous, la bergère, vous ne songez qu'au troupeau.

João et la régente

Il a fallu à peu près un mois à la régente et à Charles Quint pour comprendre le tour que vous leur avez joué. Les héritières enlevées ! Une bonne partie du capital de la maison Mendes envolée ! Les espèces, le métal précieux, le crédit et les entreprises juteuses en voie de se perdre pour le Saint Empire et les Anversois !

Alors Charles et sa sœur contre-attaquent. L'empereur bout de colère. Il promulgue un décret ordonnant que les avoirs des Mendes soient intégralement saisis sur chacun de ses territoires. Comme ni vous ni Brianda n'êtes présentes pour vous défendre, vous êtes déclarées juives secrètes. En conséquence tous vos biens laissés derrière vous sont saisis. La demeure d'Anvers est fouillée et dévalisée, toutes les possessions, et surtout les documents trouvés à l'intérieur, sont confisqués. Les registres seront examinés un à un, permettant de traquer les dettes dues à la maison Mendes pour les faire rembourser à la couronne et éviter que cet argent n'aille enrichir les Turcs. Votre patrimoine est devenu l'otage de la régente.

Il vous reste... l'atout maître : celui qui est encore dom João, votre protecteur naturel... et, faut-il le dire, votre amoureux. C'est un proche de Marie, un ami personnel de la famille royale, un ancien officier de l'armée impériale. Lui saura vous sortir de là.

Au printemps 1546, plus d'un an après la fuite en Italie, il est de retour à Anvers avec pour mission de sauver ce qui peut l'être. Peu avant Pâques, il obtient une audience de la régente. Il plaide votre cause. Elle répond que, pour preuve de sa bonne volonté, et pour démontrer que la couronne n'entend pas vous traiter sans procédure judiciaire, elle concède que la sentence de bannissement pourrait être révoquée à une seule condition : que vous apparaissiez en personne avec Brianda pour plaider votre cause devant le Conseil de Brabant.

La chose est impraticable, répond João. Vous êtes maintenant installées à Venise et considérées comme de bonnes chrétiennes. Mais lui-même accepte volontiers de paraître en justice à votre place. Il invite la reine à enquêter sur lui, au Portugal, aux Pays-Bas et en France, les trois pays où il a résidé, car il est sûr et certain qu'elle ne trouvera rien contre lui.

La reine est intransigeante. Enfermer João – qu'elle connaît sans doute de très près et qui n'a pas un ducat à lui – quand la fortune vous appartient à vous, ne l'intéresse nullement. Alors, afin d'apaiser les relations, il est prêt à offrir, en votre nom, trente mille ducats pour régler le litige et permettre que la maison Mendes continue à prospérer dans la ville d'Anvers. Mais son interlocutrice ne fera pas un pas de plus. Les veuves Mendes sont tenues de se présenter devant le Conseil de Brabant pour se justifier de toutes les accusations et elles devront payer cent mille ducats au moins, soit la moitié des sommes déjà confisquées.

João a du mal à contenir sa colère. Il se retire en murmurant. Il vous écrira pour connaître vos intentions. Surtout il menace : il ira lui-même voir l'empereur « dans l'espoir d'obtenir un meilleur accord ».

João et Charles Quint

À Ratisbonne, l'empereur reçoit João. C'est une rencontre de gentilshommes, sans tralala. Les deux hommes commencent par évoquer les jours heureux d'autrefois, leurs joutes, leurs longues veillées en campagne avec moult échanges sur des questions philosophiques et théologiques. Charles Quint n'est pas un bon vivant comme son ennemi François Ier. Il n'est pas amateur de parties fines. Il semble que João, à cet âge-là, non plus. Ce qui dominera chez ce dernier sera l'ambition. Il se sait talentueux. Ce talent, pour l'instant, il le met au service de sa Dame, à votre service, vous qui serez son seul amour véritable. Et c'est votre cause qu'il plaide en ce moment auprès de l'empereur.

Comme de coutume, Charles Quint manque terriblement de fonds pour engager une bataille majeure contre les réformés allemands qui sont devenus, à ses yeux, trop puissants. Il doit fortifier son artillerie et sa cavalerie, il a besoin de canons et de bateaux, il doit construire un nouveau fort près d'un pont stratégique, édifier des fortifications aux Pays-Bas. João propose trente mille ducats d'or en échange des biens confisqués, une somme que Charles Quint accepte immédiatement.

Le pacte entre les deux hommes entraîne à son tour un conflit entre Charles Quint et sa sœur. Lorsque Marie a vent de l'accord, elle entre en fureur. Elle est lasse, vraiment trop lasse des guerres incessantes de son frère qui entraîneront « la ruine d'Anvers ». Les avoirs déjà confisqués dépassent de loin les misérables trente mille ducats de João. Elle fait remarquer que le pacte entre les deux n'a été ni signé ni certifié. Elle suggère plutôt à Charles de s'emparer des trois coffres que vous avez fait envoyer à Füssen en Bavière, en partance pour Ancône, et de les transformer en argent frais.

L'empereur s'en tient à l'arrangement avec João.

Alors la reine change de stratégie. Elle avoue que la restitution des biens des Mendes est impossible car tout ce qui a été confisqué a été vendu et consommé. Un inventaire réalisé un mois plus tard montre que trois cent mille ducats ont été gagnés sur la vente des avoirs et des biens des veuves et que tous ont été dépensés pour l'entretien des troupes, des arquebuses, et d'un nouveau fort. Seule peut être concédée la restitution de quelques bagages et quelques meubles qui n'ont pas encore trouvé preneur.

João refuse ces miettes. Il réclame les sommes équivalentes en ducats. Il harcèle la reine Marie « tous les jours », écrit-elle à son frère, alors qu'elle n'a pas les moyens de le dédommager. Alors pour éviter de reconnaître « notre pauvreté », elle continue à exiger la présence des veuves pour répondre aux charges. Charles reste sourd aux objurgations de sa sœur.

À la fin de septembre, João obtient un reçu de la main de la régente reconnaissant que les ducats promis à l'empereur en échange de la restitution ont déjà été acquittés. En post-scriptum, João reconnaît que les ducats n'ont pas été versés mais qu'ils seront déduits des sommes devant être rétrocédées.

Un an plus tard, chacun de vous campe toujours sur ses positions : vous demeurez à Venise. Marie n'a pas les moyens de rendre les sommes. L'empereur est – en apparence – déterminé à honorer ses engagements envers dom João.

Ce n'est que deux années après la fuite à Venise que les deux parties parviennent à un agrément. À contrecœur, la maison Mendes consent aux Habsbourg un nouveau prêt de deux cent mille ducats pour un an. Les coffres et leurs contenus restent confisqués, mais les amendes officielles, les charges criminelles et les allégations d'hérésie sont abandonnées. La régente craint trop que les autres marchands *conversos* ne quittent aussi la ville. Tout ce qui n'a pas été vendu et gaspillé sera remboursé bien que cette restitution ne représente qu'une portion infime de ce qui a été perdu.

Au final, la fuite en Italie aura coûté cher, très cher, à la fortune des Mendes, dont vous êtes la détentrice et que vous destinez à votre survie et au sauvetage de votre peuple. Bercée par le clapotis des canaux vénitiens, vous vous croyez enfin tranquille. Vous avez payé le prix. Vous ignorez que le pire est à venir.

L'ANCIEN ET LE NOUVEAU GHETTO

Je ne décrirai pas l'éblouissement qui dut saisir les deux sœurs à leur arrivée dans la Sérénissime. Cet émerveillement, je l'ai connu, et tant de voyageurs avant ou après moi. Ce que nous y voyons est ce que vous voyez aussi sauf que beaucoup des palais que nous admirons aujourd'hui sur le Grand Canal viennent d'être construits à votre époque, et que le marbre d'Istrie flambant neuf et fraîchement découpé qui constitue les façades étincelle plus brillamment pour vous que pour nous dans un ciel indigo exempt de pollution.

Le palais gothique Gritti est votre nouvelle demeure avec ses cinq fenêtres en arche, des balcons donnant sur le Grand Canal, deux étages de luxueuses pièces de réception, non loin de l'église San Marcuola. Devenu palace pour les riches, il existe toujours. Mais ce qui vous fascine plus encore que tout le reste, c'est ce qu'on aperçoit depuis les portes arrière du palais. Un certain quartier qu'on nomme d'un mot italien que vous ne connaissez pas : *ghetto*. Vous y voyez pour la première fois de votre existence des juifs dans la ville, des juifs de souche comme l'était votre famille, les Benveniste des jours heureux de l'Espagne médiévale qui pratiquaient ouvertement leur religion sans être inquiétés par une autorité inquisitoriale.

Ce spectacle vous transporte, vous vous en ouvrez à votre confident.

— Ne pourrions-nous pas, comme *los nuestros* de jadis, pratiquer ici notre foi, celle qu'on nous a forcés à abjurer au Portugal lorsque vous et moi n'étions pas encore nés ?

Votre neveu vous répond que certains *conversos* s'y sont précipités à leur arrivée dans la ville mais qu'il ne vous encourage pas à le faire. Ce ghetto que vous apercevez est un lieu de misère et d'enfermement où vous auriez du mal à vivre. Il est entouré de murs avec une grille d'entrée où les juifs sont séparés des gentils et enfermés la nuit. Les Vénitiens l'ont établi, une trentaine d'années plus tôt, sous la pression des prêcheurs catholiques qui prétendaient que toutes les épreuves traversées par leur ville, défaites militaires, attaques des Turcs, épidémies de peste ou grands incendies, étaient dues à leur péché capital : une indulgence excessive à l'égard des juifs. On a donc choisi, pour garder ces derniers, un endroit marécageux, malsain, qui autrefois était une fonderie. Le mot vénitien *geto* ou *ghetto* viendrait de l'hébreu *ghet*, séparation, c'est-à-dire exclusion.

Vous demandez à João si, auparavant, ils pouvaient vivre librement dans la ville. Il vous répond qu'au début, oui. Mais ils ne pouvaient ni posséder de terres, ni occuper de charges publiques, ni entrer dans l'armée. Et ils devaient porter l'infamant signe jaune décrété par le pape pour tous les juifs d'Europe.

Vous apprenez qu'en principe, ils continuent à le porter, qu'ils sont de plus en plus entassés les uns sur les autres, car il n'y a pas de place pour cette surpopulation pouilleuse, sale et grossière que les chrétiens méprisent et dont ils se moquent. Qu'en conséquence, on a dû créer un nouveau ghetto. Il est affecté aux juifs levantins qui sont revenus de l'Empire ottoman pour commercer et qui sont protégés par le sultan.

— Cela signifierait que nos anciens coreligionnaires, expulsés d'Espagne et devenus sujets ottomans, sont revenus en Europe ?

— Eux-mêmes. Ou du moins certains d'entre eux.

J'apprends avec vous que des descendants des Benveniste qui avaient choisi de partir plutôt que de se convertir et qui avaient réussi à gagner l'empire turc développent un marché d'import-export entre l'Europe et le Levant. Qu'ils exportent des verreries, de l'étain, du papier, des fromages italiens très appréciés par les pachas turcs en échange des soieries, des tapisseries et des cuirs ottomans, sans parler du caviar ou de l'esturgeon fumé. Que leur ghetto à eux est plus vaste et plus confortable. Ces juifs-là sont exemptés des droits de douane pour leurs marchandises et sont traités avec beaucoup plus d'égards que les autres car ils sont si puissants auprès du sultan que le moindre incident pourrait avoir des conséquences très dommageables pour les Vénitiens.

— Mais, João, si nous retournions à notre foi, nous n'aurions pas accès à ce ghetto-là ?

— Hélas non, ma Dame. Nous ne sommes pas passés par la Sublime Porte.

— Pas encore !

Cette conversation vous rend songeuse. Vous êtes décidée à préparer l'avenir même lointain tout en organisant le présent.

Brianda ou l'amour de l'art

Pendant que votre regard se tourne depuis la porte de service sur ces ghettos où sont enfermés les vôtres, votre sœur dirige le sien sur les hautes fenêtres qui donnent sur le Grand Canal. Elle y voit glisser sur les gondoles les dernières toilettes de la mode vénitienne mêlant à l'extravagance le raffinement. Brianda y admire le bon goût et le savoir-faire ancestral, les mélanges exotiques d'une opulence qui s'autorise les plus belles étoffes. Les robes sont coupées dans la dentelle, le lin, le brocart et le velours, et cousues par des petites mains expertes. Les manteaux des hommes puisent dans la soie, l'hermine et le tissu d'or. Brianda s'extasie aussi devant la liberté des mœurs, plus déréglées encore que dans la Flandre espagnole, et taxée par l'Église de licence. Ce ne sont pas seulement les femmes de mauvaise vie qui teignent ou décolorent leurs chevelures mollement retenues par des épingles précieuses. Toutes celles qui ont des ressources recouvrent leurs têtes, leurs mains, leurs gorges offertes, de bijoux coûteux, d'argent, d'or et de perles. Elles ne sauraient se montrer même chez elles sans une série d'accessoires, mouchoirs de dentelle, éventails ou gants parfumés qui rehaussent leurs charmes. Tout est voué à la beauté dans la ville des Doges. Plus sensible que vous aux arts plastiques, Brianda se précipitera dans les ateliers du Tintoret, du Titien, de Bellini qui ne sont jamais loin à pied ou en bateau de votre demeure.

Vous avez, ensemble, assisté à la cérémonie par laquelle la Sérénissime célèbre une fois par an ses noces avec la mer. Vous vous êtes mêlée aux citoyens regroupés dans des barges et vous avez de vos propres yeux observé l'anneau d'or précipité dans les eaux pour sceller cette union. Point nordique sur les côtes de la Méditerranée, Venise accueille les marchandises pour les ingérer dans le ventre de l'Europe et en renvoyer d'autres. Plus qu'une cité, elle fut un pont entre la Byzance du Levant et la chrétienté médiévale. Ce pont, vous comptez vous en servir à votre tour pour échapper à l'emprise de la couronne et de la croix.

Dans cette ville magique où la diplomatie est sœur de la galanterie, vous vous partagez les rôles avec Brianda. Plus encore qu'en Flandre, votre sœur, veuve joyeuse, se lance dans la ronde sans fin des bals masqués, des banquets, des parties de cartes, des soirées théâtrales, des parades, des processions, des récitals et autres festivités. Elle se jette avec ardeur dans cette vie d'oisiveté où le libertinage et la galanterie sont choses communes, où tout est permis sous le masque, dans une consommation effrénée de recettes de beauté, de toilettes et de parties fines.

Les riches Vénitiens patronnent cette harmonie qui embellit la vie de tous les jours et la vie de l'esprit par ses fastes baroques. L'opulence attire le talent, celui des savants et des artistes, mais aussi des imprimeurs, des verriers, des orfèvres, des bijoutiers dont l'excellence est devenue la marque de fabrique de la ville. Toute cette effervescence enchante Brianda, grande hédoniste, aussi épicurienne que vous êtes ascétique, consommatrice de jouissances terrestres aussi bien qu'esthétiques. Cette amatrice d'art rêve d'y investir sa fortune – perdue pour elle – dans le mécénat.

Du côté d'Avila

On sait peu de choses sur Thérèse. Dans son couvent, face à son Dieu, elle se débat toujours contre la terreur d'être inspirée par le démon. Pendant des années, on sera sans nouvelles de Thérèse.

Marchande de Venise

Quant à vous, malgré le conflit avec la régente, vous continuez à entretenir de bonnes relations avec les monarques européens. Vous recevez l'ambassadeur de Charles Quint. Vous l'invitez à vos banquets ; il est reçu chez vos agents. Les mondanités vous sont utiles et alimentent les contacts professionnels et commerciaux au plus haut niveau.

En apparence, vous resterez *conversa*, bonne chrétienne, et vous profitez des avantages de cette situation ambiguë. Pour expliquer votre départ du Portugal et des Flandres, vous lancez la rumeur, transmise de bouche à oreille, que les monarques de ces pays ont essayé de vous déposséder de votre fortune. Voilà qui n'est pas faux et plaît à une cité qui n'a jamais courtisé la royauté ni pratiqué le droit divin des monarchies, où les marchands sont les idoles et ce qui les gouverne est la passion du commerce et de la mer.

Le cosmopolitisme là comme ailleurs est propice à l'innovation. La ville est un chaudron d'idées autant qu'un carrefour commercial. Il y a plus de librairies et d'imprimeries à Venise que dans toute autre cité. Au moins cinquante maisons d'édition à votre arrivée. Et bien que les juifs n'aient pas le droit de les diriger, leurs livres s'y publient, bien plus qu'ailleurs. Narguant la législation officielle, de jour, juifs ou chrétiens vont et viennent à l'intérieur et à l'extérieur des ghettos et participent à toutes les transactions. Les premiers trouvent aussi des stratégies pour se glisser dehors la nuit sous les chapeaux noirs des chrétiens, en soudoyant les gardes. Dans l'enceinte des ghettos où vous vous promenez sans fard, vous découvrez une vie communautaire, religieuse et sociale intense avec des synagogues, des *yeshivot*, des écoles spacieuses et ordonnées, et même des boucheries kasher. Les rabbins y sont respectés. On vient les consulter de toute l'Europe.

Et votre statut de nouvelle-chrétienne vous permet de jongler avec les uns comme avec les autres car il y a un marranisme social et même économique comme il y a un marranisme religieux. Vous entretenez des relations plus ou moins dissimulées avec les habitants du ghetto levantin, y retrouvant des parents de l'ancienne Espagne. Les juifs, les *conversos* et les chrétiens se rencontrent tous les jours sur le Rialto, commercent et évaluent ensemble les risques encourus par les expéditions maritimes.

« J'achèterai avec vous, dira le juif Shylock au noble Bassano, je vendrai avec vous, je discuterai avec vous. »

Avant les personnages de Shakespeare, vous devenez une vraie *Marchande de Venise*.

Les ossements des parents

Vous vous sentez tranquille dans cette ville tolérante. Et vous réussissez à obtenir du pape l'exhumation des os de Francisco ainsi que de vos parents. Votre prétexte :

les transporter dans une chapelle que vous avez fait construire à Venise pour y faire vos dévotions. Sa Sainteté envoie une lettre au nonce du Portugal lui ordonnant de faire transférer à la veuve les restes de son mari, afin que « l'Église assiste cette femme dans son désir honnête et pieux ».

Votre intention est de les inhumer au mont des Oliviers, le lieu le plus sacré pour les juifs. Éternelle déracinée, vous ressentez la nécessité absolue de vous relier à une terre. Élevée dans la dualité de religions parfois complémentaires, vous prenez au sérieux le salut de votre âme et la vie éternelle. La culpabilité d'avoir trahi la foi originelle et de vivre dans le confort de la foi imposée vous taraude au spectacle de ces juifs qui préfèrent le ghetto à l'apostasie. À cela s'ajoute le sentiment d'exil entraîné par le bannissement de l'Espagne bien-aimée où reposent les ancêtres. La terreur d'être inhumés pour toujours sous une terre étrangère est palpable chez les juifs restés juifs comme chez ceux qui sont devenus chrétiens. Si votre époux ne peut plus être enterré dans son Aragon ancestral, alors la seule option possible est le cimetière sacré des juifs selon l'injonction de la Bible : « Et Moïse prit les os de Joseph avec lui sur la Terre promise plutôt que de les laisser pour l'éternité sur le sol païen d'Égypte. » Au mont des Oliviers, vous croyez que vos disparus seront les premiers à ressusciter avec l'arrivée du Messie. Le souci du matrimoine spirituel commence à prendre le pas sur la préservation du patrimoine matériel. Mais il faudra attendre : Jérusalem est maintenant sous la coupe des Ottomans.

TRAHISON

Pour vous, dans la Sérénissime, tout va pour le mieux dans le meilleur des mondes en ce court moment. Mais deux ans après votre arrivée dans la ville, le tribunal du Saint-Office est réorganisé avec la présence obligatoire de magistrats indépendants, appuyés par le Conseil des Dix. Près de vous, le vers du ressentiment est toujours dans le fruit, la vipère est dans le sein. Votre sœur relève la tête.

En mon âme et conscience

Moi, Brianda de Luna, veuve de Diogo Mendes, baptisée dans la religion de Notre-Seigneur Jésus-Christ, croyante et pratiquante fervente de la foi chrétienne, désigne au Tribunal des Étrangers, comme hérétique, juive secrète, espionne au service des Turcs infidèles, Beatriz de Luna, veuve de Francisco Mendes, mon oncle et beau-frère. En conséquence, j'exige qu'à la lumière des informations que j'apporte, les juges réexaminent la succession de mon feu époux Diogo Mendes, qu'ils dessaisissent Beatriz de Luna de son statut de tutrice et exécutrice des biens de ma fille et qu'on me restaure ce statut légitime sur ma descendance naturelle. Je n'ai qu'un désir : faire profiter la cité de Venise qui nous a donné refuge à ma fille et à moi de tous mes biens et y vivre en bonne catholique. Je place ma confiance entière dans l'équité et la justice de ce noble Tribunal.

Fait à Venise, le 15 septembre de l'an de grâce 1547.

J'ai cherché en vain une formule ou un modèle de lettre de dénonciation à l'Inquisition. J'en ai déduit que chacun écrivait ce qu'il pouvait comme il pouvait. Votre sœur est instruite. Elle sait ce qu'il faut dire pour être entendue.

La goutte d'eau qui a fait déborder la rancœur devenue haine de Brianda a coulé lorsque cinq mois après votre arrivée à Venise, vous avez fait légaliser devant un magistrat de la nouvelle juridiction vénitienne votre statut de tutrice personnelle et financière de sa fille, votre nièce. Et que vous avez entretenu vos proches de votre grand projet pour elles et pour vous.

— C'est décidé. Nous partirons toutes les quatre à Constantinople, corps et biens, afin de redevenir qui nous sommes et de préserver notre patrimoine.

Brianda bondit.

— Tu veux dire que *tu* as décidé.

La fortune des Mendes qui éblouit aussi le sultan vous permettra, à votre sœur, vos deux filles et vous-même, d'accomplir ce que vous décrivez comme votre vœu le plus cher : vivre votre foi en paix sans avoir à faire semblant.

Cette nuit-là Brianda n'a pas dormi, pas plus que les suivantes. Elle est anesthésiée par une nouvelle qu'elle aurait dû prévoir depuis longtemps mais qu'elle avait refoulée pendant les premiers jours de bonheur à Venise, où elle a cru que vous vous laisseriez fléchir et lui accorderiez les sommes dont elle a besoin pour vivre à sa guise comme une patricienne vénitienne. Emportée par le tourbillon des fêtes, le choix des robes et des colifichets et le financement des artistes qui sont devenus ses amis, Brianda a fait des dettes, des dettes colossales, et elle a compté sur vous pour les rembourser. Or non seulement vous lui mégotez le moindre ducat, mais vous voulez maintenant l'arracher au seul lieu où elle désire passer sa vie entière, après les ruptures de Lisbonne et d'Anvers, une ville qui correspond à ses affinités, ses goûts, ses choix et ses joies. Jusque-là, Brianda n'a judaïsé secrètement que par conformisme familial, pour faire comme ses parents, son mari, son oncle, sa sœur. Mais au fond, elle se sent bien plus chrétienne que juive. Elle fait partie de ces convertis dont les spécialistes du marranisme estiment qu'ils sont attachés au catholicisme soit par conviction, soit parce que c'est tout de même plus simple de faire comme tout le monde. La suite de son histoire révélera néanmoins que la vérité des êtres est plus complexe que la critique qu'on peut en faire.

Or ce qui fait sa vie et qui se cristallise à présent dans l'incomparable cité des Doges, dotée des raffinements de l'Italie renaissante, vous voulez le lui arracher. Et tout cela pour quoi ? Pour aller où ? Dans un lieu qui lui est totalement étranger et qu'elle considère comme barbare, peuplé d'infidèles, une cour où les femmes d'un sultan polygame sont enfermées dans un harem et sont empêchées de porter à l'extérieur les toilettes éblouissantes pour lesquelles elle se damnerait. Mais refuser de vous suivre ? Impossible, car vous la laisseriez seule sans sa fille dont vous êtes la tutrice, et sans un sou pour subsister puisque vous avez accaparé la fortune entière. Brianda se sent flouée, enfermée dans la geôle que vous lui avez subtilement construite.

Elle a réfléchi, pris le conseil de vos ennemis. Elle observe ce qui se passe, elle vous observe, car malgré son exécration, vous êtes son modèle. L'Inquisition est maintenant dans la ville, rendant vos perspectives plus criminelles encore aux yeux des Vénitiens. João, votre inconditionnel chevalier, est tourné vers les Habsbourg, luttant inlassablement pour défendre vos intérêts. En son absence, Brianda a les coudées plus franches. Elle rumine longuement et contre-attaque. Elle se renseigne sur vos avoirs, notamment en France où c'est João qui avait négocié les prêts. Elle engage Agostino Fenicio, vieux-chrétien de belle ascendance qui a des liens avec Diane de Poitiers, la favorite en vue du jeune roi de France Henri II. Elle laisse passer une partie de l'été.

À l'automne, sa décision est prise. Elle envoie sa lettre au Conseil des Dix, tribunal spécial associé à trois inquisiteurs d'État, qui la convoque et lui demande de fournir des arguments.

— Ma cruelle sœur m'a menacée de m'enlever mon enfant et de me laisser mourir de faim si je ne la suivais pas dans sa trahison. Je dois récupérer la responsabilité légale de ma fille et de son héritage pour continuer à vivre dans votre belle cité.

Elle n'ignore pas que son accusation d'hérésie vous livre à l'Inquisition. Rédigé en latin, le *Manuel des inquisiteurs* est clair. Les relaps ou rejudaïsants sont « livrés au bras séculier » et brûlés. Ceux qui sont déclarés hérétiques mais n'abjurent pas sont brûlés également. Ceux qui abjurent sont emprisonnés, parfois emmurés à vie. Ceux qui sont suspectés et qui abjurent sont condamnés à des amendes et/ou des humiliations publiques, parfois pour toujours.

Elle sait que les biens des accusés sont confisqués par le tribunal du Saint-Office. Mais elle est convaincue qu'elle les récupérera en sa qualité de bonne catholique. Elle pense complaire aux autorités vénitiennes. Mais elle n'a pas votre intelligence des êtres et des situations. Elle ne se rend pas compte que les maîtres vénitiens sont pris entre deux feux : plaire à la fois au pape et au sultan ; et qu'ils redoutent par-dessus tout le conflit avec les Turcs.

Vrai ou faux ? La délation de Brianda de Luna, votre propre sœur, a marqué les esprits de celles et ceux qui ont raconté votre histoire. Elle a enflammé les imaginations au point de vous évoquer enchaînée dans une cellule, voire soumise à la question. La réalité est moins atroce. L'Inquisition à Venise n'était pas appliquée avec la même rigueur qu'au Portugal. La trahison de Brianda n'en est pas moins dérangeante pour les membres de ma génération dont les proches ont été déportés sur une lettre de dénonciation. Brianda n'est certes pas mon héroïne comme vous l'êtes, mais, en tant que romancière, je dois me placer un moment dans son angle de vision et éclairer ce qui a entraîné sa démarche calamiteuse.

Normalement la dénonciation est anonyme. Comment avez-vous été mise au courant ? L'histoire ne le dit pas et il n'y a pas de réseaux sociaux pour l'éclairer. Mais les fuites sont courantes et votre sœur n'est pas très fine diplomate. Comment avez-vous réagi ? J'imagine votre colère, votre accablement, votre désespérance. Mais, le premier bouleversement passé, vous réagissez avec sang-froid. Vous n'êtes pas arrêtée, comme on l'a souvent écrit. L'instruction du tribunal prend du temps. Vous pensez d'abord à la peau des autres et négociez avec Côme de Médicis, qui voudrait sans succès vous attirer dans sa ville de Florence, un accord autorisant les « Portugais » à y vivre et y commercer.

Vous faites mine de ne rien savoir et vous préparez votre départ. *Yrse… Fuir.* Vers la fin de l'année 1548, vous partez de nuit avec toutes vos possessions chez Hercule de Ferrare, à une centaine de kilomètres de la Sérénissime, dans son duché indépendant.

FERRARE

UNE VILLE OUVERTE

Votre sauve-qui-peut ne laisse pas les Vénitiens plus indifférents que les Anversois naguère. Puisque vous ne viendrez pas plaider votre cause en personne, le Conseil nomme Brianda tutrice et exécutrice de l'héritage de sa fille. Vous êtes condamnée à déposer cent cinquante mille ducats au bénéfice de la Chica, en attendant, espère Brianda, que le Saint-Office confisque tous vos avoirs à son profit ! Les Vénitiens voient s'envoler la fortune des Mendes et cherchent à en garder un morceau pour eux, avec au moins l'une des deux veuves et sa fille en otages. Votre sœur, comme la régente Marie en Flandres, profite du jugement pour s'approprier tout ce qu'elle peut et saisir ce qui traîne de dépôts et de reconnaissances de dettes chez les marchands de Venise, de Lyon et de Paris.

— Toutes ces sommes font partie de l'héritage de ma fille. Elles m'appartiennent de plein droit.

Mais Brianda n'a pas votre talent pour le casting. Elle ne saura pas se choisir une équipe d'hommes de confiance. Le sien, Agostino Fenicio, cache une âme de traître sous des dehors douceâtres. Il a partie liée avec

Diane de Poitiers, représentante du roi de France, qui n'a aucune envie de rembourser à une juive convertie les énormes sommes consenties naguère par dom João au nom des Mendes. Le projet secret de Fenicio est de dénoncer les deux sœurs et leurs filles comme judaïsantes, hérétiques et vendues aux infidèles, ce qui lui permettrait de mettre la main sur les dépôts, les prêts à la couronne et les fonds demeurés chez les marchands français. Et pour l'instant, il joue sur les deux tableaux : il se fait payer à la fois par Brianda Mendes et par Diane de Poitiers.

Au printemps suivant, croisera-t-il à la cour d'Henri II votre propre agent secret, chargé de la même récupération ?

Je vous laisse réfléchir à la trahison de votre sœur dans la demeure où vous vous installez à Ferrare. À mi-chemin du *Corso della Giovecca*, votre palais forme un triangle avec deux autres édifices imposants, le château médiéval *Castello Estense* et la *Cattedrale* romane. Pour ce petit bijou de Rossetti, vous signez un bail de deux ans, payé d'avance. La façade en terre cuite et l'arche qui coiffe la porte cochère sont ornées de corniches de marbre blanc, d'urnes en pierre et de motifs floraux. Lorsque vous entrez dans la longue maison Magnanini haute de deux étages, vous pénétrez dans une cour intérieure sur laquelle donne une loggia. Vos appartements privés seront au deuxième étage, au-dessus de luxueuses pièces de réception avec des plafonds dorés et des murs recouverts de fresques. Les jardins sont à l'italienne, ponctués de colonnades de marbre, de statues, de cyprès, et entre autres commodités, on trouve une armurerie, un verger, un vignoble, une grange à blé, une boulangerie, un fourneau, une réserve pour les viandes, une chambre froide pour le beurre.

Chaque cité italienne a son histoire, sa mémoire, ses choix politiques et religieux propres. La ville de Ferrare est à votre arrivée indépendante depuis des siècles, sous l'autorité d'une dynastie : la famille d'Este. La cité n'a pas bougé depuis. Le voyageur ou le lecteur peut la parcourir de nos jours, ou la visiter virtuellement à travers un logiciel. Ferrare, cité provinciale, de dimensions modestes, est un petit chef-d'œuvre, alors en plein âge d'or. L'architecte Biagio Rossetti vient d'ajouter à la ville médiévale de nouvelles rues, des palais, des couvents et des églises. Si Venise est marquée par la présence des marchands qui ont fait sa fortune, Ferrare a attiré les penseurs, les savants et les artistes de l'époque dans son université, approuvée par le pape dès le XIVe siècle. C'est la ville du savoir et de la pensée.

La tradition d'ouverture et de tolérance de la famille d'Este se teinte d'une touche humaniste, après le mariage de l'actuel duc Hercule II, fils de Lucrèce Borgia, avec Renée de France, fille du roi Louis XII. Cette disciple de Luther a transformé la cour de Ferrare en lieu de rencontre de libres penseurs, ailleurs jugés hérétiques. À Ferrare, il n'y a pas de ghetto. Les juifs, présents dès l'époque romaine, y sont libres de commercer et d'aller et venir. Ils se mêlent aux *conversos* comme aux vieux-chrétiens, aux réformés comme aux marranes. Imprimeurs, poètes, écrivains, ingénieurs, chercheurs en médecine ou banquiers, ils travaillent comme les autres, avec les autres. Ils occupent des chaires à l'université. Les rabbins disposent d'une dizaine de synagogues en activité.

Êtes-vous revenue au judaïsme dans la cité libre de Ferrare ? Les chercheurs n'ont pas toujours été d'accord sur cette question. Les documents indiquent que vous ne l'avez pas fait. Le duc vous y a invitée par un sauf-conduit et l'autorisation de disposer d'une synagogue à l'intérieur de votre palais. Mais une lettre du pape, deux ans après votre arrivée, s'adresse à vous dans ces termes : « À notre chère fille dans le Christ, Beatriz de Luna ».

Si vous étiez passée à l'acte et retournée à votre foi, le duc aurait-il fréquenté votre demeure ? Et comment auriez-vous pu recouvrer des dettes en suspens dans toute la chrétienté si elles avaient été dues à une infidèle ? Jusqu'au bout, dans cette Europe chrétienne, vous continuerez à mener l'existence d'une noble dame catholique et non d'une juive libre mais tolérée. Vous savez que vous ne perdez rien pour attendre.

Et pour le reste, vous ne gaspillez pas une minute. Le jour même de la signature du bail, vous soumettez au duc une requête afin de continuer à diriger les affaires de la maison Mendes et à agir comme tutrice de votre nièce, Gracia la Chica, selon le vœu exprimé dans le testament de Diogo Mendes, validé par les tribunaux d'Anvers et de Venise. « Mon beau-frère, dom Diogo Mendes, qui me connaissait bien, a prouvé qu'il m'accordait toute sa confiance. »

Pour la première fois, vous insistez sur les luttes que vous avez dû mener, vous, femme, dans un monde d'hommes. Moins d'un mois plus tard, le duc Hercule promeut un décret validant le testament de Diogo. Vous pouvez communiquer à votre guise par des ordres ou des procurations rétroactives avec vos réseaux dans toute l'Europe. Le duc loue vos vertus, votre caractère, votre efficacité « virile ». Et il conclut : « Bien que doña Beatriz soit une femme et que la fonction de tutrice soit interdite à toute autre femme que la mère ou la grand-mère de l'enfant, nous sommes amenés à faire une exception. »

À cette contre-attaque, il y a une raison qui porte un nom : votre chevalier, le Beau Trouvé dom João, vient de monter les dernières marches qui mènent à votre salon du palais Magnanini de Ferrare. Vous vous étreignez, longuement.

João à Ferrare

— Je t'attendais depuis si longtemps… mon ami… J'ai tant souffert… Comment a-t-elle pu ?

— Doulce amye, cela devait arriver…

João sait que Brianda n'a jamais accepté les volontés de Diogo.

Vous protestez que vous n'avez jamais voulu que son bien et celui de la Chica… Que vous voulez seulement cesser de mentir, de vous cacher.

Votre homme lige insiste ; Brianda ne se rend pas compte qu'en vous perdant, elle se perd avec vous. Mais de votre côté, vous devez gagner du temps, et peut-être faire des concessions.

Vous êtes intraitable : *Jamais !* Jamais vous ne confierez à votre sœur le patrimoine de la Chica. Il ne vous appartient pas à vous mais à votre peuple, aux victimes de l'innommable tribunal. Et c'est lui qui vous permettra de gagner les terres ottomanes pour redevenir « nous-mêmes ».

João a réservé pour la bonne bouche la grande nouvelle : il a négocié avec Moïse Hamon, médecin personnel du sultan, *l'union* de Reyna avec son fils. L'envoyé du sultan va se mettre en route pour venir vous chercher.

Vraie ou fausse, la rumeur s'est répandue comme une traînée de poudre. Orchestrée par votre cousin-neveu ? Divulguée en tout cas par le nonce du pape et l'ambassadeur de France à Venise : vous auriez promis votre fille au fils du célèbre médecin Moïse Hamon, issu d'une lignée de Judéo-Espagnols andalous. C'est la quatrième fois dans sa jeune vie qu'on évoque un mariage pour Ana. En 1537 à Lisbonne avec un noble vieux-chrétien portugais. En 1544 dans les Flandres avec Francisco d'Aragon, descendant illégitime d'une maison royale espagnole. En 1545 en Italie avec son cousin João Miquez. Et maintenant, sous son nom hébreu de Reyna, avec le fils d'un médecin juif de Constantinople… Et si la nouvelle n'était qu'un prétexte ? À João, impatient de connaître votre réaction, vous n'avez pas répondu.

Les hasards de la génétique et les coïncidences de l'endogamie locale font que je suis doublement descendante des Hamon ou Amon aussi bien que des Benveniste. Mon arrière-grand-tante Reyna Benveniste, sœur de Maïr, épousa un Mordehaï Amon, père de Saby mon grand-père. J'ai déjà évoqué cette Reyna, née Benveniste, épouse Amon, qui devint aussi mon arrière-grand-mère et me légua mon troisième prénom de Reine. Plus tard Marie Benveniste épousa Saby Amon et ils conçurent Jenny, ma mère.

La peste à Ferrare

Brianda avait gagné la première manche l'année précédente. « En conséquence », écrira-t-elle à son « homme de confiance », « pour protéger ma pauvre fille, je fus contrainte d'aller à Ferrare plaider en personne ma cause auprès du duc ». Elle suit votre exemple et offre au duc Hercule une somme de quarante mille ducats d'or en échange d'un sauf-conduit pour venir vivre à Ferrare. Cette somme et la liste des possessions qu'elle entend apporter avec elle sont surprenantes pour une personne qui affirme avoir été abandonnée par vous dans le pire dénuement : robes de broderies et tissus précieux, couvertures, tapis, peintures, rideaux, lits, objets d'or et d'argent, livres, vases, bagues, bijoux, pierres précieuses. Elle laisse son Fenicio à Venise pour qu'il suive les délibérations du Conseil des Dix. Il promet d'écrire en France afin de s'assurer que les sommes réclamées arriveront très vite et termine sa réponse par cette phrase – ironique pour nous qui savons : « Dieu nous préserve des traîtres ! »

João parvient à faire comprendre aux deux sœurs que la seule issue des conflits est dans le compromis. Pour survivre, il faut s'entendre. Et pour s'entendre, il faut du temps. Peut-être n'a-t-il pas conscience que vous n'êtes pas plus pressée que votre sœur de gagner la ville de Moïse Hamon. De concert avec Brianda, vous enverrez donc un émissaire à l'envoyé du sultan pour retarder son arrivée en Italie et votre départ immédiat.

Six mois après vous, Brianda arrive à Ferrare. Elle trouve une cité dans la tourmente en pleine épidémie de peste.

Comme chaque fois, la rumeur court : les responsables de l'épidémie, les contaminés contaminants sont les réfugiés judéo-convers, les nouveaux-chrétiens, les fuyards d'Anvers, les errants de Suisse et d'Allemagne, en deux mots les juifs convertis, qui convergent vers Ferrare. À nouveau boucs émissaires. Qui a dit, en période de pandémie, que « c'était mieux avant » ?

Vous demeurez dans votre palais. La cour est à la campagne. Si tolérant soit-il, le duc ne peut ignorer la fureur de son peuple. Il commence par décréter la quarantaine de tous les arrivants *conversos* dans le Boschetto degli Ammorbati. Mais cela ne suffit pas à calmer la rue.

Ce jour-là, tous les immigrants « portugais » arrivés à Ferrare depuis plus de quatre mois sont expulsés de la cité. Ils ont jusqu'à la nuit pour partir. Samuel Usque, votre ami, décrit dans l'obscurité des vieillards ployant sous le faix, traînant dans les rues les objets trop lourds, accompagnés de leurs frêles épouses en pleurs qui maudissent leur sort. Arrivés au port, ils sont assaillis par les gardes et dépouillés de tout. Les capitaines des vaisseaux font payer à ceux qui ont encore quelque chose pour leur passage leur poids en or. Ceux qui y parviennent tentent de gagner la Turquie mais ils sont attaqués par les pirates. Les autres errent sans toit ni nourriture sur les routes d'Italie. Les habitants de Ferrare les veulent éloignés de la région entière, abandonnés de tous car on les considère comme contagieux. Ils sont maudits même par les juifs non convertis, qui, pour une fois préservés, considèrent que les *conversos* méritent de payer leur apostasie, en vertu de la prédiction de Jérémie : « Je les poursuivrai par l'épée, la famine et la peste… » Votre propre belle-sœur, veuve de Gonzalo, lutte seule contre le mal dans une île sur le Pô.

Vous êtes bouleversée par ces nouvelles persécutions contre les vôtres dans une ville où vous avez placé votre confiance. Vous ne cessez d'intercéder. Vous tentez de faire libérer quatre marchands *conversos* placés en isolement. Vous vous ralliez à une initiative de transport de trois cents *conversos* vers Valona et Raguse, de l'autre côté de la mer Adriatique. Mais vous réalisez votre impuissance : l'antijudaïsme des chrétiens d'alors ne connaît pas d'exception. Décidément, il faut quitter ce monde.

Du côté des Flandres, les persécutions ont recommencé en juillet de l'année précédente : un décret impérial somme tous les *conversos* émigrés aux Pays-Bas depuis six ans et considérés comme juifs secrets de quitter le pays dans l'espace d'un mois. Dans l'heure qui suit la nouvelle, votre chevalier est parti au galop, sans votre accord, pour tenter d'empêcher l'application du décret. Vous vous rongez d'inquiétude. Quelques semaines plus tard, vous recevez un courrier.

De dom João à doña Beatriz

... je suis sain et sauf et viens d'être libéré de ma geôle par le Habsbourg en personne. À mon arrivée dans la capitale des Flandres, j'ai été arrêté dans une rue par un gardien de nuit et emmené sous escorte au château de Rupelmonde que tu sais être situé sur une île au milieu de l'Escaut. Mon arrestation a suscité une telle protestation chez nos amis d'Anvers que les autorités m'ont fait transférer dans une auberge, non loin de l'hôtel de ville, que ni toi ni moi ne connaissions. Le soir, alors que je me trouvais en train de souper dans la salle de l'hôtellerie verrouillée, j'eus la surprise d'entendre qu'on forçait les portes du lieu. C'étaient les marchands et les représentants municipaux qui venaient

dîner avec moi afin de me manifester leur solidarité. Je les ai régalés de la meilleure chère, arrosée de quelques vieilles bouteilles que l'aubergiste conservait dans sa réserve. J'ai néanmoins été placé sous bonne garde jusqu'à ce que l'empereur, en visite officielle à Anvers, m'ait fait délivrer. Je l'ai convaincu d'annuler le décret de bannissement. Et j'ai déjà fait seller mon cheval pour te rejoindre au plus vite...

Un peu plus tard, un décret similaire est promulgué à Venise. En quelques mois, les *conversos* se sont vu expulser de Ferrare, d'Anvers et de Venise par des arrêts plus ou moins appliqués. Le désespoir vous prend. Vous concoctez avec votre cousin un projet séparatiste qu'il essaiera de vendre aux Vénitiens : offrir aux *conversos* rejetés de partout un territoire propre, une île appartenant à la république de Venise. L'idée est bien entendu repoussée avec mépris et indignation. Mais vous la garderez dans un coin de votre esprit.

Que faire d'un peuple sans terre ? Que faire des juifs, qu'ils soient restés juifs ou qu'ils soient convertis ? La question occupe l'histoire de ces deux derniers millénaires. Lorsque l'Empire ottoman s'éteignit en 1922, mon arrière-grand-père Maïr Benveniste songeait avec ses coreligionnaires à faire de Salonique une enclave juive autonome.

Querelles intestines

Vos tourments se prolongent dans les querelles intestines à l'intérieur de votre palais, dès lors que João en est absent. Le ressentiment de Brianda, votre dégoût face à sa délation ne font pas de vous de bonnes colocataires. Dans ce contexte de crise sanitaire, vous auriez, murmure-t-on, répandu le bruit que Tristan da Costa, à vos yeux âme damnée de votre sœur et sa fille, a propagé le virus. C'est vous qui l'auriez fait bannir avec le médecin personnel de Brianda. De son côté, cette dernière obtient que votre cher Samuel Usque soit jeté en prison. À tour de rôle vous intervenez auprès du duc. Brianda parvient à faire rattraper da Costa sur la route de Bologne mais son médecin est déjà en chemin vers la Turquie. Vous visitez Samuel Usque dans sa geôle et démontrez qu'il a été victime de pressions de la part de votre sœur. Elle l'a forcé à prendre des engagements qu'il ne pouvait tenir.

Suite à ces escarmouches, le conflit se cristallise sur la vente du palais d'Anvers, dont la somme, malgré la régente, doit maintenant vous être restituée. Vous considérez qu'elle revient pour moitié à votre fille, pour moitié à la Chica, dont vous êtes pour les deux la tutrice. Brianda refuse de signer l'acte qui valide la promesse de vente, laquelle est reportée. Dans une crise de fureur contre vous, votre sœur décide de quitter votre demeure et d'emménager ailleurs. Retour à la case départ. Entretemps, l'épidémie a faibli et João est de retour à Ferrare.

Brianda tente le tout pour le tout. Elle demande une audience au duc, s'y prépare soigneusement, dans des vêtements à dessein peu coûteux qui ne dissimulent pas ses formes voluptueuses, avec un maquillage qui souligne le dessin de sa bouche et sa carnation de rousse. Elle n'hésite pas à se jeter aux pieds du prince :

— Que Votre Seigneurie ait pitié de moi ! Je suis une malheureuse que la cruauté de sa sœur a plongée dans la détresse et le dénuement, et contrainte à vivre chez *elle* en prison. Jugez-en, monseigneur, hier encore, *elle* a été jusqu'à me refuser une bouteille d'encre bon marché. Je n'ai pas même un dessus-de-lit décent... Et lorsque, mus par la compassion, des amis m'ont offert un prêt afin que je puisse déménager, elle ne m'a pas même laissée emporter mon mobilier et mes affaires personnelles... Elle ne m'a jamais rendu certains objets précieux auxquels je tenais et qu'elle m'avait confisqués au départ d'Anvers... Je peux même, monseigneur, vous les détailler : trois boîtes de bijoux offerts par feu mon époux Diogo ainsi qu'une chaîne avec une médaille portugaise d'une valeur considérable...

Cette misère n'empêche pas Brianda de proposer au duc une somme de quarante mille ducats d'or à l'issue du résultat, la moitié dans les quatre mois à venir si elle obtient la garde de sa fille et le contrôle de son héritage, comme elle l'avait obtenu à Venise du Conseil des Dix. Elle insiste une fois de plus : elle entend, elle, vivre à Ferrare en bonne catholique avec sa fille. La fortune qu'elle récupérera sera disponible pour la chrétienté en général et pour le duc d'Este en particulier.

Brianda a-t-elle couché avec le duc pour obtenir sa faveur, comme cette scène de fiction me le souffle ? La vérité des mots qu'elle a employés pour signifier les détails est en tout cas dans les archives. Qu'elle se soit offerte au duc est vraisemblable et mon intuition va dans ce sens. Le fait est qu'à partir de ce moment, par concupiscence, par intérêt, ou par simple empathie, le duc commence à pencher de son côté et exerce des pressions pour que vous coopériez avec elle et régliez votre litige.

— La charité chrétienne commande de surmonter les discordes dans le but de préserver l'amour fraternel, ne cesse-t-il de vous répéter.

Le jeu de yoyo continue un temps. Pendant que Brianda attendrit le duc à Ferrare, vous vous occupez des Vénitiens.

Et Brianda subit un gros revers lorsque le Conseil des Dix de Venise revient sur son jugement en sa faveur.

COMPROMIS

Mais vous êtes lasse de batailler. En ce jour de juin de l'an de grâce 1550, une rencontre solennelle s'organise dans l'imposante salle Sainte-Catherine, au premier étage du palais : vous signez des accords définitifs avec votre sœur. Les dix-sept pages qui régissent cet agrément figurent toujours dans les archives de Ferrare. Dommage qu'elles ne portent pas aussi les traces des sentiments qui les accompagnent. Et vous mettez vos affaires en ordre dans votre premier monde. On apprend dans ces mêmes archives que vous appointez à Anvers un agent italien pour réclamer le remboursement de vos dettes. Ou que vous dédommagez la veuve de votre beau-frère Gonzalo Mendes de sa part de la fortune familiale. C'est João, votre alter ego, qui représentera vos intérêts, ceux d'Ana et ceux de la Chica dans les litiges juridiques futurs, qu'ils soient civils ou ecclésiastiques.

Votre sœur et vous-même refusant de vous parler, João révise les accords, arrachés de haute lutte. Ils prévoient que, sur le point de « quitter l'Italie » – il n'est jamais question de « la chrétienté » –, vous rendiez à Brianda la garde de sa fille et le contrôle de son héritage, que vous lui remboursiez, comme c'est la coutume, le montant de sa dot et d'autres fonds inscrits dans son contrat de mariage avec Diogo. En échange, Brianda accepte d'annuler tous les obstacles légaux vous empêchant de recouvrer vos dettes au nom de la maison Mendes. Elle promet que d'ici six mois, elle aura signé le document de renoncement à une part de la vente du palais d'Anvers. Elle jure de ne plus vous harceler, ni vous ni vos associés dom João ou Guillaume Fernandes, ni chercher à s'approprier vos possessions où que vous vous trouviez.

Vous exigez de garder la main, encore six mois après que Brianda aura démontré qu'elle s'est acquittée de ses engagements. En contrepartie, vous vous engagez à déposer cent mille ducats, les deux tiers de la somme prévue, à la Zecca de Venise dans les trois mois pour couvrir l'héritage de la Chica lorsqu'elle atteindra ses quinze ans ou qu'elle se mariera. On nomme des garants, qui s'en assureront.

L'ARBITRAGE DE DIANE

Mais la haine et la défiance sont plus fortes que tout. Vous craignez que Brianda ne s'approprie l'héritage de sa fille. Brianda redoute que vous ne disparaissiez en Turquie avant d'avoir déposé l'argent. À peine signés, les accords deviennent caducs et l'encre n'est pas sèche qu'on prend conscience que ce document ne scelle aucune réconciliation. Six semaines plus tard, Brianda jette aux orties tout compromis et se proclame à nouveau seule tutrice de sa fille.

Votre rapprochement avec Fenicio, l'agent de votre sœur qui voulait vous perdre toutes les quatre et s'approprier la fortune entière, est avéré. Vous laissez une lettre, qui lui propose une grosse somme afin qu'il cesse ses poursuites. Encore un d'acheté. Cela aura-t-il une fin ? Vous êtes si désespérée que vous jetez votre argent par les fenêtres pour avoir enfin la paix, pour vous sauver et sauver tous les autres avec ce qui reste.

Face à l'obstination de Brianda, le duc de Ferrare se range dans votre camp. Il écrit à Diane de Poitiers afin de vous aider à récupérer vos fonds gelés en France et à rouvrir les négociations pour le remboursement de l'emprunt consenti des années auparavant par dom João et que la couronne de France doit toujours à la maison Mendes.

Puisqu'une correspondance entre vous-même et la favorite du roi de France est restée dans les archives, je fais un détour par votre contemporaine Diane de Poitiers. Comparaison n'est pas toujours raison mais contribue à l'éclairer.

Diane de Poitiers, duchesse du Valentinois

La duchesse du Valentinois a exactement dix années de plus que vous. Elle est votre contemporaine à une époque où, la diplomatie permettant de circonscrire les guerres, les femmes ont pris un certain ascendant. La paix des Dames avait permis à Louise de Savoie, mère de François Ier, Marguerite de Navarre sa sœur et Marguerite d'Autriche, tante de Charles Quint, de libérer le roi de France des geôles du Habsbourg. Vous connaissez bien la sœur de l'empereur, Marie, reine de Hongrie et régente des Pays-Bas. Quand elles n'ont pas les pleins pouvoirs sur un pays, comme un peu plus tard Élisabeth Ire d'Angleterre, elles dirigent les cours par une influence grandissante dont Diane de Poitiers est un modèle. Comme vous mariée très jeune, avec Louis de Brézé, sénéchal de Normandie qui a quarante ans de plus qu'elle, elle apprend sous sa coupe à gérer ses affaires. À trente ans, mère de deux filles, elle devient veuve et libre. Pour célébrer cet état, elle ne s'habillera plus qu'en noir et blanc. Diane fera édifier à son époux défunt un magnifique tombeau Renaissance à la cathédrale de Rouen. Vous ferez transférer les restes du vôtre au mont des Oliviers : signe commun de vos gratitudes à l'égard de maris qui vous auront dotées de l'état le plus désirable pour des femmes de votre époque : un veuvage assorti d'une belle fortune.

Diane ne se remariera donc pas non plus et gérera avec savoir-faire et économie une fortune qu'elle saura accroître. Ses livres de comptes pourraient être comparés aux vôtres. Seul leur usage diffère radicalement. Son influence sur les hommes qui l'entourent est à la source de sa réussite comme de la vôtre. Elle a vingt ans de plus que le roi, dont elle a été la gouvernante avant d'être la maîtresse. Vous avez quatorze ans de plus que João qui vous servira, pieds, poings et cœur liés. Certes la maison Mendes n'est pas la maison de Valois. Mais si Diane est la conseillère officieuse d'Henri II, elle n'a pas le droit d'entrer au Conseil du roi. Chez vous, c'est le chevalier blanc qui conseille et vous qui tranchez.

La coquetterie, le soin de l'apparence, le goût des toilettes vous réunissent. Vous respectez toutes deux une hygiène sourcilleuse, elle par propreté naturelle et le désir de sentir bon à tout moment, vous pour obéir aux injonctions de la foi. Vos robes s'apparentent. Elles sont somptueuses, de velours de soie, de drap d'or et d'argent, recouvertes de perles et de pierres précieuses. Elles vous enserrent la taille en cône dans un vertugadin, elles vous arrondissent les hanches par des bourrelets attachés à la taille, elles vous évasent les jupes et le jupon montés sur armature. Mais là encore, l'effet recherché n'est pas le même. L'élégance de votre toilette est une arme au service de votre dignité, elle vous sert à narguer les lois somptuaires qui interdisent aux juives de se vêtir richement. Diane, de son côté, s'habille pour plaire à son amant et affirmer son pouvoir sur le reste de la cour. Car elle est avant tout femme galante, ce que vous n'êtes pas, attachée exclusivement à la nécessité vitale de conserver son amant royal, séduisante et intrigante, dépendant de lui, et de lui exclusivement. Le goût de l'or vous est commun, mais vous vous en servez comme moyen pour soudoyer les grands et sauver votre vie et celles des autres.

Vrai ou faux ? Diane, elle, absorbe l'or soluble physiquement. Afin de sauvegarder sa jeunesse et sa beauté, elle en boit des bouillons tous les matins à son petit déjeuner. Elle a de l'or dans les cheveux, dans le foie, dans les reins, dans les nerfs. Elle se tuera à petit feu pour avoir voulu ce que veulent aujourd'hui les nombreuses femmes candidates au lifting. C'est Ambroise Paré, proche de votre propre médecin Amatus Lusitanus, qui l'embaumera dans sa magnificence à l'âge de soixante-six ans. Les révolutionnaires qui récupéreront le plomb des sarcophages pour en faire des canons profaneront l'œuvre du célèbre savant et jetteront ses ossements à la fosse commune. La technologie de notre époque les y redécouvrira et en tirera le diagnostic de la postérité : empoisonnée par l'or. Vous ne serez ni embaumée ni même représentée dans la peinture de votre temps. L'or vous aura servi, mais c'est votre esprit qui traversera les siècles.

Diane et vous êtes cultivées, comme cherchaient à l'être les élites féminines de l'époque que l'on n'envoie pas au collège ou à l'université mais à qui l'on apprend à la maison les humanités et les arts d'agrément. Vous serez toutes deux des mécènes des arts. Mais là où vous vous concentrez sur les livres et les œuvres itinérantes ou éphémères, la duchesse, enracinée dans ses châteaux et ses jardins, dessine ceux de Chenonceau, élève dans celui d'Anet des vers à soie, finance les architectes et les sculpteurs. Au son de la viole de gambe, la favorite écoute les vers de ses poètes préférés qui s'appellent Ronsard ou Du Bellay, rentrant chez lui comme Ulysse après de longs voyages, tandis que vous suivez Samuel Usque narrant les drames et les tragédies de l'exil sur des mélodies qui remémorent les beaux jours de votre Espagne perdue.

La légende noire de Diane de Poitiers donne d'elle une image de cupidité et de cruauté. Une catin de plus, qui aurait été la maîtresse de François Ier, le père, avant d'être celle du fils, une perverse qui lutte à mort contre les hérétiques, qui pousse aux guerres de Religion pour récupérer les biens des réformés, une dévergondée qui assiste sans ciller aux exécutions et aux tortures. C'est ainsi que la donnera à voir l'un de nos grands poètes, le Victor Hugo des *Misérables*. « On allume des feux avec celui qu'elle a au cul », dit un libelle qui ne l'épargne pas plus qu'on n'a épargné Marie-Antoinette ou Lucrèce Borgia, accusée dès son époque d'inceste, d'orgies vaticanes et de meurtre, ou vous-même dans la série télévisée turque sur le siècle du Magnifique.

Il aurait été piquant d'imaginer une connivence entre vous et Diane de Poitiers, deux femmes d'envergure dans une époque où elles se sont illustrées. Mais pas plus qu'avec votre propre sœur, vous n'avez trouvé d'affinités avec la duchesse française, et la navette entre vos courriers ne révèle pas de sympathie entre les épistolières.

Suite à l'intervention du duc Hercule, un décret royal signé à Amboise et confirmé à Paris par le Parlement français reconnaît la demande de remboursement des fonds des Mendes toujours en suspens en France. Sous la table, un coup de pouce de trente mille ducats motive la duchesse à faire reporter la dette sur les livres comptables de la couronne. Encore une d'achetée ! Mais les sommes empruntées ne seront jamais débloquées, malgré les multiples interventions de dom João.

Andrée Aelion Brooks conclut de tout cet échange que les agissements de Diane de Poitiers démontrent qu'elle a traité doña Gracia avec mépris, comme une juive de plus, « bonne à dépouiller ».

À Ferrare, vous atteignez le sommet de votre existence. Auparavant, vous aviez esquivé l'Inquisition, secouru, sauvé des vies. Après, vous vivrez dans un monde où les femmes sont invisibles au regard extérieur. Dans la libre cité italienne, vous resplendissez.

Première imprimeuse

La découverte de l'imprimerie est contemporaine de vous. C'est Alphonse de Lamartine qui, en français, traduisit l'appel de son inventeur dans *Gutenberg, inventeur de l'imprimerie* : « Brisons le sceau qui scelle les choses saintes, donnons des ailes à la vérité, et qu'au moyen de la parole, non plus écrite à grands frais par la main qui se lasse, mais multipliée comme l'air par une machine infatigable, elle aille chercher toute âme venant en ce monde ! »

Comme Diane ou Thérèse, comme Catherine Sforza, Isabelle d'Este, Marie Tudor ou Catherine de Médicis, vous avez la chance d'être née dans cette Renaissance heureuse pour certaines femmes, où l'on vient de découvrir la « machine infatigable » et magique qui transforme en livres les manuscrits. Dès avant votre naissance, un Talmud Torah, école pour petites juives, avait ouvert à Rome et l'on formait les jeunes chrétiennes comme Thérèse d'Avila au couvent. Certes, on est loin de l'égalité ou de la parité. Bernardo et João sont allés à l'université mais pas vous, ni Ana ni la Chica. Néanmoins, vous connaissez le latin, vous avez reçu un savoir et vous êtes avide de le transmettre à vos filles.

Comment ? Par les précepteurs et par les livres.

Pourquoi favoriserez-vous les ouvrages en langue vernaculaire ? Parce que grec, arabe, hébreu et même souvent latin sont interdits aux filles. Comme chrétienne, vous imiterez vos consœurs qui commandent des traductions de livres saints en langue vulgaire afin que leurs descendantes suivent les rites. Elles préparent sans le savoir l'esprit de la Réforme. Comme juive, votre premier soin sera de financer une Bible en espagnol qui pourra représenter aux femmes les héroïnes bibliques, notamment Esther et Judith. Vous entendez transmettre l'héritage à une génération qui a perdu sa mémoire, qui a soif de guides et d'inspiration. Les fictions que vous encouragez illustrent la douleur de l'exil, moyens obliques d'exprimer votre propre nostalgie. La patrie des errantes, c'est ce qu'elles peuvent emporter à la semelle de leurs souliers, « le matrimoine immatériel de l'humanité ». Les livres le fondent. Ils sont les pivots de la religion, ils véhiculent la langue, votre langue espagnole, votre aragonais, votre langue portugaise dont le mélange produira un nouvel idiome, le judéo-espagnol, le ladino, le « juif ». À Ferrare, dans la ville de votre éphémère liberté, vous choisirez d'être avant tout la grande mécène des livres.

SALONNIÈRE

À son arrivée dans la cité du duc Hercule, João vous avait dit :

— Pourquoi n'ouvrirais-tu pas un salon littéraire ?

Le salon littéraire prend sa source dans le *salone* des Italiennes de votre époque. Mais l'art de la conversation entre femmes et hommes ne s'est-il pas développé bien plus tôt encore dans les cours d'amour du Moyen Âge ? En France, je retrouve chez votre contemporaine Marguerite de Navarre ce même goût de l'échange mixte que, depuis les États-Unis, j'avais observé dans *Regard sur les Françaises*, même s'il n'avait pas toujours lieu dans un salon.

Pendant des jours, j'ai tourné autour du projet de représenter votre salon dans une scène, de le faire vivre comme on l'avait fait au cinéma, dans *Ridicule* par exemple, et d'en mettre en musique l'ambiance. Mais comment ? Je sais à quoi ressemblera le salon de Madame de Rambouillet ou de Mademoiselle de Scudéry un siècle plus tard. Mais celui d'une puissante *conversa* portugaise, juive secrète qui fraie avec le pape et les cours européennes, qui a lu Maïmonide aussi bien que Boccace et Thomas d'Aquin, dans une ville éphémèrement paisible où les religions se côtoient sans s'affronter, à quoi ce salon-là pouvait-il ressembler et que s'y disait-il ?

Si pour un feuilleton ou un film, je devais réunir dans votre demeure des invités de marque, je n'indiquerais que quelques noms de ceux qui sont dans les biographies et les livres d'histoire. À côté du duc Hercule et de son épouse Renée de France, il y aurait là des vieux-chrétiens et des nouveaux, des réformés, des juifs pratiquants et des musulmans convertis ou non, des crypto-juifs et des marranes confirmés, des gays, des lesbiennes, des trans – il y en a eu à toutes les époques – qui ne sortent du placard que dans les limites de votre salon, et peut-être même des libres penseurs qu'on ignore et qui s'ignorent eux-mêmes. Sans attendre la parité, beaucoup de femmes animent ces joutes intellectuelles.

Parmi elles, Pomona et Fioretta di Modena, juives restées juives. Pomona est versée dans le Talmud « comme un homme ». Fioretta maîtrise l'hébreu et le savoir rabbinique. D'autres juives exercent les fonctions de scribe.

Quant à Bienvenida Abravanel, qui a conservé elle aussi sa foi, elle est la nièce et belle-fille de don Isaac, savant, mystique et diplomate, qui a conduit les bannis hors d'Espagne et s'est établi ensuite à Naples. Bienvenida est votre égale par l'intelligence, le sens des affaires, l'empathie et la conscience humaniste. Elle a œuvré pour faire annuler l'ordre d'expulsion des juifs de Naples. Veuve elle aussi, elle gère la banque familiale et rachète les prisonniers juifs capturés par les pirates. Vous êtes faites pour vous entendre. Sauf que… elle est demeurée dans la foi des ancêtres que vous avez quittée par force. Et Bienvenida Abravanel, qui doit payer une contribution quotidienne à la ville pour avoir le droit de pratiquer le judaïsme, n'a que mépris pour le masque de chrétienne qui recouvre la juive que vous êtes et qu'elle taxe d'opportunisme.

Dis-moi qui tu fréquentes, je te dirai qui tu es… Parmi vos invités : le vieux-chrétien de souche Ortensio Lando. Il aime à se moquer des mœurs de son pays et reconnaît vivre une relation homosexuelle heureuse « dans un asile de fous ». Avec Ortensio se révèle une facette de votre caractère jusque-là masquée par la contrainte qu'impose l'esprit menaçant de l'Inquisition ibérique. Mais oui, vous aimez rire et vous gausser. Avec lui, vous goûtez le plaisir des bonnes blagues, des énormes canulars. N'êtes-vous pas contemporaine de Rabelais qui meurt à l'époque même où vous tenez salon à Ferrare ? N'avez-vous pas inventé des histoires extravagantes pour vous tirer d'affaire lorsque vous étiez poursuivie par toutes les émanations européennes du tribunal du Saint-Office ?

Le gay Ortensio est féministe et s'en cache à peine. Dans une de ses histoires des *Due Panegirici nuovamente compostici*, il indique qu'il fait le « portrait d'une femme unique entre toutes… dont l'esprit m'étonne avec son bon sens, dont le courage me stupéfie et dont la bonté me remplit de joie… Considérons toutes les qualités démontrées par les femmes en Espagne, en France ou dans les Flandres… Voyons à quel point elles observent leur religion sans superstition, elles sont modestes sans prétention, libres sans affectation, bienveillantes sans flagornerie, et généreuses sans vantardise ». Paradoxalement, c'est à dom João, non à vous, qu'il dédie son ouvrage. Certes l'inversion de genre est un travestissement fréquent à l'époque. Mais l'orientation sexuelle de l'auteur n'explique pas tout. Elle éclaire un phénomène qui se développe sous nos yeux dans cette fin d'étape à Ferrare : l'émergence de João à côté de Gracia, le couple fusionnel que vous formez aux yeux de tous et que j'ai nommé antérieurement : « l'aigle à deux têtes ».

Parmi ceux qui régulièrement toquent à votre porte, j'aperçois le nouveau-chrétien Bernardim Ribeiro. Il a évoqué sous le voile dans ses œuvres les identités troublées des *conversos*, le choix difficile entre la jouissance des richesses matérielles et la fidélité envers et contre tout à sa religion, avec force allusions au rôle crucial que les juives du silence comme vous ont joué dans la sauvegarde de la foi.

L'Hispano-Portugais Alonso Nuñez de Reinoso n'est pas loin puisque vous lui avez demandé d'être le précepteur des deux filles. Lui aussi manifeste respect et admiration pour vous dans ses livres bien qu'ils soient dédiés à dom João. En vertu de l'inversion qui dissimule votre genre, son mécène fictif « El Gran Señor », souvent invoqué par la narratrice Isea, pourrait être vous. Dans des poèmes séparés, Reinoso chante des thèmes qui vous sont chers : la solitude, la perte d'identité, la division des loyautés et le déracinement de ces vies d'errance.

Je vous imagine au centre, entourée de vos invités, João et/ou Amatus à vos côtés.

De quoi causez-vous aujourd'hui ? C'est Antonio Musa Brasavoli qui a la parole. Un homme de science et de médecine, connu pour ses observations et ses expériences en botanique, pharmacologie et biologie. Et c'est de vous qu'il parle.

— Doña Beatriz, notre incomparable hôtesse, m'a fait cadeau de ces pilules pour le foie et l'intestin, prises avec un certain type de vin de Crète, dont les ingrédients sont la rhubarbe et le sucre, et qui m'ont immédiatement soulagé de mes maux intestinaux… Et ce n'est pas tout… Elle a fait venir pour moi cette plante nommée *malabathrum*, dérivée de la cannelle, qui pousse en Inde. Depuis des siècles, on ne la trouvait plus en Italie ni nulle part en Occident.

Amatus, qui a introduit Brasavoli dans votre salon, l'interrompt à ce moment et raconte non sans brio comment vous avez dépensé cent trente ducats pour acheter à un Portugais qui avait été vice-roi des Indes une pierre, en forme de pyramide couleur miel, de la taille d'un œuf, nommée *Belzahartic*. Elle se forme comme un calcul dans l'estomac de certains animaux. Il en utilise de petites doses pour ses patients.

— Dont le duc Hercule, ici présent.

Prise avec du vin ou de l'eau, cette substance est connue pour soigner les fortes fièvres. Il en conclut qu'on peut ainsi supprimer les vers chez les enfants et l'utiliser comme antidote pour les piqûres de serpents vénéneux...

Oui, votre salon est comme on en rêve, produit de la diversité et du métissage. Une mini-tour de Babel, un havre cosmopolite... éphémère. Vous ne régnez pas sur ce petit monde, vous l'inspirez, grave mais jamais dénuée d'humour et l'esprit ludique, sans rien imposer, animant dans plusieurs langues une conversation fluide, lettrée sans être pédante, cultivée sans arrogance, attirante sans intention de séduire. Vous êtes pour les hommes un aimant. Ils voudraient vous conquérir. Mais vous n'en voyez qu'un seul, toujours le même, l'unique que vous vous êtes à vous-même interdit. Les femmes sont vos complices, pas vos concurrentes. Pour la première fois depuis votre bref passage en Angleterre, vous en rencontrez qui sont de votre trempe. Vous qui avez été trahie par votre sœur, vous connaîtrez peut-être fugacement la douceur de la « sororité », redécouverte à grande échelle par nos contemporaines.

De « grandes femmes » sont déjà liées à l'histoire de la famille d'Este : vous êtes née ou arrivée trop tard pour avoir connu Lucrèce Borgia, épouse d'Alfonse d'Este, son troisième mari ; Éléonore d'Aragon, épouse d'Hercule Ier, célébrée pour son intelligence et le courage qu'elle manifesta en faisant venir les expulsés d'Espagne, ou sa fille Isabelle d'Este, collectionneuse d'art, qui n'hésitait pas à déclarer :

« Même dans notre sexe se trouve une nature virile ! »

Les hommes de Gracia

Lorsque la conversation s'est tarie dans votre salon et que vous avez en vous levant donné le signal du départ, deux des participants ne franchiront pas la porte de sortie et vous retrouveront peut-être, l'un – João – dans votre chambre, l'autre – Amatus – jusque dans votre alcôve. Ils sont rarement là ensemble, ce qui exclut les quiproquos malencontreux. Ce sont les hommes de votre vie, les intermittents qui ne passent pas toute leur existence à Ferrare mais dont la présence réelle ou virtuelle vous est indispensable.

Le docteur Lusitanus vit maintenant à Ancône. Lorsque vous êtes arrivée à Ferrare, il quittait la ville mais il y fait des retours d'autant plus fréquents que vous y vivez à présent. Avec lui, vous complétez les conversations mondaines par des considérations que vous n'exprimez pas devant le duc ou la duchesse Renée. Vous évoquez les rituels traditionnels des juifs guérisseurs qui datent des débuts de l'ère chrétienne et dont la Bible est le fondement : jour de repos hebdomadaire, injonctions de se laver les mains avant la prière et les repas aussi bien qu'hygiène du corps à travers le bain qui impose l'immersion jusqu'au cou, vêtements propres pour l'observation du shabbat et rites précis pour l'abattage hygiénique des animaux dont on mangera la viande. Des maladies comme la lèpre sont contrôlées par des quarantaines…

La majorité de ces recommandations ont été abandonnées au profit d'une médecine fondée sur la foi par les premiers chrétiens. Ceux-ci jugent plus important de se préoccuper de l'âme immortelle que du corps mortel.

Donc la croyance dans le pouvoir guérisseur du Christ, de ses disciples et de ses saints remplace la croyance dans le pouvoir guérisseur de la médecine. À chaque saint on assigne une maladie particulière : saint Jean-Baptiste pour les migraines, saint Benoît pour les inflammations… Effet collatéral : les juifs, même convertis, meurent moins que les autres dans les épidémies, ce qui est interprété par les chrétiens comme de la sorcellerie et entraîne l'accusation d'empoisonner les puits.

Avec l'extension du commerce et des voyages dans la Méditerranée du premier millénaire, les juifs ajoutèrent à leurs connaissances celles des peuples de contrées lointaines comme l'Inde, l'Afrique et l'Extrême-Orient. À travers ce monde arabe qui avait traduit et adopté la sagesse de l'Antiquité, à travers Hippocrate, Galien, ou le grand Avicenne, les juifs arabophones comme Amatus ont intégré un savoir méprisé par les chrétiens, parce qu'il vient de peuples infidèles qui ne connaissent pas le latin.

L'autre homme qui ne quitte pas votre demeure est dom João. Il ferraille souvent au loin contre les Habsbourg pour protéger votre vie, votre réputation et vos biens. Il est l'homme de votre vie. Mais il ne vous touche pas. Ni vous ni moi ne savons encore comment vous vivrez cet amour-là ni même si vous le vivrez.

Patronne d'édition

Combien de réunions avez-vous tenues dans votre salon de Ferrare, entre votre arrivée, fuyant votre sœur et l'Inquisition, et votre retour à Venise trois ans plus tard ? Elles se comptent peut-être sur les doigts d'une main car il a fallu le temps de l'adaptation à la ville, puis celui de la peste qui a induit la quarantaine, où la tenue de salons littéraires « en présentiel » n'est pas souhaitable. Qu'importe ! Madame de Rambouillet ou Mademoiselle de Scudéry dans la France du siècle suivant accueilleront leurs protégés écrivains ou artistes, animeront les conversations, voire écriront des romans. Vous, vous créez des imprimeries dont vous subventionnez les publications, vous inspirez des œuvres qui apaisent les âmes et donneront de l'espérance aux persécutés.

Votre patronage portera ses fruits. Après votre départ de Ferrare, vous laisserez en préparation plusieurs ouvrages qui n'auraient pas vu le jour sans vous.

« Parce que votre grandeur le mérite et parce que votre naissance et votre amour de la patrie imposent cette obligation si méritée. » À vous dédicacée, la Bible de Ferrare sortira des presses de Yom Tob Athias deux années après que vous aurez quitté la ville, traduction calque de l'hébreu en langue espagnole, facile à suivre pour les *conversos*. Avec quelques variations, elle deviendra l'une des bibles les plus rééditées dans la communauté juive d'Amsterdam composée de descendants des marchands portugais d'Anvers aux temps de Beatriz et Diogo Mendes. Cette Bible est imprimée sur deux types différents de papiers et dans deux tailles différentes. Un certain nombre d'exemplaires séparés sont respectueusement dédiés au duc Hercule II. Ils sont édités de manière à constituer une partie de la Bible chrétienne, soit l'Ancien Testament. La page de titre indique prudemment que « l'ouvrage a été vu et examiné par l'Inquisition ».

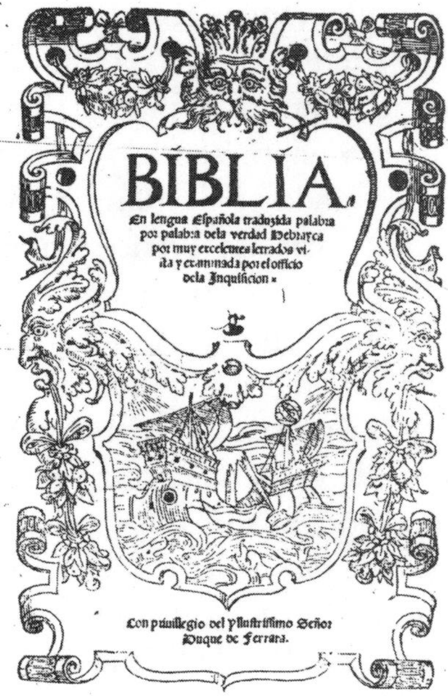

La couverture arbore une composition élaborée dont le centre est un dessin de deux hauts navires avec des coques élevées et des voiles latines semblables à celles qu'utilisait Christophe Colomb. Ballottés et dégradés par une mer en furie, ils servent de métaphore à la vie des errantes et des errants, pris en étau entre deux loyautés. En 1992, une réédition commémorative publiée en Californie indique qu'elle a été préparée « comme un hommage à la maison de Gracia et Josef Naci en Italie et dans l'Empire ottoman. Elle incarne la résistance spirituelle à la persécution et à la conversion forcée, la volonté inébranlable d'offrir un nouvel espoir et un baume pour les exilés qui continuaient à garder dans leurs cœurs leur amour doux-amer pour l'Espagne et pour la langue espagnole ».

Dans *La Consolation aux tribulations d'Israël : Guide pour les égarés*, Samuel Usque répond aux questions que vous et les autres *conversos* vous posez sur la raison de tant de tourments. Usque évoque les malheurs qui se sont abattus sur les juifs depuis les temps bibliques jusqu'au Moyen Âge. Il remarque que chaque fois qu'ils se sont égarés dans « l'idolâtrie » (christianisme autant que paganisme), ils ont dû souffrir pour ce « péché ». Mais la souffrance infligée à la génération contemporaine est telle qu'ils ont maintenant expié leurs fautes pour l'éternité. Il affirme que Dieu ne les a pas oubliés. Il fait remarquer que des peuples plus puissants comme les Grecs, les Romains, les Égyptiens et les Perses ont été balayés. Mais le peuple hébreu a tenu, « meurtri et martyrisé mais toujours vivant bien qu'en exil ».

Et il voit les signes d'une renaissance dans la montée en puissance des Ottomans dont « les portes de la liberté permettent de pratiquer à nouveau le judaïsme » sans terreur. Le pouvoir turc pourfend les ennemis de la loi mosaïque dans la chrétienté. D'autres bénédictions arrivent aussi, note-t-il, de la part d'autorités comme le duc Hercule et de guides comme *Vous*, la Dame. Le temps du changement advient pour le peuple juif. C'est l'aube de l'ère messianique tant attendue. Mais pour y participer il faut rester fidèle aux enseignements de la foi ancestrale. Cette lecture instille une fierté renouvelée dans l'héritage et une consolation pour les âmes tourmentées. De vous, Samuel Usque écrit que vous êtes « le cœur dans le corps de notre peuple », que vous avez démontré à quel point vous ressentiez ses souffrances plus intensément que quiconque. « Votre nom et le souvenir de votre miséricorde seront pour toujours dans la moelle de nos os. » C'est de lui que vous vient cette appellation de *la Señora* qui accompagnera pour la postérité celui de doña Gracia.

L'histoire ne se répète pas : à votre époque, le refuge pour les juifs persécutés par l'Église catholique, c'est le monde musulman. L'histoire se répète : comme les vôtres suite aux persécutions, après la Shoah, nous sommes toujours là. Vous et moi, nous avons survécu.

La Contre-Réforme

Le monde chrétien se referme de plus en plus. Tandis qu'en apparence vous menez une vie de « gentille femme » italienne dans la ville ouverte de Ferrare, le mouvement de la Contre-Réforme catholique, qui veut reprendre le terrain conquis par les protestants, se développe et se renforce. De nombreux chrétiens attendent que le concile qui se réunit à nouveau à Trente réforme en profondeur l'Église catholique. Envers du décor : le bras armé de la Contre-Réforme est la répression à l'égard des hérétiques et des apostats. La situation des juifs et des *conversos* comme des protestants s'aggrave.

Venise commence par bannir officiellement tous les *conversos*. Le décret n'est pas appliqué, mais voilà… On parle de ghettoïser les juifs dans toutes les villes. La répression économique, avec la confiscation des biens, est telle que beaucoup de juifs sont réduits à la misère. On interdit aux médecins juifs de soigner des patients chrétiens. Le pape Jules III fait saisir tous les livres hébreux de Rome pour les brûler. On les jette depuis les fenêtres des maisons juives dans les rues et les impasses pour en faire des brasiers symboliquement allumés le premier jour de Roch Hachana. À l'automne de cette année-là, les Vénitiens mettent le feu à une montagne d'ouvrages juifs sur la place Saint-Marc tandis que les Ferrarais eux-mêmes incendient publiquement des exemplaires du Talmud. L'Inquisition italienne se renforce jour après jour ; l'Inquisition portugaise se radicalise dans des excès insoutenables.

L'Inquisition, comme la Shoah, comme toutes les entreprises de cruauté organisée, c'est l'innommable. Je n'en ressasserai pas les détails qui sont abondamment décrits et dénombrés dans beaucoup d'œuvres littéraires et cinématographiques, sans compter Internet, pour ceux à qui cette lecture ne détruit pas l'âme. J'ai essayé d'évoquer dans mon dernier livre la fin de Marie J., ma grand-mère déportée, et celle de Moïse, mon grand-père, gazé à Auschwitz. Cette reconstitution de quelques lignes m'a coûté des centaines de pages de lectures atroces et des dizaines de nuits sans sommeil. Je ne recommencerai ni pour vous ni pour moi qui, par la chance de notre destin, avons été soustraites à cet enfer. Il suffit de mesurer avec gratitude ce à quoi nous avons échappé. Les nazis aussi ont commencé par brûler des livres avant de brûler des gens. Votre situation dans l'Europe de la deuxième moitié du XVIe siècle, c'est celle de vos grands-parents Benveniste avant l'Expulsion, celle de Moïse et de Marie, mes grands-parents paternels avant l'Occupation.

Un seul recours. Si on ne le peut pas : se cacher. Si on le peut : *Yrse, partir.*

ENTRE LE PAPE ET LE SULTAN

— Gracia, tu dois te préparer. Nous sommes au bord de l'abîme…

— João, nous devons jouer sur les deux tableaux : les Vénitiens et les Turcs.

Vous savez qu'ils ont besoin les uns des autres et que vous avez besoin des uns et des autres, les premiers pour vous laisser partir, les seconds pour vous laisser entrer.

— Nous partirons toutes les quatre.

— Méfie-toi de Brianda, répond votre cousin. Elle est prête à tout pour ne pas quitter l'Italie.

Vous songez sans le dire qu'elle est prête à tout pour garder son argent et sa fille.

En main vous disposez de deux cartes : le pape et le sultan. Vous commencez par demander et obtenir du Vatican un sauf-conduit extraordinaire. Il vous protège de toute espèce de persécution anti-*conversa* et anti-juive… et même de la vindicte de votre sœur, l'ennemie intérieure. Vous pouvez voyager partout de jour ou de nuit, par mer ou par terre, et vivre à Rome ou dans tout autre État pontifical avec votre maisonnée, vos animaux, vos biens et objets précieux. Pour ceux qui tenteraient de s'y opposer, l'amende serait de deux mille ducats d'or et irait jusqu'à l'excommunication. J'ignore combien vous avez payé le pape pour un pareil privilège puisque les archives ne consignent pas les dessous-de-table. Dans mon enfance et aujourd'hui encore, on paie cher les faux papiers et les passeurs. Mais aucune comparaison.

Soliman est l'autre carte. Avec l'aide de votre neveu, vous contactez non seulement vos agents de Constantinople mais le docteur Moïse Hamon en personne, beau-père potentiel de votre fille Reyna, afin que la Sublime

Porte dépêche un émissaire, qui vous escortera, avec votre sœur, Reyna et la Chica jusqu'au refuge ottoman. Vous insistez pour que l'initiative soit proposée directement par le sultan aux Vénitiens.

— Gracia, l'émissaire est en route pour vous chercher à Venise. Tu dois quitter Ferrare.

ASSIGNÉE À RÉSIDENCE

J'imagine la dose de courage qu'il vous faut pour retourner dans la ville où l'Inquisition se préparait naguère à vous saisir dans ses griffes. Mais il n'y a pas d'autre solution. Il faut jouer sur l'alliance entre Venise et Constantinople. Le pouvoir du sultan Soliman est à son apogée. La Sérénissime a besoin de lui et le craint. Vous devez passer entre les gouttes. Vous vous préparez avec une hâte tranquille. Vous sous-louez votre palais de Ferrare à l'ambassadeur de France. Vous faites emballer les objets que vous voulez emporter. Un jour de novembre, vous recevez cet avertissement de João :

— Gracia, je dois m'éclipser d'abord. C'est moi qui représente tes intérêts désormais. Il me faut récupérer nos dettes en Europe. L'émissaire va arriver pour vous… Es-tu prête ?

Pas une minute à perdre. Même celle de se retourner pour dire adieu à la ville du duc Hercule, le lieu où peut-être vous vous serez sentie le mieux dans toute votre existence. Vous faites en attelage discret la centaine de kilomètres qui vous sépare de la ville des Doges. Avant de quitter la chrétienté, vous devez mettre en ordre vos finances, et en finir avec le conflit sororal. Vous êtes résolue à emmener votre sœur avec vous. Malgré tout votre ressentiment, vous refusez de la laisser à la merci d'un monde où les *conversos* sont considérés comme des hérétiques en puissance. Et puis, avouez-le : vous ne voulez pas abandonner une partie de la fortune des Mendes entre les mains de vos persécuteurs, alors que vous la destinez à sauver les persécutés.

Mais vous n'avez pas mesuré la détermination de Brianda qui n'hésite pas une seconde. Informée on ne sait comment de votre départ, elle vous talonne à Venise, très anxieuse de s'assurer que vous lui laisserez sa part et celle de sa fille avant de vous embarquer. À peine arrivée, elle exige d'être entendue par le Sénat vénitien qui vous convoque toutes les deux. Vous envoyez un représentant. Elle accourt en personne. Elle déclare qu'elle n'a jamais demandé de permis pour quitter une ville qu'elle adore, où elle veut vivre et mourir en bonne chrétienne, contrairement à vous qui n'êtes qu'une perfide renégate.

Une lettre du représentant du pape auprès de la Sérénissime rapporte à un collègue du Vatican l'arrivée d'un négociateur ottoman « pour le compte d'une riche Portugaise qui a promis sa fille au fils du docteur du sultan ». Le messager est accueilli par les Vénitiens avec un déluge d'amabilités. On lui offre une belle demeure sur l'île de la Giudecca, une flotte de bateaux privés, des gardes du corps, une allocation quotidienne pour couvrir le moindre de ses frais y compris vestimentaires, sans compter d'autres privilèges réservés aux ambassadeurs de haut rang. Car les Vénitiens sont acculés. Ils ne veulent pas déplaire au sultan mais ils désirent garder une sœur Mendes avec la moitié de la fortune. Ils optent pour le jugement de Salomon, décision qui déplaît à la fois au pape, aux Turcs et à vous. Certes, ils vous donneront un permis de sortie mais ils informent le sultan qu'ils refusent de « forcer » Brianda à partir contre son gré.

C'est une gifle pour chacune des deux parties. Le représentant du pape informe le Vatican que vous causez un affront à « notre foi » en la désavouant publiquement et en partant chez les infidèles retrouver votre fausse religion. Comment les Vénitiens peuvent-ils vous laisser partir sans vous punir ? Quant à l'envoyé du sultan, il n'est pas moins furieux. On lui a demandé de ramener les deux sœurs et toute la fortune. Il n'en ramène qu'une et n'en rapporte que la moitié. Dans l'Empire ottoman, on est étranglé pour moins que ça !

Vous êtes assignée à résidence. Des gardes sont postés devant votre demeure. Personne ne peut entrer ni sortir, à part l'émissaire du sultan, seul autorisé à vous rendre visite. Or trois jours plus tard, le Sénat vénitien fait savoir que nul messager ottoman n'a cherché à entrer chez vous. Et que non content de mépriser les subventions et autres cadeaux et politesses, le représentant du sultan a offensé la dignité de la Sérénissime et menacé de battre les gardes armés placés auprès de lui pour sa protection.

Vrai ou faux : l'étrange conduite de l'émissaire s'explique-t-elle par sa crainte de déplaire à son maître ? La cour ottomane était telle qu'à la moindre défaveur, il était fréquent que l'homme soit étranglé ou empoisonné et que son poste soit immédiatement occupé par un autre. Le Turc, peu au courant des usages vénitiens, a peut-être imaginé que ses gardes du corps avaient été soudoyés pour l'assassiner. En tout état de cause, l'homme disparaît et il ne sera plus jamais question de lui. A-t-il été rappelé à Constantinople ou a-t-il été éliminé ?

Pendant que le torchon brûle entre les doges et le sultan, vous bouillez de rage, arpentant les vastes pièces de votre maison, sans pouvoir en ouvrir la moindre issue. Et Brianda de triompher. Au bout de dix jours et dix nuits de tourments, vous renoncez à votre désir de garder auprès de vous votre sœur et votre nièce bien-aimée, et de conserver toute la fortune des Mendes au service des juifs et des *conversos* menacés d'extinction. Vous faites savoir aux Vénitiens que vous êtes prête à respecter les accords signés avec Brianda à Ferrare dix-huit mois plus tôt. Le Sénat répond alors favorablement à condition que lesdits accords soient mis à jour et actualisés.

La vie immobile

Le vin est tiré. La survie est au prix du compromis. Les Mendes assument leur dualité. Brianda restera à la chrétienté et vous irez rechercher la foi de vos ancêtres chez les musulmans. À l'aube de la nouvelle année, le brouillon d'un nouvel accord avec votre sœur, inspiré du modèle de Ferrare, est préparé par les négociateurs des deux bords.

Et puis… et puis rien ne se passe et vous finissez par annoncer que les accords n'ont pas été ratifiés par les Vénitiens. Point mort… Retour à la case départ. Votre chevalier n'est pas là pour vous remonter le moral. Mais que fait-il donc ? Vous commencez à désespérer. Les jours, les semaines, les mois passent. Vous menez une vie immobile, attendant des courriers, des lettres, des nouvelles. Comment imaginer ce que pouvait être la communication en ces temps anciens qui sont les vôtres, sans écrans, sans téléphone, sans rien ?

En mars, une nouvelle illumine une de ces journées moroses où la brume brouille la vision des gondoles sur le Grand Canal que vous apercevez de vos fenêtres : un nouvel émissaire, juif celui-là, envoyé directement par un médecin du sultan, le docteur Moïse Hamon, serait en route. Il n'arrivera qu'en juin mais il se met immédiatement au travail, avec l'aide d'un notaire vénitien de talent. Enfin, fumée blanche ! L'arrangement est signé par les deux sœurs. Confirmé et ratifié par le Sénat, il couvre en quarante pages manuscrites les points essentiels de l'accord existant. Pendant les derniers jours de juillet, on finalise les détails en présence d'un illustre banquier florentin.

Les ultimes compromis

Dernière réunion entre les sœurs de Luna, veuves Mendes. Elle a lieu dans la demeure de Brianda, quartier Sainte-Catherine à Venise. Il y a là votre fille Ana et votre nièce la Chica qui, bien qu'âgée de douze ans, doit connaître les droits qu'elle sera libre d'exercer à son quinzième anniversaire. Le patrimoine des Mendes est épluché, ainsi que celui de la famille de Luna, en présence des proches comme votre frère Ariès de Luna ou le veuf de votre sœur Giomar, ou Bernardo, votre cousin-neveu, frère et double de João. Assistent également à l'événement vos futurs représentants en Italie qui superviseront l'application des accords : Guillaume Fernandes, votre responsable financier, Agostinho Henriques, le parent Benveniste déjà désigné dans le testament de Diogo, ainsi que l'infatigable Duarte Gomez.

Brianda exulte. Elle est parvenue à ses fins. En présence de trois prêtres locaux, elle est reconnue comme seule tutrice légale de sa fille. Je vous laisse à vos marchandages de riches qui sont consignés avec précision dans les archives. Vous acceptez de déposer la part d'héritage de la Chica – cent mille ducats – dans un coffre à la Zecca jusqu'à ses quinze ans ou son mariage. Vous allouez à Brianda quinze mille ducats annuels pour l'éducation et l'entretien de sa fille, et elle recevra les dix-huit mille cent vingt-trois ducats de sa dot augmentés des intérêts. Une bonne somme. Mais rien à voir avec les trois cent mille ducats réclamés à l'origine par Brianda comme la moitié de la fortune des Mendes et même les cent cinquante mille ducats accordés naguère par le Conseil des Dix. Les fonds ne sont pas déposés en espèces, mais prélevés sur les dettes de quelques marchands opulents qui doivent de l'argent à la maison Mendes, à qui on donne huit mois pour les rendre. D'autres fonds proviendraient de la vente du palais d'Anvers.

En échange, Brianda s'engage à ne plus vous harceler ni vous ni vos associés, ni bloquer vos transactions nulle part dans le monde. Tiendra-t-elle parole ?

Vous en doutez. Alors vous louvoyez. Le compromis, c'est pour la galerie. Vous laissez entendre que cette somme sera alimentée par les remboursements des dettes qui doivent encore être recouvrées. Vous recommandez à Duarte Gomez et Agostinho Henriques de tout faire pour éviter de remettre les sommes en espèces.

La promesse

Il manquait. Il vous manquait. Il manquait à l'histoire. Enfin !... Le Beau Trouvé est revenu, toujours énigmatique sur le détail de ses aventures, mais pour le coup – ô pouvoir de la répétition ! – vous n'en avez cure. Et dans l'intimité de votre éphémère demeure ferraraise, vous avez mis au point avec lui un plan machiavélique qu'il s'est engagé à exécuter point par point.

Et cette fois, il a osé.

— Ma Dame, je ferai ce que tu me commandes, quels qu'en soient les risques. En échange...

— En échange ? João, doux ami, tu sais que mon âme et tout ce que je possède seront à toi un jour si nous survivons à toutes ces épreuves.

Il comprend. Il croit comprendre. Une lueur de joie illumine un instant son regard carnassier qui s'adoucit lorsqu'il vous contemple.

La postérité jugera sévèrement l'égoïsme et la cupidité de Brianda opposés à votre loyauté et votre empathie à l'égard des « vôtres ». Même si c'était pour la bonne cause, reconnaissons que vous auriez souhaité spolier votre sœur de son patrimoine et lui enlever sa fille que vous considérez comme la vôtre. Vous aviez même retenu dans vos coffres sa part de l'héritage de votre famille de Luna. Si sa dénonciation auprès de l'Inquisition est impardonnable, on comprendra que Brianda n'ait aucune envie d'abandonner la rayonnante cité des Doges en pleine Renaissance pour le Levant musulman. Elle proclame qu'elle est née chrétienne et entend le rester. Je livre le drame entre les deux sœurs au tribunal de l'Histoire et salue la sagacité des juges vénitiens qui ont statué avec bon sens, le sens aussi de leurs intérêts propres.

LAISSEZ-PASSER

Enfin liquidé le litige familial, vous vous tournez vers le monde de Soliman et posez vos conditions : la première est de recevoir des Turcs une exemption spéciale en matière vestimentaire. Née chrétienne, vous n'avez jamais connu l'humiliation de devoir porter un signe distinctif ni de subir des restrictions sur les étoffes ou les couleurs. Et vous n'êtes pas non plus disposée à le faire dans l'Empire ottoman, bien que les limitations imposées aux « non-croyants » soient douces en comparaison de la chrétienté. Mais les Constantinopolitaines ne s'habillent pas comme les Vénitiennes et ni vous ni les femmes de votre maisonnée ne renoncerez aux somptueuses robes de drap d'or et d'argent non plus qu'aux coiffes ou aux guêpières. Votre prétention ne relève pas seulement d'un souci de coquetterie ou d'élégance, mais d'amour-propre et de fierté. Et cette exemplaire exigence de dignité vous vaudra dans les siècles à venir la gratitude du monde juif levantin.

Votre garde-robe sera donc la première empaquetée avec toutes les précautions d'usage pour affronter une longue traversée dans les flots. À nouveau vous remplissez des coffres, à nouveau vous faites plier des tapisseries, du linge de maison, des objets d'art, des choses familières, ignorante de ce que vous trouverez là-bas et du degré de raffinement qui règne dans l'empire du Magnifique. Tous les signaux sont au rouge ou à l'orange de l'incertitude. Jusqu'au voyage lui-même qui représente une cascade de risques, de dangers mortels.

Puis vous obtenez des autorités vénitiennes un laissez-passer pour le port de Raguse sur la côte orientale de l'Adriatique, point le plus proche par les terres des frontières de l'Empire ottoman. Là, vous pourrez bénéficier de la protection des gardes du sultan. Cette route maritime est truffée de pirates. Il est crucial que vous y naviguiez sous la double protection des Vénitiens et des Ottomans. Vous demandez à partir rapidement en raison de l'hiver qui approche. On vous trouve un des deux galions vénitiens disponibles en ce moment, un trois-mâts léger, avec des rangées d'avirons, un gaillard d'avant élevé à la proue et des voiles de cantine, capable de voguer librement par n'importe quel temps, pouvant résister à n'importe quelle attaque nautique. Pour l'instant vous ne pensez pas. Vous aurez tout le temps pour réfléchir.

L'exil ou la patrie des Juifs

Il y a toutes sortes de départs. L'exil suppose un départ sans retour. Mais il peut être volontaire. C'est vous qui choisissez cet exil-là alors que votre sœur le refuse. La forme la plus coercitive de l'exil sera dans quatre siècles la déportation de vos descendants vers une mise à mort. J'y ai échappé par hasard. L'émigration présume un certain élément de contrainte : la force des choses. Les émigrés de l'Ancien Régime n'ont pas choisi. Les migrants d'aujourd'hui pas vraiment non plus. Mais il y a des émigrations plus heureuses. Celle de ma grand-mère Marie Benveniste qui, à l'inverse de vous, quitta l'ex-Empire ottoman pour la France, fut un choix. L'expatriation d'aujourd'hui est plus encore une élection ; on a acquis le droit de garder un pied dans ses racines. Je me suis expatriée à plusieurs reprises sans cesser d'appartenir à ma patrie, la France. L'invitation au voyage induit le plus doux des départs, celui qui présume un retour. Les confinés du monde entier ont aujourd'hui la nostalgie de ce départ-là, le touristique, celui qui permet de revenir.

Vous, c'est pour l'exil que vous partez. Vous en êtes presque sûre, bien qu'il n'y ait pas de certitude absolue. Mais moi, cinq siècles plus tard, je le sais.

L'exil fut jusqu'à peu la patrie des juifs, et sans doute aussi celle d'une partie de l'humanité. C'est dans ce fondement, cette pierre angulaire, que puise chaque messie qui promit une terre aux bannis de Dieu. Pour les nouvelles humaines que sont les libres penseuses comme moi, et pour les nouveaux humains, l'exil est peu à peu remplacé par la planète-monde où chacune et chacun est un peu chez soi partout. Vous ne connaîtrez pas cette planète-là.

Votre humeur pendant les derniers préparatifs n'est pas au rose – loin s'en faut, mais elle a la couleur de la brume, celle du doute. Vous vous sentez coupable de n'avoir pas accompli les volontés de Diogo concernant sa femme et sa fille. Vous les abandonnez à un moment où l'Italie et la chrétienté deviennent de plus en plus dangereuses pour des personnes comme elles. Vous laissez aussi derrière vous la plupart de vos hommes de confiance qui géreront vos affaires dans vos anciennes patries, à commencer par João, bien qu'il vous ait promis qu'il vous rejoindrait un jour. Mais quel jour ? Vous n'en savez rien, pas plus que vous ne savez si vous arriverez à bon port ni quel sera le bon port.

Vous quittez cette Europe chrétienne qui est votre berceau ancestral, pour aller vers un inconnu total. Vous êtes contrainte de renoncer à une grande partie de la fortune que vous destinez depuis toujours à aider les persécutés en traitant avec leurs persécuteurs et en les achetant. Vous laissez en suspens d'innombrables prêts à des souverains, des aristocrates, de gros marchands, qui ne vous seront jamais remboursés. Certes, le monde vers lequel vous allez est pour l'instant plus favorable aux vôtres que celui que vous quittez, mais c'est un monde étranger, régi par des codes dont vous ne savez rien, et certainement plus fermé aux femmes que tout ce que vous avez connu jusqu'à présent. Vous vous posez inlassablement cette question : « Ai-je raison de m'en aller ? Ne devrais-je pas comme Brianda continuer à vivre dans ce havre italien où les persécutions sont en général remises, où l'on peut survivre et vivre en achetant jusqu'au chef de l'Église avec cet or et cet argent que je destine à ses victimes ? »

Même João s'était montré réticent.

— Es-tu certaine, Gracia, que tu ne regretteras pas ces terres où nos ancêtres ont vécu depuis la destruction du Temple ?

Non, vous n'en êtes pas certaine. Mais autre chose vous appelle que je questionnerai en journaliste, comme Jacques Chancel : « Et Dieu dans tout cela ? » C'est votre Dieu que vous cherchez dans cet exil-là. Car il est pour vous le commencement de la Terre promise.

ADIEU À L'EUROPE

Dernière heure avant l'arrachement à l'Europe ; la séparation est si poignante que l'évoquer m'émeut presque autant que vous. Il y a là João, votre chevalier blanc qui, sur votre injonction, prend lui une autre route. Il y a là vos fidèles, vos loyaux représentants qui restent dans l'ancien monde, et votre sœur ennemie qui vous a déjà abandonnée. Il y a surtout sa fille, la Chica, votre nièce bien-aimée qui s'appelle comme vous Beatriz Mendes pour les gentils et Gracia Benveniste pour les juifs. Elle est accrochée au cou d'Ana Reyna, sa cousine, votre fille qui est sa sœur d'âme. Les dissensions entre leurs mères n'ont jamais entamé leur entente. Au contraire. Elles n'ont jamais pu se passer l'une de l'autre et elles ne savent pas si elles se reverront un jour. Les dernières nuits, elles les ont passées en larmes sur la même couche. Il faudra les séparer de force lorsque l'heure aura sonné.

Et cette heure-là finit par briser la dernière étreinte. Avant de disparaître, vous avez balayé du regard la cité de Venise et son port du Lido et vous l'avez engloutie dans votre mémoire comme vous aviez englouti le port de Lisbonne et celui d'Anvers, comme ma grand-mère Marie Benveniste a englouti le port de Salonique avant d'y renoncer pour la France où je naîtrais un jour. Dans nos histoires, à vous, à moi, défilent des villes comme des miroirs fugaces qui fixent des images éphémères, des images de déjà-vu qui ne se reproduira plus, plus jamais. L'errance, c'est cela, passer de port en port, de ville en ville et savoir qu'on n'y retournera pas, en essayant de substituer l'une à l'autre jusqu'à ce qu'il n'y ait plus qu'une continuité, une seule ville qui remplit toutes les autres où l'on se couchera un jour pour les regretter toutes avant d'en finir.

Tandis que l'énorme vaisseau se rapproche peu à peu du fin cordon littoral qui débouche sur la mer Adriatique, tandis qu'il vous éloigne vague après vague de la dentelle des palais bordant le Grand Canal, dont l'un fut un jour votre demeure et votre prison, vous êtes à la proue, scrutant l'avenir et votre nouvelle vie qui commencera – vous vous l'êtes juré – par la renaissance de l'alliance des Benveniste.

DEUXIÈME PARTIE
EN TERRES OTTOMANES

RAGUSE

UN HIVER À DUBROVNIK

Inutile de gloser sur la traversée qui dure une petite semaine. Elle ressemble comme deux gouttes d'eau de mer aux précédentes : même confort des cabines et des dîners avec le capitaine pour vous, même terreur des tempêtes et des pirates pour tous les passagers, surtout pour les potentielles rançons de choix. Risque calculé. Et vous avez de la chance : vous parvenez saine et sauve dans la Venise ottomane qu'est la République autonome de Raguse, votre premier pas vers l'empire de Soliman.

Vous, doña Beatriz de Luna, veuve Mendes, vous avez quarante-deux ans lorsque vous mettez le pied sur cette enclave autonome qui s'appelle Raguse pour vous, Dubrovnik en Croatie pour moi. Mais vous ne faites pas votre âge. Votre époux est mort depuis près de vingt ans. Vous avez été retenue par un roi, enfermée par une reine, pourchassée par un empereur, dénoncée par votre sœur, soupçonnée par l'Inquisition, mise aux arrêts par une république. Tout cela n'est pas du roman. C'est attesté par les documents. Quarante-deux ans, c'est presque la moitié de ma vie mais ce sont les trois quarts de la vôtre qui ne sera pas courte pour l'époque. Pourtant il n'est pas question de se reposer. Vous passerez l'hiver à Raguse, y ferez des affaires et surveillerez de très près ce qui se passe dans votre famille en Italie.

Cet avant-poste commercial turc, un temps sous tutelle vénitienne, possède la plus importante flotte de la Méditerranée de l'époque et offre une passerelle pour le commerce entre l'Italie et l'Empire ottoman. Les habitants sont aussi passionnés que les Vénitiens par le négoce. Ils ont offert un tribut de douze mille cinq cents ducats au sultan Soliman, en échange de la paix et de l'indépendance. Les Ragusains et leurs dirigeants sont chrétiens avec une communauté *conversa* intégrée et une poignée de juifs à qui ils n'épargnent pas le ghetto, ce qui signifie enfermement, lourdes taxes et loyers élevés. La ville est un entre-deux, du monde chrétien au monde ottoman. Protégée par de hautes murailles interrompues par des tours de guet derrière lesquelles se profilent des rangées de montagnes. Les rues sont très bien entretenues avec des maisons de pierre et des boutiques de toutes sortes. Les lieux et les bâtiments publics sont entourés de jardins ombragés d'orangers et de grenadiers. Les églises et les couvents recouverts de marbre blanc datant de l'ère byzantine, les salles décorées de fresques du palais du gouverneur rappellent le palais des Doges.

Vous y recevez un accueil chaleureux. Dès l'arrivée dans le port, les trompettes sonnent, les bannières flottent et des douzaines d'habitants affluent sur le quai pour voir qui leur amène l'imposant navire. Vous passerez l'hiver dans cette république maritime et y bâtirez une alliance commerciale utile et solide. Toute votre correspondance, derrière une langue juridique emberlificotée, adresse un message à la ville, maniant la carotte et le bâton : menace de recourir à d'autres lieux plus sûrs et serment de tenir parole et de régler son dû à chacun de vos débiteurs.

Avec votre fille, vous regardez tomber la neige sur ces mêmes rues que je visitai du temps de l'ancienne Yougoslavie. Et vous contemplez longuement cette mer Adriatique qui vous sépare du monde d'avant. Le prochain, songez-vous, est une page blanche où s'écrira votre nouvelle histoire.

UNE JEUNE FILLE DISPARAÎT

Pendant que vous scrutez l'horizon, espérant le nouvel épisode picaresque que vous aviez soigneusement préparé avec l'autre tête de l'aigle, un bateau se glisse dans le canal qui mène à la demeure de Brianda. Sur l'embarcation, il y a deux hommes masqués, recouverts de leurs capes, ainsi qu'une poignée de rameurs. Sur ce même bateau, il y aura bientôt une jeune fille, presque une enfant de treize ans, qui vient d'être enlevée par les deux complices. Tandis que l'esquif s'éloigne à la hâte de la lagune, une mère laissée sur le bord hurle au rapt et se lamente. Vous avez reconnu les protagonistes de ce drame. La jeune otage se nomme Beatriz alias la Chica, fille de Brianda. Ses ravisseurs sont ses cousins João et Bernardo. La scène se déroule à Venise, face à la demeure de votre sœur.

Brianda, transformée en Niobé, se présente devant le tribunal et accuse sa « cruelle sœur » d'avoir dépêché son âme damnée, un certain dom João, afin de lui arracher sa fille et de la séquestrer, en violation totale de ses droits de mère et de la liberté que les autorités de la Sérénissime accordent à ses citoyennes et citoyens.

Nous savons que la Chica est non seulement consentante, mais probablement complice. Ses affections vont à sa cousine Ana qui est l'être qu'elle préfère au monde, et à sa tante qui l'a élevée. Secrètement elle aurait désiré vous suivre à Constantinople. Elle aime ses grands cousins comme des frères et peut-être même un peu différemment, comme la suite le prouvera. La perspective d'une petite fugue en leur compagnie la tente d'autant plus qu'elle peut se présenter à Brianda et aux inquisiteurs comme une victime et échapper à l'ire de sa génitrice. Est-ce que l'idée de sauver ainsi son héritage lui a traversé la tête ? C'est ce que croient certains biographes. Mais pense-t-on à son héritage quand on a treize ans et qu'on a toujours vécu dans l'opulence ?

Pour le moment João, Bernardo et l'adolescente fuient à toute allure vers les États du pape. Deux semaines après l'enlèvement, ils seront capturés à Faenza et emmenés à Ravenne. Comme João et Bernardo ont de bonnes relations avec le Vatican, ils s'arrangent pour n'être pas incarcérés. Et ils improvisent en public une petite cérémonie de mariage chrétien face à la cathédrale en présence d'une foule immense. La Chica a dit oui à João comme sa cousine avait dit oui au même prétendant quelques années plus tôt. Et ils reçoivent le sacrement.

Savamment orchestrée par vos bons soins, la rumeur colportée par les missives des ambassadeurs indique que le mariage entre une adolescente et un vieux qui a dix-sept ans de plus qu'elle a été consommé dans la nuit. Commérage ? Il est probable que la Chica ait dormi seule ce soir-là et conservé sa virginité pour un autre époux. Dom João, prédateur présumé, ne sera pas accusé de bigamie.

Une mineure de treize ans avec un vieux de trente, deux fois son parent, qui a peut-être déjà déshonoré sa cousine ! Aujourd'hui ce serait un cas de #MeTooInceste. À l'époque, le scandale n'est pas l'abus d'une mineure, mais l'appropriation de sa dot. Autres temps, autres mœurs !

Une tête mise à prix

Le lendemain un courrier express galope de Venise à Ravenne pour exiger que les autorités vaticanes livrent immédiatement João et son « épouse ». Le décret vénitien, ordonnant l'arrestation des ravisseurs, est affiché sur tous les édifices de Saint-Marc et sur le Rialto ainsi que sur tous les bateaux qui traversent la cité. Quiconque donnera asile aux kidnappeurs sera pendu et dépouillé de tous ses biens. Quiconque favorisera pour les autorités la piste des criminels recevra une récompense de mille ducats.

La police du pape retrouve sans difficulté la jeune épousée dans l'auberge où le couple a passé la nuit. Des bateaux lourdement armés sont envoyés pour la ramener chez sa mère. Quant à dom João il jure d'aller à Rome plaider la validité de son mariage sans laquelle il ne peut prétendre à la dot, que vous n'avez pas encore déposée à la Zecca. Le nouveau marié file au Vatican où il devient clair que le pape ne livrera pas le prédateur présumé à la police de la Sérénissime.

Mais les Vénitiens ne plaisantent plus : trois mille ducats à celui qui ramènera l'homme vif, deux mille ducats à qui le ramènera mort. Dom João est banni de la cité des Doges. S'il a l'insolence d'y risquer un pas, il sera « pendu haut et court » entre deux colonnes de Saint-Marc jusqu'à ce que mort s'ensuive. Son cadavre sera ensuite décapité et écartelé, ses membres exposés à travers la ville. Dom Bernardo risque la même sentence de pendaison et de proscription perpétuelle. La récompense pour le dénonciateur est de deux mille ducats si le coupable est vivant, mille cinq cents pour son cadavre.

Malgré ces « épousailles », le gouvernement de Venise refuse de renoncer à la dot de la Chica, calfeutrée chez sa mère. João offre un nouveau prêt au roi de France en échange de son intervention auprès des Vénitiens. Henri II recule mais propose de confier à João des lettres pour les Turcs afin d'engager ces derniers à faire pression sur la Sérénissime. João accepte l'idée et les lettres, qui lui donnent un bon prétexte pour aller vous rejoindre à Constantinople.

Le refuge d'Ancône

Et notre Lupin façon Renaissance de s'embarquer pour Ancône, avec son frère et deux autres compagnons. Ancône est pour l'instant un État sûr pour les juifs comme pour les *conversos*, un État qui dépend du pape, ou plutôt d'un pape, car les papes se suivent et ne se ressemblent pas.

La vieille cité d'Ancône, réputée pour la beauté de ses femmes, fut longtemps une république indépendante. Ce port prospère est relié par un réseau de routes à Brindisi, Rome et Bologne. Il communique par mer avec Venise, les îles Ioniennes et les échelles du Levant. Il a été incorporé aux États de l'Église quelque vingt ans plus tôt par des papes qui ont observé les profits réalisés par les *conversos* à Anvers ou Ferrare et ont résolu de les imiter. Sur son môle de marbre blanc affluent les marchandises d'échange du Levant : grain, chanvre, peaux brutes, soie grège, huiles, savons, cuirs vernis, câbles et cordages, en échange des vins et des draps d'Occident.

Depuis la haute antiquité vit à Ancône une importante communauté juive. Une dizaine d'années plus tôt, deux cents familles marranes expulsées de Venise avaient fait retour au judaïsme dans la même liberté de culte que les juifs autochtones, grâce à un décret renouvelé par trois pontifes. Dans ce climat de tolérance locale, beaucoup de juifs revenus de Salonique adoptent le christianisme pour la forme, afin de pouvoir évoluer dans le reste de l'Italie, mais retournent sur place à la loi mosaïque autorisée. Les deux gaillards y sont accueillis par votre propre fondé de pouvoir, et le docteur Lusitanus. Amatus ! L'ami de toujours.

D'Amatus à Gracia :

Ma Dame... Vos deux cousins sont arrivés dans notre bonne ville d'Ancône où ils ont pu vérifier que les juifs et les conversos sont difficiles à distinguer. Ils s'habillent de la même façon, vivent dans les mêmes quartiers, travaillent dans les mêmes entreprises et sont actifs sur le marché immobilier. Si un converso est accusé de transgression en matière de culte, il dispose d'un an de liberté avant qu'aucune action soit entreprise contre lui. C'est un excellent refuge contre les menaces de la chrétienté.

Amatus ne précise pas que certains, dans les deux camps, s'inquiètent de cet enrichissement des *conversos* et de cette liberté des juifs. Des rabbins jettent l'anathème sur les riches qui négligent leur foi. Ils anticipent le pire. Et le pire se produira. Mais pour l'instant João et Bernardo peuvent se détendre. Ils ne craignent rien. Quant à vous qui êtes une anxieuse, vous ne commencerez à respirer que lorsque vous les saurez embarqués sur le navire chargé d'armes et de soldats que vous leur envoyez de Raguse.

Vous vous apprêtez à partager la lettre d'Amatus avec votre fille à qui vous n'avez rien raconté de ce que vous saviez jusque-là. Vous la trouvez en pleurs. Elle vient d'apprendre par la rumeur que João a enlevé et épousé sa cousine.

— Mais, Ana… Reyna… tu sais bien qu'il ne s'agit que d'une comédie, une manœuvre, pour ne pas laisser échapper la dot… Comme pour toi, la dernière fois…

Ana redouble de sanglots. Elle *aime* João. Elle a cru dans ce mariage chrétien improvisé par sa mère. Elle se considère comme *sa* femme et elle n'épousera jamais personne d'autre.

Soudain vous comprenez ce qu'il vous reste à faire.

SALONIQUE

Sur la via Egnatia

Le printemps a fini par arriver. Je vous vois Ana et vous, engagées en convoi avec quelques membres de votre maisonnée italienne dans la via Egnatia, l'ancienne voie romaine sur le tracé macédonien, la route la plus rapide entre l'Italie et l'Orient, celle des marchands et des pèlerins. Dans l'Antiquité, elle partait d'Illyrie ; elle traversait les villes de Pella, Amphipolis et Philippes et s'achevait à Byzance. Votre unique étape avant Constantinople sera Salonique, la ville où depuis deux générations vivent des bannis des Rois Catholiques.

Le voyage est long et fastidieux, mais plus sûr que la voie maritime. Vous vous confiez aux postes de contrôle qui surveillent les bandits de grands chemins, aux janissaires du sultan pour assurer votre protection et aux refuges des caravansérails pour passer la nuit et vous restaurer. Mais les journées sont interminables. Loin d'Amatus, vos maux d'estomac vous reprennent. Loin de João, c'est votre cœur qui souffre. Vous songez à tous ceux que vous laissez derrière vous, vous vous languissez de votre âme sœur, le chevalier blanc, le Beau Trouvé, qui a couru toutes les routes d'Europe et risqué sa tête et sa peau pour régler une dernière fois vos affaires avec la chrétienté. Vous feignez de ne pas voir les larmes de votre fille, coupée en deux par la même absence.

Mais il est trop tard pour reculer et votre passage par la Salonique ottomane vous conforte dans la conviction que vous êtes sur le bon chemin. C'est ce que vous transmettez avec effusion à vos deux hommes liges en cette année 5314 pour les juifs.

SALONIQUE À L'ÉTAPE

Extrait de lettre de Gracia à João :

Salonika, 15 avril 1553

Doux amy... tandis que tu reprends ton souffle à Ancône, je viens d'arriver à Salonika, ce carrefour de routes terrestres et maritimes, où je vais rencontrer los nuestros, des juifs espagnols qui ont choisi de partir pour ne pas se convertir. J'aime ce pays qui ressemble plus à nos terres ibériques qu'aux sombres Flandres des Habsbourg. La contrée qui l'entoure est arrosée par de nombreuses rivières, des lacs poissonneux, des arbres fruitiers, des vignes et des oliviers. Mais il y a aussi des marécages insalubres qui donnent des fièvres palustres. Rassure-toi, je ne m'y attarderai pas longtemps.

Salonika est ma dernière étape avant d'atteindre la capitale des Ottomans. Elle s'est appelée Thessalonique au temps des Grecs. C'est là que le converso Paul dévoila la trajectoire de Saül et sa décision d'abroger la loi mosaïque. Elle a été chrétienne et byzantine pendant des siècles, elle est devenue turque juste avant que les musulmans prennent Constantinople. Imagine, sur le flanc d'une colline qui s'abaisse vers la mer, surgissant d'un entremêlement de platanes et de cyprès, des minarets qui s'élancent et pointent vers le ciel les cônes qui les coiffent tandis que se détachent des coupoles arrondies. La ville est entourée de remparts crénelés fortifiés de bastions et d'une citadelle flanquée de tours.

Les coupoles sont, figure-toi, des églises orthodoxes que les Turcs ont transformées en mosquées. Car il se passe ici l'inverse de ce qui s'est produit naguère sur nos terres natales où nos antiques synagogues ont été transformées en églises. C'est le monde, notre vieux monde, à l'envers. Les nôtres, nos parents, nos amis arrivés d'Espagne ou de Portugal depuis une soixantaine d'années sont des êtres libres, libres de pratiquer leur religion dans les temples qu'ils bâtissent à leur gré selon leurs régions d'origine, libres de parler leur idiome qui est l'espagnol — ou plutôt les espagnols — de nos parents ou notre portugais, et que musulmans et chrétiens finissent par parler aussi, libres d'habiter où ils veulent et d'exercer la plupart des métiers…

De Gracia à João :

Salonika, 16 avril

… J'ai été accueillie et reçue avec effusion par – ô miracle ! – les Benveniste, nos cousins de Castille, descendants de notre aïeul commun don Abraham, qui fut trésorier du roi d'Espagne. Ils savaient que j'étais la fille de doña Filipa et l'épouse de Semah, tous deux Benveniste comme l'était ta mère. Je leur ai présenté

mon enfant qui pour la première fois de sa jeune existence va se nommer ici de son nom authentique : Reyna Benveniste. Je leur ai narré dans tous les détails notre odyssée depuis le départ d'Aragon de nos parents pour Lisbonne, leur conversion forcée suivie de l'arrivée de l'Inquisition en Portugal et nos errances ultérieures entre Londres, Anvers, Venise, Ferrare. Et enfin par Raguse, notre entrée dans l'Empire.

À leur tour, ils m'ont conté comment don Juda Senyor Benveniste et don Samuel Meïr Benveniste, arrière-petits-fils d'Abraham eux aussi, sont arrivés dans cette ville-mère d'Israël, cette terre de lait et de miel comme la nomment ses habitants, depuis la cité de Tolède, peu de temps avant le décret d'expulsion dont ils ont appris en route la promulgation : dans leur sillage, un cortège de savants et d'érudits et leurs bibliothèques qui sont devenues parmi les plus importantes d'Orient. Les livres étaient la passion de notre cousin Samuel, médecin comme Amatus, ou comme ce Moïse Hamon qui nous attend à Constantinople. Don Samuel en avait apporté des piles dans ses bagages et jusqu'à sa mort, il en a accru le nombre. Des équipes de copistes ont reproduit ses manuscrits précieux. Sciences sacrées ou profanes, Bible, Talmud, théologie, philosophie, logique, mathématiques, astronomie, botanique, médecine, pharmacopée, rien n'était étranger à cet esprit, si semblable à nos propres grands-pères.

Quant à son cousin Juda Senyor, il a présidé le triumvirat provisoire qui a construit la aljama, cette communauté juive telle que codifiée par notre ancêtre au synode de Valladolid. Nos cousins demeurés dans la Loi m'ont rappelé les origines de notre famille que nos mères n'osaient pas nous transmettre de peur que des oreilles hostiles n'en arrachent des dénonciations.

Don Juda et don Samuel ont fait partie des nombreux pionniers qui ont construit à Salonique une ville dans la ville, une ville juive. Ils ont bâti des synagogues, un Talmud Torah qui est à la fois maison commune, temple, établissement scolaire, centre des œuvres philanthropiques, hospice pour les orphelins, et même hôtellerie pour les voyageurs de passage. Ils ont instauré un Pidion Chevouyim, cette institution religieuse qui rachète quoi qu'il en coûte les esclaves juifs martyrisés par les pirates et les chevaliers de Malte. Ils m'ont rappelé cet adage de notre langue : « D'esclave juif, il n'y a pas ! » L'esclave juif n'existe pas, ne doit pas exister. Et nous devons tout faire pour qu'il n'existe pas…

De Gracia à Amatus Lusitanus :

Salonika, 17 avril

… Mon cousin, à qui j'ai écrit hier, vous aura conté notre rencontre avec de lointains parents Benveniste dont les pères avaient quitté Tolède avant le maudit édit. À cette extraordinaire réunion familiale, j'ai fait la connaissance d'un de leurs fils. Il a monté un atelier et, comme je viens de le faire à Ferrare, subventionné la première édition de livres, dont une Bible avec les commentaires de Rachi. Il y est parvenu grâce à un ouvrier fondeur, fugitif du Portugal, qui avait mis dans ses bagages du matériel de l'imprimerie où il travaillait, des presses et une collection de caractères hébraïques carrés. Ici tous les adultes juifs, sauf les femmes, sont

passés par l'école. Ils savent lire l'hébreu et comprennent la Bible. Les synagogues et les oratoires sont aussi des yeshivot, des institutions de haut savoir.

Imagine, Amatus, la poignante émotion qui s'est emparée de moi devant cette scène : voir, au vu et au su de tous, les fidèles s'assembler pour la prière vespérale. On me raconte qu'à la fin de l'office de Roch Hachana, que nous devions, nous, célébrer dans l'obscurité de nos caves, on traverse ici la ville en procession et l'on se rend à grand bruit jusqu'au bord de l'eau pour la cérémonie du tachlikh où l'on secoue les pans de ses vêtements pour déverser ses péchés dans les vagues. J'ai du mal à croire que les Grecs orthodoxes et les Turcs musulmans observent le spectacle sans hostilité aucune, comme on me l'a pourtant confirmé.

À la suite des horreurs survenues avant notre naissance, l'arrivée de nos compatriotes conversos portugais a amélioré l'œuvre existante. Nos cousins d'Espagne n'avaient pas connu l'implacable conversion forcée à laquelle avaient été soumis nos parents et grands-parents trahis par le monarque portugais. Ils n'ont pas vécu l'existence de conversos parias que nous traînons vous et nous depuis que l'abjecte Inquisition s'est installée à Lisbonne. Mais ils ont accueilli les marranes. Nos familles juives nouvelles et anciennes ont tenu. Elles ont créé des temples divers en fonction des rituels et des langues de ces nouveaux arrivants. On m'a fait visiter la synagogue Lisbonne que fréquentent plusieurs familles Benveniste ainsi que nombre de nos compatriotes portugais…

De Gracia à Amatus Lusitanus :

Salonika, 19 avril

... Au docteur qui sait tout je dis vous. Mais je tutoie l'ami qui protège. Les deux savent sans doute que les premiers arrivés juifs à Salonique, à l'exception d'un petit groupe dont faisaient partie les Benveniste, n'étaient pas des gens riches. Ce sont les plus religieux des Espagnols qui avaient choisi de s'exiler pour pouvoir exercer leur religion. Dans cette province macédonienne, ils ont découvert une cité peu peuplée avec des logements vides appartenant à des Ottomans qui avaient été récompensés par des maisons de leur participation à la conquête de la ville. Ces demeures que les Turcs n'habitaient pas, ils étaient heureux de les louer à ces réfugiés de Sefarad. Mais avec l'arrivée ultérieure des nôtres, les conversos portugais, fortunés et épris de confort et de luxe comme nous, la crise du logement a recréé des injustices... En même temps, nos compatriotes ont revitalisé la ville...

Les marranes

« Il n'existe pas dans les annales de l'humanité d'histoire tout à la fois plus dramatique et plus romanesque que celle des marranes. » C'est avec brio que Joseph Nehama évoque l'histoire de nos ancêtres dans les cinq premiers tomes de son admirable *Histoire des Israélites de Salonique*, publiée en 1935. L'auteur, professeur et directeur de l'Alliance israélite universelle, avait bénéficié d'une documentation échappée à l'incendie fatal de

1917 : archives de la ville, chroniques et traités rabbiniques du XVIe au XXe siècle, en hébreu ou en judéo-espagnol, relevé des tombes du cimetière juif de Salonique. Mieux que vous qui n'avez fait que passer, il me fait découvrir comment le secret et l'ambivalence de l'appartenance à deux religions entraînaient l'extravagance et l'équivoque ; comment les substitutions de noms et de personnes favorisaient les quiproquos, les captations d'héritages, les appropriations indues, les imbroglios abracadabrants. C'était le règne des faux, des abus de confiance, des trafics de pseudo-reliques de martyrs annihilés dans les flammes, de sachets de cendres prétendument ramassées sur l'emplacement des bûchers, vendues à prix d'or, par pincées.

C'est encore Nehama qui me permet de comprendre comment, à l'instar de vous-même, les convertis de force, devenus juifs du silence, ont connu de plus près encore que les expulsés de l'Alhambra la grandeur et la chute, comment ils ont été voués à se tenir constamment sur le qui-vive. Ils savaient d'expérience que les apparences sont trompeuses. Ils participaient moins aux préjugés, se méfiaient des rumeurs, avaient appris à démêler le vrai du faux. Malgré leur double appartenance, ils sont animés d'une piété sincère à l'égard de la foi ancestrale mais dénués de bigoterie et de rigorisme. Ils exercent le droit de critique sur les idées et les faits avec une indépendance inspirée par l'Europe renaissante. Comme vous, ils sont encore catholiques dans leur tête et ne peuvent s'empêcher d'agir et de penser en chrétiens. Ce fossé entre nouveaux et anciens juifs mettra du temps à se combler.

Dans leur rejudaïsation, ou plutôt leur judaïsation puisqu'ils ne sont pas nés dans la loi mosaïque, les marranes se heurtent aussi aux juifs autochtones qui ne sont passés par aucune conversion : les romaniotes qui parlent grec et les ashkénazes, venus d'Europe de l'Est, qui communiquent en yiddish. Ces derniers respectent leurs rabbins dont les marranes se méfient car ils leur rappellent les prêtres catholiques qui les ont persécutés. Ce sont les séfarades – bannis d'Espagne et anciens Portugais forcés à la conversion – qui finiront par gagner le pouvoir sur la nouvelle Jérusalem, tandis que les ashkénazes garderont leur autonomie, et leur austérité. Les synagogues Portugal, Lisbonne, Evora et plus tard Liviath Hen, votre fondation, seront, elles, ornées de motifs architecturaux et tapissées de riches tentures. Les crypto-juifs n'ont pas oublié le faste des églises catholiques.

Lorsque je ferai le test génétique américain – qui ne distingue pas les séfarades –, je découvrirai que mes gènes, principalement italiens mais aussi espagnols et en général méditerranéens, contiennent un pourcentage non négligeable d'apports ashkénazes. Malgré la fréquence des mariages consanguins et l'endogamie générale, j'apprendrai au cours de mon premier voyage à Thessalonique que la famille d'une de mes arrière-grands-mères, la famille Simha, fréquentait la synagogue *ashkenazi*.

La cité des feux

Soudain je vous aperçois dans la belle demeure des Benveniste non loin de l'antique tour Blanche de

Salonique. Vous parlez à vos lointains cousins dans un espagnol qui n'est pas encore le ladino, le « juif ». Ses accents vous rappellent la voix de votre mère, issue de l'Espagne ancestrale, qui vous berçait enfant de ses mélopées dans la vieille langue qu'elle avait portée dans sa voix jusque sur les bords du Tage. Votre cousin David vous raconte avec ferveur l'histoire de sa cité qu'on nommera « Jérusalem des Balkans », « ville hébraïque en exil », « citadelle du séfaradisme ». Vous lui posez les questions qui vous taraudent sur la conversion, ou plutôt la reconversion :

Comment redevient-on juive quand on ne l'a pas encore été ?

De Gracia à João :

Salonika, 19 avril

Doux Amy... David Benveniste me supplie de m'installer à Salonique, cité juive par excellence où les autres communautés respectent la langue et les rituels de la religion mosaïque. Il m'explique néanmoins que cette situation idyllique est fragile. Les juifs sont bien traités mais la communauté dépend de la bonne volonté des autorités ottomanes. La diaspora tolérée par la Sublime Porte n'a pas d'existence officielle. C'est le bon plaisir des maîtres qui leur permet de rester dans la ville, non un droit imprescriptible. La coutume seule sanctionne ce qui est consacré par l'usage et l'ancienneté. Du jour au lendemain, un juif salonicien peut être expulsé comme étranger. On se méfie de ceux qui, à l'instar du brutal Barouh, passent par l'autorité turque pour régler des problèmes entre juifs. La aljama doit se faire reconnaître un statut officiel par le maître ottoman.

J'étais tentée de rester mais viens de recevoir ta précieuse lettre où tu m'enjoins de poursuivre jusqu'à Constantinople puisque la proximité du sultan sera une garantie pour notre famille et pour tous les nôtres... Mais figure-toi que cette nuit, j'ai fait un rêve où je me trouvais avec toi dans cette même ville, au seuil d'une belle synagogue sortie de terre en quelques heures. Tout autour de nous : des yeshivot, des écoles et des œuvres de charité à mon nom et au tien. Soudain j'aperçois ma mère Filipa et la tienne Tolosana Benveniste. Elles nous regardent avec douceur et soudain l'une d'elles nous implore : « Promettez, mes enfants, que vous rendrez à cette nouvelle Jérusalem son indépendance et sa souveraineté. » Au moment même où nous étions en train de jurer, je me suis réveillée. Mais je me suis promis d'intercéder pour cette communauté auprès du sultan et de Moïse Hamon son médecin qui nous a tant aidés à gagner l'Empire et que je dois rencontrer sous peu...

De Gracia à João :

Salonika, 20 avril

... N'oublions pas que la ville que je t'ai peinte sous de fières couleurs a connu néanmoins de terribles épreuves. Il y a moins de dix ans, un terrible incendie, attisé par les vents virulents du Vardar, a mis le feu aux demeures de bois et de torchis et emporté en six heures des milliers de maisons, dix-huit synagogues, le Talmud Torah et les bibliothèques de don Samuel et de don Juda, entre autres. Il s'était déclenché une épidémie

de peste peu auparavant. On a dû porter les cercueils de milliers des nôtres par longs convois, sans cérémonie. J'ai fait remarquer à nos cousins que nul gentil infecté n'a accusé les juifs d'avoir allumé le feu ou empoisonné les puits. Tous ces malheurs semblent venir de la volonté du Tout-Puissant qui nous envoie ces catastrophes pour nous signifier Sa colère… À moins… à moins qu'il ne s'agisse de signes annonciateurs de quelque chose d'autre… À cet égard, j'ai tenu des conversations avec certains esprits de la ville qui m'ont fait réfléchir et dont je te reparlerai.

Le fléau de la peste n'a pas désarmé. Elle faiblit avec la fin de l'été mais reparaît depuis certaines années. On l'attend d'un moment à l'autre et c'est la raison pour laquelle je termine cette lettre et quitte la Jérusalem balkanique afin de poursuivre ma route jusqu'à la capitale de la Sublime Porte, où j'espère avoir un jour le bonheur de t'accueillir…

On ne trouvera aucun de ces extraits de lettres dans les archives puisque je les ai composées en fonction du plausible et dans les mots d'aujourd'hui. Les missives que doña Gracia dut adresser à l'autre tête de l'aigle étaient probablement écrites dans le portugais de l'époque et si on devait les traduire, il faudrait le faire dans le moyen français de Marguerite de Navarre. Je ne m'y risquerai pas.

C'est à moi maintenant de me faire la prophétesse de la ville dans un avenir que vous ne connaîtrez pas.

Tout d'abord, les incendies ne désarmeront pas dans la vieille cité où souffle le vent du Vardar. « Notre père, notre roi, empêche le fléau du feu d'éclater dans ton héritage », dit la prière.

Longtemps on a cru que la protection divine suffisait. Aucun service d'extinction ne fut mis en place. Les maisons de torchis et de bois continueront à brûler en 1560, en 1569, en 1587. Et trois cent soixante-deux années après cette lettre fictive, le 5 août 1917, une femme fera griller sur un feu de bois quelques aubergines pour le repas familial. Soudain, sous la force du vent, la flamme de son brasero se distendra puis se répandra. La cabane deviendra une torche. Bientôt la ville entière ne sera plus qu'un immense brasier. Ma mère, qui s'appelait encore Janja, était une toute petite fille, qui y échappera de justesse, sa maison entièrement réduite en cendres. L'effet de cette nouvelle catastrophe sera la source de son émigration en France… et de ma venue au monde.

Je tiens ainsi le bout d'un autre fil qui me relie à vous.

Mystiques et kabbalistes

Dans la mémorable réunion orchestrée dans leur demeure par les Benveniste de Salonika, plusieurs convives se détachent. Vous échangez avec eux des conversations qui vous inspireront pour le reste de votre vie. Joseph Taïtaçak est l'un d'entre eux. Né en Espagne, il a gagné le Portugal avec le décret d'expulsion, puis la cité macédonienne ottomane dès la conversion forcée. Il est devenu mystique, grand kabbaliste, promoteur des sciences secrètes, initiateur de l'interprétation ésotérique des Écritures. Lorsqu'il prononce le nom de David Reubeni, il sonne une alerte dans votre mémoire.

— Vous l'avez donc connu, Señora. Son disciple, le marrane Salomon Molho, avait débarqué dans ma *yeshiva*, pour prêcher les thèses du chevalier noir… Señora, l'heure de la libération est proche. Nous attendons, nous espérons la *gueoula*, la délivrance et la fin de l'exil.

Pour accélérer l'avènement du Rédempteur, il faut se purifier, se dégager de la matière. Taïtaçak vous confie ses pratiques ascétiques. Il dort sur une caisse en bois, ne couchant dans un lit qu'une nuit sur sept, pratiquant le jeûne et les flagellations. Ces confidences ébranlent la chrétienne que vous continuez à être en attendant votre retour à l'autre foi. Et elles préparent votre crise spirituelle, À moi, elles rappellent les pratiques de saint Jean de la Croix, compagnon et soutien de Thérèse.

Taïtaçak vous tend les trois opuscules où, pour relever les courages abattus par l'édit de proscription, Isaac Abravanel avait annoncé la délivrance promise. Le fardeau de l'exil accable les proscrits juifs d'Espagne tout autant que les fugitifs *conversos* du Portugal et d'ailleurs. Les juifs du silence, élevés dans le christianisme et tourmentés par l'Inquisition, y sont particulièrement sensibles.

— Qu'est-ce que la Kabbale ? avez-vous demandé à Joseph Taïtaçak.

J'apprends avec vous qu'il s'agit d'une approche mystique de la connaissance. La Kabbale – dont l'étymologie hébraïque renvoie au verbe « recevoir » – se présente comme la Loi orale et secrète accordée à Moïse sur le mont Sinaï en même temps que la Loi écrite de la Torah.

— En quoi consiste-t-elle ?

Taïtaçak évoque la transmission de maître à disciple de l'œuvre de Dieu sur Sa création et du rôle qu'y joue l'homme. Il invoque des commentaires allégoriques du Pentateuque, enchevêtrés d'évocations du ciel, de l'Enfer et de prophéties messianiques.

Il vous recommande la lecture de l'œuvre maîtresse de la Kabbale : le *Sefer Ha-Zohar, Le Livre de la Splendeur*, dont on ignore s'il a été écrit il y a près de deux mille ans par Shimon bar Yohaï ou compilé au XIIIe siècle par l'Espagnol Moïse de León en judéo-araméen.

Un autre convive expose comment la maîtrise de la Kabbale rapproche l'être humain de Dieu. La Bible, elle, ne serait qu'un document chiffré voilant des vérités sur la structure du monde, de l'homme et de Dieu.

Vous en retenez que toute chose est enveloppée d'une « coquille » que l'on confond avec la chose même, vecteur de toutes les illusions.

Il faut briser la coquille pour pénétrer le fruit.

Présent à la réunion, David Benveniste affirme que certains de ces précieux manuscrits qui transmettent l'esprit de la Kabbale ont pu être introduits à Salonique par des bibliophiles comme son père et son oncle don Samuel et don Juda Benveniste. Dans la nouvelle Jérusalem, refuge des exilés, c'est avec frénésie qu'on étudie la Kabbale et le Zohar. Dans les *yeshivot* et dans les foyers, on en discute, on les médite. Les tendances mystiques gagnent le rabbinat. Avec Safed en Palestine, Salonique devient un centre important pour les études kabbalistiques.

Au moment où j'écoute avec vous les explications du mystique salonicien, j'apprends qu'une note au demeurant controversée dans le Cahier 5 de Marcel Proust, resté longtemps inédit, manifeste un intérêt pour le Zohar. Ses révélations présentent des analogies avec le souvenir enfoui, surgissant par le biais d'une sensation, que Proust développe dans *À la recherche du temps perdu*, puis *retrouvé.* Proust, fils du catholique Adrien Proust et de la juive Jeanne Weil ! Peut-on lui prêter une dimension de marrane dans son œuvre aussi bien que dans sa vie ? En milieu proustien, la thèse semble faire débat !

Nous nous partageons vous et moi le déroulé de votre présent et de votre avenir. Au fil de l'écriture, il redeviendra du présent qui passera à son tour. Vous saurez mieux que moi comment le grain mystique semé dans la citadelle juive lèvera en vous une espérance qui ensemencera la poursuite de votre existence dans le grand exil en terre ottomane. Vous saurez mieux que moi ce que vous devront les réalisations qui vont suivre votre passage grec sur la route de la capitale ottomane. Grâce en partie à vous la ville deviendra l'une des principales cités juives en diaspora. Lorsque Almosino vous informera que la synagogue salonicienne Lisbonne, rebaptisée Vieille Lisbonne, est devenue trop étroite, vous enverrez un subside pour la nouvelle et laisserez votre nom sur une maison de prière qui en votre honneur se nommera *Liviath Hen*, Couronne de Grâce. S'y regrouperont les anciens marranes portugais comme les vôtres. Vous aiderez Almosino à obtenir du grand vizir de la Sublime Porte la charte libératrice qui ratifiera tous les droits de la communauté.

Mais mieux que vous je sais que l'Âge d'or de la Jérusalem des Balkans n'est pas sans lien avec votre passage par la ville en ce printemps 1553. Et qu'il précède de très loin le malheur de cette cité si prometteuse que je traverse en ce moment avec vous.

La Salonique de mon arrière-grand-père

C'est donc à moi de vous décrire l'avenir lointain de cette petite société née d'un grand bannissement. Pour évoquer cette ville dans la ville où plus de la moitié du monde était juif, du milliardaire au portefaix, où les gentils parlaient un mélange de vieil espagnol, devenu judéo-espagnol ou ladino, où le port était fermé le samedi, jour de shabbat, il faut sauter les siècles jusqu'à la chute de l'Empire ottoman à la fin de la Première Guerre mondiale. C'est le moment où mon arrière-grand-père Maïr Benveniste prépare un nouvel exode : *Yrse, partir.* Trois ans plus tard, la petite Janja alias Jenny Amon, ma mère, est dans l'Orient-Express avec Marie Benveniste, sa mère à elle. Pour Paris. Elles ne savent pas encore à quoi elles échappent.

Le destin de Salonique

En mars 1943 les nazis de Brunner déporteront brutalement l'ensemble de la population descendante de ces Benveniste, de ces Almosino, de ces Molho que vous avez croisés à Salonique. Des quarante-six mille juifs déportés dans les camps d'extermination, seuls mille neuf cent cinquante reviendront. Nehama sera pris avec les autres, mais depuis Athènes. Il sera déporté au camp de Bergen-Belsen. Les nazis s'empareront de sa bibliothèque et de ses documents. Les archives de la communauté non carbonisées par le grand feu seront pillées, raflées par les Allemands puis dispersées entre les États-Unis, Israël et la Russie. La Jérusalem des Balkans où vous aviez laissé votre empreinte en cette année 1553, et votre griffe un peu plus tard, sera anéantie par la Shoah.

Suite à la victoire, les Soviétiques transféreront leur butin d'archives de Berlin à Moscou. La lutte de la communauté juive grecque pour les récupérer dure depuis vingt-cinq ans. En 2022, un accord entre les deux chefs d'État grec et russe Kyriakos Mitsotakis et Vladimir Poutine permettait d'espérer leur retour aux sources judéo-grecques de Thessalonique. Mais c'était avant l'invasion de l'Ukraine.

Quant à Joseph Nehama, il reviendra meurtri de Bergen-Belsen et publiera après la guerre les tomes six et sept, les plus tragiques, de l'histoire des juifs saloniciens.

La destinée de Salonique est déjà écrite dans le sable pour moi. Pour vous, elle n'est encore que brume, opacité, ténèbres. Tant mieux. Je n'aime être ni la messagère ni l'oracle du malheur. Quatre siècles après vous, je me retrouverai pour un colloque à l'université Aristote de Thessalonique édifiée sur les ruines et avec les pierres du cimetière vandalisé où étaient enterrés mes ancêtres, descendants de Juda Senyor et Samuel Meïr. Cette première année du millénaire, alors que le Musée juif de la ville se préparait à ouvrir ses portes, les habitants de Thessalonique ignoraient encore ce passé de leur ville. Aujourd'hui, il y a une chaire d'études juives à l'université Aristote et un musée de l'Holocauste… en construction. Tandis que je termine ce livre, on annonce la sortie du *Bracelet du feu*, première série grecque sur le destin tragique d'une famille grecque de Salonique au XXe siècle.

CONSTANTINOPLE

Le bout du chemin

« ... J'ai entendu parler de tous les chagrins, plus amers que la mort, qui se sont abattus sur vous, ô mes frères... En Allemagne, vous ne pouvez vous vêtir à votre guise. On vous force à être dépenaillés et misérables. On vous bat, on vous lapide. On vous convertit de force et on ne vous laisse ni trêve ni repos. On vous expulse et on vous dépouille. Les capitaines des navires vous jettent à l'eau... En Turquie au contraire, chacun s'habille comme il veut et il peut, s'il lui en prend fantaisie, se couvrir de soie et d'or. Nous sommes traités avec bienveillance et générosité. Nous ne manquons de rien et chacun vit sous sa treille et son figuier. Cette terre est propice à la vie... » Ainsi écrit, entre 1540 et 1550, Isaac Sarfati dans une *Lettre ouverte* adressée d'Edirne aux communautés de Souabe, Styrie, Hongrie, Moravie et des provinces rhénanes.

Les ashkénazes accoururent. Les juifs italiens et espagnols, puis les marranes portugais suivront. Les Ibériques avaient connu au Moyen Âge à Sefarad le statut des non-musulmans sous domination de l'islam. Ils savaient que la *dhimma*, aussi nommée « pacte d'Omar », était appliquée par les sultans ottomans.

Votre arrivée produit un effet prodigieux. Pour les juifs de Constantinople, c'est comme si une déesse était sortie des flots pour avancer à la rencontre du Magnifique, dans des vêtements somptueux venus de l'autre monde qui jusqu'alors leur étaient interdits. « Une dame portugaise, dit un prisonnier de guerre espagnol, entra dans Constantinople avec quarante chevaux et quatre attelages chargés de dames et de servantes. » Un témoin écrit que « les juifs sont très fiers d'elle et l'appellent *la Señora* », autre mention après Usque de ce titre de Dame que vous porterez dans le monde juif. Il y ajoute la version ottomane de votre conflit avec Brianda : « Sa sœur devait l'accompagner, mais elle a été arrêtée. » Le sultan Soliman vous aurait-il vraiment accueillie en grande pompe, comme je l'avais imaginé tout d'abord ? J'en doute maintenant. Ce ne sont pas les usages de son empire. En revanche, il vous aura donné plus tard une audience sous une canopée dans les jardins de son palais où vous serez assise à ses côtés sur des coussins moelleux. Vous lui aurez apporté en cadeau un exemplaire de *La Divine Comédie* de Dante et il vous aura régalée de l'un de ses poèmes traduit par l'un de ses interprètes. Peut-être aura-t-il partagé avec vous son ordinaire de déjeuner sur un grand plateau posé sur une table ronde et basse : un exquis pilaf safrané de poulet aux amandes, accompagné d'un sorbet aux fruits.

Le sultan est frugal, et vous aussi qui souffrez de digestions difficiles. Avant de manger il aura trempé sa main droite dans de l'eau de rose et utilisé une seule cuiller. Vous l'aurez fait rire en vous moquant du manque d'hygiène et de la saleté qui règnent dans les palais des souverains européens. Chez le roi portugais, en l'absence de cabinets d'aisance, on a placé des plantes et des fleurs dont les racines couvertes d'excréments exhalent des odeurs nauséabondes. Vous les comparez aux habitudes de propreté des musulmans en général et des Turcs en particulier, à leur fréquentation des hammams et des bains, sans parler de celles des juifs qui leur viennent, entre autres, de leur longue fréquentation des Arabes à Sefarad.

Lorsque vous débarquez dans le Bosphore, le souverain n'est plus jeune. Il a derrière lui d'immenses victoires militaires et de grands désastres intérieurs. La sultane Hurrem, Roxelane ou Roxane pour les Européens, ne règne pas à côté de lui mais sous lui. De cette ancienne esclave chrétienne, fille d'un pope de Ruthénie, aujourd'hui Ukraine, il était tombé follement amoureux des années plus tôt. Le génie propre de la jouvencelle et sa conversion volontaire à l'islam lui avaient permis d'accéder aux plus hautes destinées de sultane en chef. Mais un ressentiment terrible s'est instillé dans le cœur de Soliman depuis que, suite à des intrigues ourdies avec la complicité de Roxane, la deuxième épouse, le sultan a lui-même fait étrangler sous ses yeux son fils aîné Mustapha, né d'un autre lit. Il semble qu'une sorte de remords taraude le vieux souverain, ce Magnifique aussi nommé le Législateur, lui qui en même temps qu'un grand capitaine était un poète et un orfèvre, sensible aux fleurs, aux pierres précieuses et à l'amour.

Vous ignorerez lorsque vous vous avancerez tout sourires vers le souverain qu'en ce moment même se joue devant lui une bataille à mort entre les deux fils de Roxelane, Bayezid et Sélim, dernier de la lignée. Vous ne savez pas que vous-même devrez un jour faire un choix entre les deux frères prétendants à la dignité suprême. Pour l'instant vous ressentez le soulagement d'être accueillie avec les honneurs et d'être exaucée pour l'essentiel de vos demandes, en échange des ducats que vos coffres déversent avec munificence dans ceux du Magnifique.

Vrai ou faux ? Joseph Nehama affirme que la mère de Soliman, la défunte sultane validé – reine mère, Hafsa Sultan –, était une juive hongroise nommée Helga. Je n'ai trouvé nulle part mention de cette origine. On l'a longtemps considérée comme une Tatare, fille d'un khan de Crimée. D'après un document contemporain elle serait en réalité une « esclave convertie ». Mais d'où venait l'esclave quand elle était libre ?

L'arrivée à Galata

C'est avant cette entrevue que vous avez traversé la métropole de Constantinople, avec ses grappes de hauts cyprès qui sont sa marque à votre époque et qu'Andrée Aelion Brooks évoque avec justesse : à chaque tournant vous avez aperçu les dômes scintillants et les sveltes minarets qui s'élancent vers le ciel à partir d'une profusion de mosquées. La vision offre un contraste saisissant avec les flèches des églises de la chrétienté. De même la mélodie de la cité avec l'appel régulier du muezzin, remplaçant le tintement des heures canoniales : matines, laudes, prime, tierce, sexte, none, vêpres, complies, carillon des cloches qui ponctuaient la liturgie des chrétiens. Votre fille vous fait observer le caftan des hommes dans les rues, leurs longues robes et leurs têtes enturbannées qui remplacent les doublets brodés et les chapeaux noirs typiques des gentilshommes de la Renaissance. Les maisons turques vous paraissent délabrées, avec leurs fenêtres à croisillons et leurs balcons qui se dégagent des murs en encorbellement, parfois se touchent et pendent dangereusement sur les ruelles qui serpentent. Vous longez des murailles, des jardins, des cours, des tombes, des escaliers de pierre, des ruines byzantines et des étals de rues débordants de marchandises dans toutes les directions. Le chaos dans un labyrinthe.

Vous êtes dirigée vers le quartier de Galata où vous attendent votre demeure et ses jardins. Pour un ducat par jour, à l'époque une somme extravagante, vous vivrez là avec de multiples domestiques, surtout des servantes, dont deux vous ont accompagnée depuis Anvers.

Galata, au pied de sa tour, est le quartier des Francs, au nord-est de la Corne d'Or. Il ressemble à une petite ville italienne avec ses rues droites, ses maisons de pierre et ses petites places noyées de soleil. En haut de la colline : la célèbre tour de pierre, construite à la fin de la période romaine et qui servait à prévoir et contrôler les incendies. L'enclave est renommée pour ses carnavals, ses banquets, ses femmes sensuelles couvertes de bijoux, ses tavernes qui vantent leur bière rafraîchie par la neige apportée des montagnes voisines. Les résidents maintiennent les traditions et coutumes de l'Europe. La mentalité des exilés expatriés n'a pas changé depuis votre époque : volonté de regroupement, refus d'assimilation ; parler sa langue, manger sa cuisine, porter ses vêtements.

À cela s'ajoutent pour vous et les vôtres d'autres changements qui ne sont pas insignifiants.

Arrivée enfin dans la chambre dépouillée où vos meubles à l'européenne ne sont pas encore parvenus, vous vous êtes jetée sur l'immense couche recouverte de coussins à l'ottomane. Et vous avez pleuré… Est-ce de tristesse ou de joie ? D'avoir échappé aux griffes de la chrétienté qui vous a sans relâche traquée et harcelée ou de vous être arrachée à la douceur de vos séculaires racines européennes ? Je ne saurais le dire puisque je pleure avec vous. Et qu'avec vous je tente de m'adapter à ce monde étrange où tout est à convertir, depuis le compte des heures jusqu'au calendrier des fêtes, depuis les nourritures terrestres jusqu'aux vêtements des hommes et des femmes, depuis le contenu des prières jusqu'aux lumières théologiques.

Soudain la porte encadrée par deux gardes à l'extérieur s'est ouverte. Votre fille Ana est entrée brusquement.

— *Madre !* Je me languis tellement de la Chica et de João !

Vous l'avez prise dans vos bras et nous avons mêlé nos larmes.

Changement de logiciel

Votre adaptation à vous s'appelle l'exil, la mienne ne fut qu'une forme d'expatriation. Mais le mécanisme est le même. On appellerait cela aujourd'hui : changement de logiciel. Ainsi, la prise de Constantinople par les Turcs en 1453 est une date que nous apprenions dans mon enfance à l'école, à l'égale d'autres dates charnières comme la révocation de l'édit de Nantes. C'était la fin de l'Empire romain d'Orient. Après un long siège et un combat à l'épée au corps-à-corps, les Ottomans avaient pris la capitale aux chrétiens du Levant. On ne nous enseignait pas que cette date consacrait aussi un commencement. On ne nous racontait pas comme aux écoliers turcs que le sultan Mehmed II avait pénétré sur son cheval blanc dans la basilique Sainte-Sophie, construite neuf cents ans plus tôt par l'empereur Justinien, et qu'il l'avait consacrée à Allah et au prophète Mahomet sous le nouveau nom de mosquée Ayasofya.

Près de sept siècles plus tard, en ce 23 juillet 2020, les premières prières du vendredi sont rétablies par le président turc Tayyip Erdoğan dans la mosquée Ayasofya d'Istanbul, qui avait été convertie par Atatürk en musée. La conversion affecte les lieux sacrés aussi bien que les personnes. La cathédrale de Grenade a remplacé la mosquée des derniers musulmans. Et la synagogue de mon grand-père Moïse à Burgas en Bulgarie est devenue une galerie d'art.

Constantinople avant votre périple m'était plus étrangère que la Salonique de ma famille maternelle, lorsque j'ai commencé à reconstruire pour un livre l'existence de Marie Jerusalmi, ma grand-mère paternelle, disparue en déportation. Dans tous les documents, Marie affirmait être née à Constanța en Roumanie où elle avait vécu son enfance et son adolescence. Or je n'avais jamais réussi à découvrir dans les archives de la communauté ou de l'état civil roumain la moindre trace de cette naissance présumée au bord de la mer Noire. Pendant ma longue recherche, j'ai néanmoins retrouvé les dates et les lieux de naissance de ses frères Nissim, Enrico et Rufat Jerusalmi. Tous nés précisément… à Istanbul.

Il y a plus troublant : dans un seul document, remis à Dinard aux autorités françaises au début de la guerre, Marie se déclarait native de… Constantinople.

Constantinople… Constanța ! Deux villes fondées par Constantin, premier empereur chrétien. Était-ce une erreur, une confusion de Marie, un faux pour se protéger derrière la neutralité de la Turquie alors que la Roumanie était l'alliée d'Hitler ? Aujourd'hui j'ai acquis la presque certitude que Marie était née elle aussi à Constantinople bien qu'elle ait été élevée en Roumanie et mariée en Bulgarie, deux pays qui sortaient à peine de l'orbite ottomane. C'est pourquoi votre arrivée dans la capitale de l'empire du Grand Turc me rapproche encore un peu plus d'elle.

SOUS LA TREILLE ET LE FIGUIER

De Gracia à Josef :

Galata, 15 juin 1553

… me voici au cœur de l'empire des musulmans qui ont remplacé les Byzantins chrétiens trois décennies avant que nos grands-parents ne fussent bannis de Saragosse par les Rois Catholiques. Dans cette surprenante capitale où abondent aussi bien l'or et les pierres précieuses que les manuscrits anciens et les sculptures classiques, les nôtres sont déjà enracinés dans la vie publique et occupent des positions élevées dans l'État. Le grand rabbin est considéré comme une autorité officielle de plus haut rang que le patriarche de l'Église orthodoxe. Los nuestros battent monnaie, ils perçoivent

les droits de douane et les impôts dans certaines régions (ce qui ne les rend pas agréables à la population). Soliman et ses proches sont soignés entre autres par nos médecins, qui portent depuis l'Ibérie la tradition arabe comme notre ami Amatus à Ancône ou le docteur Moïse Hamon que je suis sur le point de connaître, et qui semble exceller dans la diplomatie autant que la médecine, puisqu'il conseille le sultan de très près.

Il y a des couleurs spéciales pour chacun des dimmhi. Les juifs portent de longs caftans, comme tout le monde. Seule change la couleur du turban ou du chapeau, jaune pour eux, blanche pour les Turcs. Le docteur Hamon arbore paraît-il un imposant turban rouge. D'après le rabbin Joseph ibn Leb, sur les registres fiscaux de Constantinople, il y a deux fois plus de juifs que toutes les autres minorités confondues. Ils vivent dans la partie basse de la ville, près de la mer, dans les quartiers de Haskoy et Balat ou bien à Galata où je me suis installée. Ils sont libres de voyager où ils veulent dans l'Empire et même au-delà, de l'Égypte à la Hongrie et de la Perse à la Pologne. Aucune restriction comparable à celles que nous avons connues en Europe. La plupart exercent dans le commerce de gros et de détail et les professions manuelles. Nos compatriotes ex-conversos introduisent dans l'armée ottomane la connaissance de la pyrotechnie. Ils fabriquent des arquebuses, des canons, de la poudre, des boulets, des engins d'artillerie et transmettent aux Turcs l'art de s'en servir. Ils prospèrent également dans toutes sortes de professions interdites en Europe. Ils sont orfèvres, diamantaires, peintres, tailleurs, bouchers, pharmaciens, médecins, horlogers, chirurgiens, barbiers, vitriers, teinturiers, soyeux, graveurs et j'en passe. Ici, on ne laisse pas mendier les pauvres mais des bénévoles font du porte-à-porte pour recueillir des dons à leur profit. On a aussi créé des hospices pour les malades et les nécessiteux. Les femmes de notre foi ne sont pas en reste. J'ai rencontré notre coreligionnaire Ester Kyra qui sert d'intermédiaire aux femmes du harem. Elle m'a dit qu'ici, si on veut s'élever aux marches du palais, on doit être juif, perse ou franc.

Je ne te cacherai pas que malgré mon soulagement d'être à l'abri de l'Odieux Tribunal, Lisbonne, Anvers et surtout Venise et Ferrare me manquent et plus encore cruellement la Chica, Samuel... et toi. Quand nous reviendras-tu ? Je crois que je serai folle de bonheur...

Les Ottomans savent combattre et conquérir. Ils savent aussi gérer la diversité. Ils réunissent sous la même canopée un assortiment de groupes ethniques et religieux, qu'ils soient grecs, francs, kurdes, serbes, arabes, arméniens ou juifs. Ces derniers comme les musulmans et les chrétiens considèrent Abraham comme leur patriarche et honorent certains des mêmes prophètes. Ils sont donc protégés en leur qualité de *dhimmi*. La culture ottomane est un amalgame d'écrits arabes, de cérémonies perses, de cortèges byzantins et de savoir grec. Mais le statut supérieur requiert la conversion à l'islam. Car, écrit Nehama, « les Turcs sont convaincus qu'ils ont été choisis pour devenir les maîtres de l'univers ».

Les Byzantins voulaient imposer leur modèle chrétien. Les Ottomans profitent des différences. Ils sont nomades, guerriers, paysans. Ils ont besoin d'une population polyglotte de drogmans, d'interprètes, de scribes, de marchands. Les juifs, qui ne font pas de prosélytisme, leur apparaissent plus fiables que les chrétiens orthodoxes qu'ils ont conquis. Ils ne demandent que le droit de vivre dans leurs propres communautés et d'être gouvernés par leurs propres lois, ce que de toute façon l'Empire accorde aux autres *dhimmi*.

Ni vous ni vos descendants n'aurez trop à vous plaindre de la capacité des Ottomans à traiter leurs minorités. Le génocide arménien surviendra dans un empire déclinant juste avant que la Turquie ne devienne un État-nation comme les autres. Il sera perpétré par le gouvernement ottoman des Jeunes-Turcs au nom du nationalisme panturc. La série télévisée turque *Kulüp* (Le Club), sortie en janvier 2022, met en scène le réveil du nationalisme turco-musulman dans les années 1940 et 1950, vingt ans après la chute de la Sublime Porte.

DU CÔTÉ D'AVILA

Thérèse dans son couvent se débat contre le démon. Elle prie sans relâche à la chapelle et se flagelle toutes les nuits.

UN PATRONYME ET UN PRÉNOM

De Gracia à Josef :

Constantinople, notre année 5314

… J'ai toujours été Gracia pour toi mais désormais je ne suis plus Beatriz pour les autres. J'ai repris le nom de Naci que nos ancêtres avaient revendiqué parce qu'il nous inscrivait dans la lignée de David. Et je l'ai ajouté au prénom hébreu de Hannah traduit dans notre vieille langue par Gracia, celui que tu m'as toujours donné

dans l'intimité. Je me suis convertie, non par force mais par la libre disposition de ma volonté, à la foi mosaïque. Ana n'est plus Ana. Elle m'a suivie dans mon élection et se nomme telle qu'en elle-même Reyna Benveniste, patronyme de son père et de nos deux mères.

À Constantinople, il n'y a ni conversos ni marranes. Il y a des juifs, des chrétiens et des musulmans. Pouvoir dire et vivre la vérité est un luxe que nos familles ne connaissaient plus depuis longtemps. Il n'y a pas de sacrifice qui ne vaille cette grâce-là. Tu es un homme de bien. Je sais que tu y consentiras. Tu as été adoubé chevalier par les chrétiens. Je veux que tu redeviennes celui que je considère que tu es : un modèle pour les nôtres et mon âme sœur. Mais tu dois d'abord revenir à la loi de nos ancêtres. Je sais ce qu'il t'en coûte mais je sais aussi que tu le feras pour moi, afin de réaliser mon projet le plus cher et te rapprocher plus encore de moi par la religion, par la fortune et par le sang.

Je me suis entretenue longuement avec le docteur Moïse Hamon qui est un homme de confiance et d'une grande bienveillance. Il s'accorde avec moi en tous points y compris le principal : le mariage de son fils avec notre Reyna n'était qu'un prétexte, un leurre destiné à nos adversaires, afin que nous puissions sous sa houlette gagner l'empire qui nous accueille. Il m'a avoué que lui, juif pratiquant, ne souhaitait pas unir sa famille avec d'anciens convertis, ce qui me peine mais que je comprends. J'ai déjà ressenti à Salonique cette forme de méfiance de la part de nos cousins Benveniste qui n'ont pas dû passer par les tourments de la conversion forcée. Nous n'allierons pas nos enfants mais resterons solidaires dans la tâche immense de sauver les persécutés de l'Inquisition. Et nous poursuivrons ensemble l'œuvre d'édification de notre communauté afin qu'elle demeure fidèle à sa mémoire, à sa langue et à sa loi.

Je n'attends plus que toi pour que nous réalisions ensemble notre rêve le plus cher. J'ai mandé à Ancône un bateau pour vous ramener toi et ton frère dans le giron de la vraie religion et je signe pour la première fois

Gracia Naci

On trouve dans les archives juives des références au père de Brianda – et donc de Gracia – sous le nom de Abraham de Nasi et au grand-père de Bernardo alias Samuel – frère de Josef – sous celui de José Nasi. Les trois graphies – Naci, Nasi ou Nassi – sont utilisées par les historiens. J'ai choisi *Naci* en français pour éviter la fâcheuse prononciation : *nazi*. Vers la fin de l'ère biblique, Naci aurait été un titre accordé à celui qui présidait le Sanhédrin, gouvernement des juifs. Dans l'Espagne de la pré-expulsion, le titre de Naci avait été accordé à certaines familles éminentes comme celle de Tolosana de la Cavallería ou les Benveniste Naci de Narbonne. Vos biographes observent que ce titre n'avait jamais été porté par une femme. Les juifs ibériques reconnaissants vous appelaient en Italie *la Señora.* Mais la postérité oubliera votre prénom hébreu pour ne retenir que le « petit nom » par lequel vous nommaient vos proches, précédé de *doña* qui est la trace de votre origine espagnole : *Gracia*, la Grâce.

Un jour, comme vous, j'ai retrouvé mon vrai nom dissimulé derrière un nom choisi d'écrivaine. C'est cette dernière qui a déterré le patronyme de ma grand-mère salonicienne Marie Benveniste. Depuis des siècles, nous autres femmes n'avons pas d'autre identité que celle de nos pères et de nos époux. Nous sommes des branches invisibles sur les arbres généalogiques. Lorsque j'ai écrit la biographie de Colette, l'écrivaine, je l'avais d'abord intitulée : *La Femme sans nom.*

Au mont des Oliviers

Les ambassadeurs des pays chrétiens n'en reviennent pas. Est-il possible qu'une chrétienne, même nouvelle, qui a été adulée par tous les souverains européens sans exception, ait pris la décision d'aller s'installer chez les Turcs et de revenir au judaïsme ? L'ambassadeur portugais affirme que vous êtes bourrelée de remords. Une mystérieuse lettre dans les archives vénitiennes insinue que vous tentez de vous assurer, au cas où vous décideriez de revenir à Venise, que vous y seriez bien accueillie. Peut-être un de vos fameux plans B au cas où le sultan ne tiendrait pas ses promesses.

Il les tiendra.

Vous n'avez pas attendu plus d'une année pour vous acquitter du serment juré à votre époux Francisco sur son lit de mort : faire inhumer à Jérusalem ses restes, qui vous ont accompagnée dans toutes vos errances, sur le sol sacré du mont des Oliviers. Vous avez réussi à ce que la tradition soit observée dans le moindre détail du rituel. Vous n'avez pas fait le déplacement mais vous l'avez accompagné d'une généreuse contribution pour les pauvres de la Ville sainte. Vous pouvez à présent dormir tranquille : Francisco Mendes n'a jamais été. Et c'est Semah Benveniste qui ressuscitera parmi les premiers, le jour où le Messie le réveillera de son sommeil millénaire. Donner à ses morts une sépulture est une des injonctions majeures de la condition humaine. Et c'est une fonction dévolue aux femmes. Antigone en marque le modèle dans l'Antiquité. Pour moi qui ne participe d'aucune religion, l'écriture en tient lieu. Lorsque je suis partie à la recherche de ma grand-mère Marie Jerusalmi, assassinée à Auschwitz en 1944, c'était pour lui donner, dans un livre et par un livre, un tombeau. Pour la faire renaître, pas pour l'ensevelir.

DOM JOÃO À GALATA : LA RECONVERSION

Six mois après vous, dom João Miquez entre à son tour dans la ville, par un froid glacial, accompagné de son frère Bernardo, escorté de janissaires, avec une vingtaine de serviteurs et une cinquantaine de réfugiés, tous *conversos*. Les janissaires portent des pantalons de velours noir, avec des boutons en or et des pourpoints de satin sur de légères chemises de lin cramoisi. Les témoins, cités par Andrée Aelion Brooks, décrivent votre cousin comme un bel homme dans la force de l'âge, tout juste trente ans, avec une barbe noire bien entretenue, vêtu élégamment de soie doublée de fourrure. Des foules de Turcs, de juifs, d'anciens *conversos* s'assemblent pour le voir passer. Direction Galata, votre demeure, où vous attendez avec Reyna, le cœur chaviré par le bonheur de ces retrouvailles mais aussi par le poids de votre sacrifice à venir.

De la fenêtre de votre chambre à coucher, vous le regardez arriver et lever machinalement les yeux dans votre direction comme s'il reconnaissait les lieux. Vous avez attendu des minutes qui vous paraissent des siècles qu'il ait été introduit et embrassé par Reyna qui accourt vers lui tout de suite avant de se tourner vers Bernardo, puis qu'il ait monté l'imposant escalier qui mène à votre intimité. Il ouvre la porte. Il est là. Il s'élance pour vous étreindre mais vous ne cédez pas. Vous l'éloignez doucement, craignant qu'il n'entende le battement désordonné de votre cœur. Alors il met un genou en terre et saisit votre main qu'il baise tandis que vous vous enfoncez dans un fauteuil qui ressemble à un trône.

— Conte-moi, doux amy, dans le moindre détail, toutes tes aventures et tous les dangers que tu as défiés pour nous.

— Ma Dame j'en aurais encouru bien davantage pour l'amour de toi.

Et il vous raconte. Et vous lui racontez. Dans votre portugais natal, et les minutes et les heures passent.

— À présent, mon ami, c'est ton tour de renouer l'Alliance avec notre vrai Dieu, comme nous l'avons fait, Reyna et moi. Ainsi tu redeviendras Josef Naci, qui tu es et qui nous sommes.

Il ne vous répond pas. Il n'ose vous dire que la conversion pour lui, à son âge, est une épreuve que vous n'imaginez pas. Il acquiesce simplement de la tête et se lève pour prendre congé. Il est épuisé. Mais il entrevoit néanmoins sa récompense : l'union avec la femme qu'il aime et la possession de la fortune qui lui permettra de s'imposer dans cet empire inconnu. Vous lisez en lui comme dans un livre, mais vous savez comme moi que vous le manipulez pour parvenir à vos fins secrètes. Quant au discret Bernardo, son frère et son double, il n'aura pas besoin d'incitation pour devenir Samuel Naci.

Josef est encore dom João, l'élégant gentilhomme qui savait aussi bien que Michel de Montaigne danser, jouer à la paume, lutter, nager, voltiger, sauter, porter au poing un oiseau et le lâcher, escrimer, équiper un cheval de son harnais et galoper. Pas pour longtemps. Comme tous les errants, il emporte un peu de terre ibérique, de terre italienne, de terre chrétienne à la semelle de ses souliers. Il a transporté avec lui toutes sortes d'armes à feu pour l'entraînement à la joute et la pratique du tir. Il a des armures, des casques, des haches de guerre et des mousquets. Pour se désennuyer, il organise de somptueux tournois dans les jardins de la demeure familiale de Galata.

L'Espagnol Laguna est l'un de ses amis chrétiens, longtemps prisonnier de guerre en Turquie. Pour lui, dom João Miquez ou plutôt don Juan Micas est un gentilhomme lettré, avec d'importantes relations parmi les souverains et les noblesses des pays européens, un chevalier adoubé par Charles Quint, habile au maniement des armes, un ami de la France, qui a fait ses études à l'Université francophone de Louvain. Bref, un pur produit de la chrétienté. Laguna est stupéfié lorsqu'il apprend que son compagnon d'armes, avec qui il partage la vieille langue espagnole, est sur le point de se faire circoncire avec son frère et tous ses serviteurs afin de vivre en juif le reste de sa vie dans un monde musulman.

— *Amigo*… Ce n'est pas sérieux. Si vous le faites, vous devenez un apostat. Vous ne pourrez pas revenir en arrière. Et vous finirez dans les geôles de l'Inquisition.

— Tout au contraire ! L'Inquisition ne pourra plus m'accuser d'hérésie puisque je ne serai pas chrétien.

— Mais vous l'aurez été !

— Mon père a été converti par la force. Et c'est le *converso* qui est apostat puisqu'il a rompu l'Alliance avec le peuple hébreu.

— Mais vous ne pourrez plus jamais revenir sur vos terres natales.

— Des terres natales dont mon père a été expulsé… où j'ai été humilié… ma tête mise à prix.

Se circoncire

Se rejudaïser ou se judaïser ? Lorsque je vous ai entendue exiger de l'homme qui vous aime de revenir à la foi de ses ancêtres, je me suis demandé quel terme employer. Car enfin votre cousin, comme vous-même, est né et a été baptisé chrétien. Son père a été juif, mais pas lui. Et puis j'ai pensé au protocole de conversion. Chaque religion a le sien. Baptisée à l'âge de sept ans, je conserve encore mon acte de baptême de la paroisse Saint-François-Xavier à Paris. Vous-même avez dû passer par le bain rituel et d'autres coutumes traditionnelles juives. Mais pour João, l'acte de conversion consiste à se faire circoncire. À trente ans. Comment l'a-t-il vécu ? Comment l'a-t-il surmonté ? Et pourquoi ? Par conviction ? Par amour pour vous ou par intérêt pour votre fortune ? La suite de l'histoire répondra peut-être à cette question. Avec ma mentalité post-freudienne, je ne peux m'empêcher de taxer d'action castratrice l'exigence que vous avez fait valoir à l'autre tête de l'aigle.

Dans la Torah, l'Alliance par la circoncision, qui trouve son fondement biblique dans la Genèse, est la porte d'entrée du paradis. L'inscription dans la chair se fait par l'organe de la semence. Dans la Genèse, Abraham aurait reçu commandement de pratiquer le geste sur lui-même, puis en temps voulu sur ses fils. Dans l'Exode, Dieu cherche à tuer Moïse pour ne pas avoir circoncis son fils. Mais la femme de Moïse circoncit elle-même l'enfant : « Alors Sephora prit un caillou tranchant, coupa le prépuce de son fils et en toucha le sexe de Moïse en lui disant : Ainsi tu es pour moi un époux de sang. » C'est lors de la circoncision que le juif reçoit son nom hébraïque, nom par lequel il pourra être appelé à la Torah pendant les services de la synagogue. Chez les juifs, la circoncision se pratique à l'âge de huit jours, chez les musulmans vers onze ou douze ans.

La circoncision religieuse adulte intervient aujourd'hui lors d'un mariage mixte où la femme ne veut pas coucher avec un incirconcis ou à l'occasion d'une conversion volontaire. Mon ami Nathanaël affirme qu'à l'âge adulte, c'est toujours une étape terrible pour un homme. Aujourd'hui l'opération se passe sous anesthésie locale. Mais à l'époque de Josef Naci… ?

Les nazis avaient compris que l'étoile jaune, signe extérieur, est moins sûre que cette marque de l'Alliance. À Nice en 1943, c'est en dévêtant les hommes soupçonnés de la tare par leurs physionomistes qu'ils opéraient leur funèbre tri. Salomon Arditti, ainsi attrapé dans un marché de Nice, est à l'origine de la déportation de ses deux fils, de sa fille et de son petit-fils, proches de mes parents. Trois d'entre eux n'en reviendront pas.

Le renoncement

Peut-on nommer sacrifice ou trahison la scène par laquelle vous avez signifié à Josef votre machiavélique projet ?

Ce soir-là, vous avez convoqué Josef dans un petit salon de votre commune demeure de Galata.

— Mon ami. Je te sais gré d'avoir fait ton devoir. Te voici à présent Josef Naci, prêt à monter toutes les marches qui feront de toi qui tu es. À cet effet tu auras le marchepied qui te manque encore et que je détiens provisoirement : la fortune de notre famille.

Il a relevé la tête et vous a regardée avec toute la passion qu'il a déployée pendant l'intégralité de ses années de jeunesse pour vous servir.

Mais vous lui avez porté le coup de grâce.

— Reyna est prête. J'ai déjà donné les ordres pour l'organisation de ce mariage que nous devons célébrer avec une grande pompe afin de donner une leçon à nos adversaires... Je veux que tu la rendes heureuse.

— Reyna ?... Mais c'est *toi* que j'épouse.

Vous n'avez pas cillé. Vous étiez préparée. Mais votre voix a légèrement faibli.

— Je te l'ai dit déjà à Venise. Toi et moi... c'est impossible... J'ai quatorze ans de plus que toi. Reyna est l'héritière de la fortune. Pas moi. Elle est jeune et te donnera une descendance. Pas moi. Elle t'aime et...

— Pas moi !

— Alors, mon ami, tu le feras... pour l'amour de moi.

Vous n'avez pas voulu qu'il aperçoive cette nouvelle larme qui a perlé au coin de votre paupière. Vous vous êtes levée, et vous vous êtes éloignée, le laissant dévasté.

J'imagine Josef en Gérard Philipe, le grand amour de mon adolescence. Il commence comme le Rodrigue du *Cid*, vu à onze ans dans la cour de l'hôtel de Soubise, il termine en *Lorenzaccio*, vu au TNP à quatorze ans : Lorenzo ou Lorenzino de Médicis, votre contemporain, l'idéaliste débauché de Musset qui perdra son âme au contact de la tyrannie.

Dame de Clèves

Afin d'éclairer *la* raison, selon moi, de votre renoncement à Josef pour le marier avec votre fille qui en était éprise, je me suis tournée vers la littérature féminine de votre époque approximative. Le personnage de la princesse de Clèves est présenté comme contemporain de Diane de Poitiers, même si sa créatrice vivait au siècle suivant. Une fois veuve et libre, elle renonce elle aussi à épouser le duc de Nemours malgré la passion qu'il lui inspire. Et voici comment elle le justifie dans le livre.

« … Je ne saurais vous avouer sans honte que la certitude de n'être plus aimée de vous comme je le suis, me paraît un si horrible malheur que… je doute si je pourrais me résoudre à m'exposer à ce malheur. Les hommes conservent-ils de la passion dans les engagements éternels ? Dois-je espérer un miracle en ma faveur ? Et puis-je me mettre en état de voir certainement finir cette passion dont je faisais toute ma félicité… Les passions peuvent me conduire. Elles ne sauraient m'aveugler. Rien ne peut m'empêcher de connaître que vous êtes né avec toutes les dispositions pour la galanterie, et toutes les qualités qui sont propres à y donner des succès heureux. Vous avez déjà eu plusieurs passions ; vous en auriez encore ; je ne ferais plus votre bonheur ; je vous verrais pour une autre comme vous auriez été pour moi. J'en aurais une douleur mortelle et je ne serais pas même assurée de n'avoir point le malheur de la jalousie. Par vanité ou par goût, toutes les femmes souhaitent de vous attacher. Il y en a peu à qui vous ne plaisiez. Mon expérience me ferait croire qu'il n'y en a point à qui vous ne puissiez plaire. Je vous croirais toujours amoureux et aimé et je ne me tromperais pas souvent. Dans cet état néanmoins, je n'aurais d'autre parti à prendre que celui de la souffrance. Je ne sais même pas si j'oserais me plaindre. On fait des reproches à un amant mais en fait-on à un mari quand on n'a à lui reprocher que de n'avoir plus d'amour… ? »

Je place ces paroles dans votre bouche parce que tant de femmes, après la princesse et après vous, auraient pu les proférer.

Mais cette fois c'est vous qui les dites. Dans un autre idiome, dans d'autres mots. Mais c'est le même cri.

— Pourquoi ? Mais pourquoi ? implore l'autre Nemours, le chevalier blanc.

AUTOPSIE D'UN SACRIFICE

Vous refuserez de répondre à Josef. Alors c'est moi qui reprends à mon compte sa question angoissée : Pourquoi ? Mais pourquoi ? Qu'est-ce qui pousse les humaines et les humains à refuser le bonheur avec tant d'obstination ?

J'essaie de m'expliquer directement avec vous. Je suis votre trajectoire à l'envers. Je revis cet instant où votre cousin de dix-huit ans est rentré de l'université de Louvain avec l'intelligence et la beauté du diable. Et je me substitue à ce diable pour me faire son avocate et instruire votre procès.

Jusqu'à maintenant, je n'avais vu en João qu'un soupirant à genoux, occupé uniquement de vous, prêt à tous les sacrifices pour l'amour de vous. Mais vous, vous le connaissez autrement. Depuis l'instant fatal qui a marqué le coup de foudre, vous avez ressenti pour lui une attirance de tous les sens et de tous les instants. Vous n'avez pas toujours tenté de la réfréner. Et très vite, il vous a fait comprendre que cette attraction était réciproque.

Mais réciprocité ne signifie pas fidélité. Et vous n'avez pas ultérieurement empêché Amatus d'entrer dans votre vie. Les cours royales d'Europe sont des villages où l'on cancane, où l'on potine, où les médisances ne sont pas toujours de pures calomnies. Et ces commérages ne sont pas sans être parvenus jusqu'à vous. Par la rumeur, vraie ou fausse, vous avez appris qu'on connaissait des maîtresses à votre Josef.

Qui n'en avait pas ? Ne les collectionnait-il pas pour éviter de s'attacher ? Ne brisait-il pas des cœurs pour garder le sien intact pour vous ? Comment ce séduisant cavalier pourrait-il ne pas devenir un séducteur ? Il a été formé dans les cours galantes d'Europe. Dans la fleur de sa jeunesse, aurait-il pu se dérober à toute rencontre amoureuse, même éphémère ? Vous savez vous-même que c'est impossible. Néanmoins vous n'êtes pas à l'abri du malheur ordinaire qui nous frappe toutes. Et comme la princesse, vous avez éprouvé par bouffées inextinguibles la plus douloureuse des passions tristes, l'abjecte jalousie amoureuse, celle qui poussa Médée à l'infanticide.

Par défi ou par intérêt, vous avez semé d'épreuves le chemin de votre Lancelot : la couche de la reine de Hongrie, les noces factices avec votre fille puis avec votre nièce. Il s'est exécuté, reconnaît-il. Mais « en tout bien tout honneur ». Certes, il avouera avoir satisfait ses pulsions dans les bras de quelques ribaudes. Mais ces attractions fugitives ne comptent pas, elles ne sont pas interdites par le code courtois. Peut-être poussera-t-il la contradiction jusqu'à affirmer qu'une fois devenu votre époux, il n'aura plus même le désir de ces étreintes. Vous croyez, je crois aussi, si Josef l'ignore encore, que la passion ne dure que si elle est insatisfaite, qu'elle se nourrit du manque. Qu'un jour, le beau Josef Naci cessera d'être fidèle à son épouse et qu'il en aimera peut-être d'autres avec le même feu.

Alors si telle est votre conviction, pourquoi déplacer votre souffrance présumée sur votre fille ? Pourquoi lui imposer d'endurer ce que vous vous refusez à vous-même de supporter ? N'avez-vous pas donné la preuve que vous préfériez tous les risques à son enfermement dans un mariage forcé avec le vieux d'Aragon, que vous nourrissiez à son égard la passion maternelle d'une marquise de Sévigné pour Françoise de Grignan un siècle plus tard ? Si vous ne faites pas confiance à l'époux que vous rejetez, pourquoi vouloir l'unir à Reyna qu'il rendra d'autant plus malheureuse qu'il ne l'aime pas ?

Vous sortirez alors votre dernière carte. Vous répondrez que vous avez quatorze ans de plus que Josef et que Reyna en a dix de moins. Qu'elle l'aime depuis toujours et se considère comme son épouse depuis la romanesque fugue que vous aviez vous-même concoctée. Qu'elle pourra porter ses enfants. Et que c'est elle, et non vous, l'héritière de la fortune des Mendes, que vous destinez à votre bien-aimé…

Après réflexion et débat intérieur, voici mon verdict : vous avez de bonnes raisons. Mais votre sacrifice fera le malheur de trois personnes, dont vous-même et les deux que vous préférez au monde.

Reste la question essentielle à cette fiction : comment l'histoire aurait-elle tourné si vous aviez épousé l'homme que vous aimiez ?

RÉSILIENCE : LES NOCES DE REYNA

Les noces de Reyna Benveniste avec Josef Naci sont célébrées fastueusement au mois de juin de cette même année dans les magnifiques jardins de la demeure de Galata. Même l'ambassadeur de France s'y déplacera en août pour célébrer avec la famille. Votre fille est rayonnante, le nouveau marié l'est moins. Et l'ambassadeur attribue cette morosité au regret d'avoir apostasié pour s'approprier la fortune d'une héritière. Quant à vous, comme d'habitude, vous faites semblant. Le bonheur de Reyna et la transmission de la fortune familiale pour de bonnes causes sont vos seules préoccupations apparentes.

Josef est-il considéré comme bigame pour avoir épousé chrétiennement la Chica peu auparavant ? Non. Parce que les rabbins considèrent les unions de *conversos* célébrées dans la chrétienté comme nulles et non avenues, à moins que la cérémonie n'ait été accompagnée par un mariage juif selon le rituel et en présence d'au moins dix hommes, ce qui n'était pas le cas. Les séfarades n'acceptaient pas le ban contre les mariages multiples décrété au Xe siècle par un rabbin ashkénaze. Quant aux Turcs musulmans et polygames, peu leur chaut puisque les juifs ont toute liberté de vivre conformément à leurs coutumes.

Dans le silence de votre alcôve, vous souffrez. Et la souffrance du cœur se communique au corps. Amatus vous l'avait expliqué naguère : si l'âme est en peine, alors c'est l'organisme qui tombe malade. Vous vous rappelez les conseils de Joseph Taïtaçak, l'ascète mystique de Salonique. Aujourd'hui on appellerait résilience l'énergie qui vous pousse à transformer votre sacrifice de femme en don maternel, votre passion pour un homme de chair en celle d'un peuple que vous tentez de conduire à travers tant d'obstacles jusqu'à vous.

DU CÔTÉ D'AVILA

Un personnage historique a affirmé qu'il y a des décennies où il ne se passe rien et des semaines qui paraissent des décennies. Il y a longtemps que nous n'entendons plus parler de Thérèse qui a maintenant quarante ans. Elle est toujours dans son couvent. La Compagnie de Jésus, approuvée par le pape une quinzaine d'années plus tôt, ouvre un nouveau collège à Avila.

UNE SAISON GRISE

L'hiver 1555 est morose. Vous subissez le contrecoup du mariage de votre fille avec l'homme que vous aimez.

Il s'installe avec son épouse à Ortaköy, dans le luxueux palais du Belvédère avec une superbe vue sur le Bosphore, qu'il a choisi et financé. Vous demeurez à Galata. En unissant Reyna à Josef, vous les perdez tous les deux comme vous aviez perdu Diogo et Brianda après leurs épousailles. Une lettre conservée dans les archives vénitiennes témoigne que vous êtes retombée dans la mélancolie et songez même à retourner à Venise. Vous vous y renseignez sur cette option, au cas où… Les ouvrages que vous aviez patronnés viennent d'être publiés à Ferrare. Vous avez toujours un pied dans le monde chrétien.

Hors sentiments, vous savez que votre décision va dans l'intérêt ou plutôt les intérêts de la fortune familiale qui revient d'après les lois de l'époque au mari de l'héritière. Avec Josef vous travaillez à rentabiliser vos avoirs depuis votre nouvelle terre d'accueil. Il n'est plus votre chevalier servant mais votre gendre et vous devenez une espèce de reine mère, de matriarche qui administre sans posséder. Dans ce monde sans femmes, c'est lui qui s'impose comme patron, représentant et symbole de la maison Naci.

En apparence rien de changé par le nouveau statut de Josef dans la gestion de la fortune dont il s'agit de faire bon usage. Pour vous cela signifie aider les opprimés et les persécutés. Pour Josef il en sera peu à peu autrement quand l'hubris – démesure et soif de pouvoir – remplacera les nobles passions de sa jeunesse.

Tout d'abord, pour exister, il faut payer. Le sultan a les mêmes insatiables appétits que les monarques chrétiens. Dès votre arrivée, il vous demande un prêt de dix mille ducats. Mais vous avez confiance. Il n'y a aucune Inquisition en vue dans l'Empire ottoman. C'est à deux que vous prenez les décisions financières. Pour des raisons différentes. Ainsi vous investissez dans l'immobilier…

— Pour les bénéfices, insistera Josef.

— Pour les réfugiés qui affluent, répondrez-vous.

Vous engagez la maison Mendes devenue maison Naci dans la construction de navires. Dans votre esprit, ils transporteront des vies humaines. Dans celui de Josef, des marchandises.

Josef a son idée derrière la tête. L'islam interdit la consommation d'alcool. Mais les non-musulmans et certains musulmans en boivent quand même. Alors il achète des vignobles. Puis il obtiendra une concession sur l'importation de vins. Vous en solliciterez une autre pour collecter les taxes de tous les vins et alcools importés à Constantinople. Et vous obtiendrez un monopole sur les bois de baril importés dans la ville, incluant les cargaisons débarquées sur les quais. Puis vous recevez une nouvelle concession autorisant les marchands juifs de Salonique à payer leurs taxes en toiles pour les uniformes des janissaires. Tout le monde y gagne. L'État ottoman se procure du tissu de qualité bon marché et les marchands ne se dépossèdent pas de leurs espèces.

Le tissu coule dans les gènes de mes deux familles judéo-espagnoles. Les Benveniste et les Amon de Salonique vendaient du tissu en gros rue des Jeûneurs dans le Sentier à Paris. Mon grand-père bulgare y eut un commerce de tissu de détail, rue du Faubourg-Poissonnière, spolié par le gouvernement de Vichy et récupéré par mon père à la Libération. Petite, je passais mes jeudis à lire mes illustrés, assise sur le comptoir de ce magasin, et à observer mes parents qui déroulaient des pièces et vendaient des coupons.

La maison Naci fait des affaires avec la Sublime Porte comme naguère la maison Mendes en faisait avec la Sérénissime. Les contrats, concessions, emprunts, privilèges, monopoles portent deux signatures ; celle de Gracia Naci est le seul nom de femme à figurer dans les registres fiscaux de l'époque, en dehors des concubines du harem et des épouses du sultan. Celle de votre gendre devient Yussef Naci pour les Turcs. Vous êtes partout. Il est partout. L'aigle Naci porte haut ses deux têtes.

Du côté de l'Italie

Votre stratégie familiale n'a pas changé depuis votre arrivée dans l'Empire : y faire venir votre sœur avec sa fille pour qu'elles puissent elles aussi vivre dans leur foi d'origine. Et réunir du même coup la fortune familiale comme elle l'était du temps de Francisco et Diogo. Vous vous languissez de votre nièce que vous avez toujours aimée autant que votre fille et qui vous le rend bien. Depuis les accords italiens, la part de Brianda ou plutôt de la Chica est en suspens jusqu'à sa majorité. Sa dot, en pures pièces d'or massif, a été placée dans deux coffres scellés par trois sortes de clefs à la Zecca. Vos représentants ainsi que les agents de Brianda ont reçu et compté une à une ces pièces de monnaie, de concert avec les autorités vénitiennes, au fur et à mesure de la restitution des prêts et du remboursement des dettes.

— *Madre*, je viens de recevoir un courrier de la Chica.

Reyna vous raconte comment sa cousine s'est tellement amusée à son bal masqué le premier jour du Carnaval qu'elle en a oublié l'heure. Le lendemain elle est à une course de chevaux. On n'imagine pas le nombre de spectacles qu'elle voit en ce moment. Elle est entourée de soupirants qu'elle attire comme des mouches mais n'en aime aucun. Et sa mère lui a commandé de nouvelles toilettes étourdissantes pour la réception chez l'ambassadeur de France…

— Mais la Chica dit aussi qu'elle donnerait tous les divertissements vénitiens pour une journée passée « avec nous ». À la maison, elle s'ennuie avec Tristan da Costa qui est toujours dans les jupes de sa mère.

— Encore ce da Costa ! Je l'avais pourtant fait fuir de Ferrare… !

Cet homme-là les détruira, soupirez-vous, sans oser le dire.

Sur place, vos agents vous informent que Brianda et son amant vivent dans l'insouciance au palais Gritti. Que votre sœur est si sûre du sauf-conduit les protégeant, elle et sa maisonnée, de toute allégation d'apostasie, obtenu une bonne dizaine d'années plus tôt, qu'elle ne se préoccupe presque plus des apparences chrétiennes. À sa table, on respecte les règles alimentaires de la loi mosaïque : œufs, poisson et fruits, viande achetée chez le boucher kasher du ghetto. Brianda refuse d'aller à la messe et se confesse auprès d'un prêtre espagnol *converso*. Pendant le carême, elle s'arrange pour que deux médecins la certifient malade et recommandent qu'elle ne mange que de la viande.

Mais elle joue sur les deux tableaux, récite les prières chrétiennes et assiste à la messe quand il le faut, ce qui alimente votre anxiété sur la dot de la Chica, toujours bloquée à la Zecca de Venise. Si Brianda parvient à la récupérer, elle peut s'en servir comme d'un appât pour marier sa fille à un noble vieux-chrétien et continuer à parader à Venise. Et votre nièce, sa descendance et la moitié de la fortune familiale vous échapperont, à vous et au monde juif. Or la date approche de l'anniversaire de la Chica qui va avoir quinze ans en juin et qui formellement aura le droit de recevoir son héritage.

Sur le conseil de Josef et de son frère devenu Samuel, vous prenez des décisions sans appel. Vous demandez à vos représentants à Venise Henriques et Gomez de soudoyer les autorités de la ville afin de retarder le paiement de l'héritage de la Chica. Et vous confiez aux tribunaux juifs le jugement définitif sur le testament de Diogo et l'attribution de sa part de la fortune à l'une ou l'autre des deux sœurs. Maintenant que vous êtes devenue ou redevenue Gracia Naci, vous n'entendez plus obéir qu'à la loi mosaïque. Les sages décideront.

Vous faites appel aux cinq rabbins les plus respectés du Levant pour décider de la transmission de la fortune en vertu de leur loi : Moise di Trani, né à Salonique, futur sage de Safed ; Samuel de Medina, né à Salonique, directeur de la *yeshiva* ; Joseph Karo, né en Portugal, marchand de perles et sage de Safed ; Joseph ibn Lev, né à Monastir, rabbin de Salonique puis de Constantinople ; et Joshua Soncino, grand rabbin de Constantinople. Leur débat occupera des dizaines de pages en hébreu et en araméen. Ils sont priés de répondre à toutes sortes de questions dont la principale est la suivante :

« La situation de veuve, redevenue juive, d'un converti au christianisme relève-t-elle de la loi chrétienne ou de la loi juive ? »

Les rabbins ne sont pas d'accord et s'écharpent entre eux. Joshua Soncino, le plus respecté, estime que vos efforts pour arracher la fortune familiale au monde des gentils et déjouer les machinations de votre sœur chrétienne doivent être portés à votre crédit.

Le verdict est flou et sujet à toutes sortes d'interprétations. Pour la plupart des chercheurs, les rabbins, qui avaient été sollicités par vous, appuient votre position. La fortune vous appartient au moins pour moitié y compris la partie de la dot de la Chica qui couvre à peine les dépenses occasionnées par la prodigalité de votre sœur. Mais d'autres interprètent en sens contraire.

Ce verdict tant attendu ne vous occupe pas longtemps. Une nouvelle bien plus fracassante est venue balayer toute autre préoccupation.

Gian Pietro Carafa alias Paul IV

On lui attribue cette phrase : « Même si c'était mon propre père qui était hérétique, je ramasserais le bois pour le faire brûler. » Le 23 mai 1555, Gian Pietro Carafa devient à soixante-dix-neuf ans le pape Paul IV. Il arrive en plein chaos pour l'Église catholique. Les protestants gagnent du terrain. Les armées du sultan musulman sont aux portes de Vienne. Et les *conversos* d'Italie sont ouvertement revenus au judaïsme au nez et à la barbe du clergé outragé. Le nouveau pape est un fondamentaliste antijuif enragé, ex-contrôleur général de l'Inquisition, convaincu que tous les *conversos* sont des apostats. « Dans les annales de la férocité humaine, Jean-Pierre Carafa n'a d'égal que le sombre Torquemada », écrit Joseph Nehama.

Du côté d'Avila

Thérèse prend un confesseur jésuite qui la rassure sur la nature de ses visions spirituelles. Elles lui viennent bien de Dieu et non du démon.

Les quinze ans de la Chica

Deux semaines plus tard, c'est l'anniversaire de Beatriz la Chica. Pour célébrer la libération de la dot, Brianda a donné une grande fête au palais Gritti. Monsignor Michael, haute autorité de l'Église, est invité. Tristan da Costa parade aux côtés de la maîtresse de maison. Mais il semble préoccupé, mal à l'aise. Brianda lui chuchote :

— Te sens-tu bien, mon ami ? Je te trouve fatigué.

Tristan se retourne vers elle et, d'une voix sourde :

— Gomez et Henriques m'ont dénoncé comme juif pratiquant. Je serai arrêté à l'aube.

Brianda manque de s'évanouir. Elle se retire dans sa chambre, alléguant des vapeurs, et demande à une domestique d'aller chercher sa fille pour la mettre au courant. La servante tarde à revenir. La deuxième nouvelle de la journée est plus fracassante encore que la première. La Chica a quitté ses appartements avec toutes ses affaires, en priant qu'on ne la recherche pas : à sa requête, Monsignor Michael l'a emmenée dans un couvent où elle désire se retirer en attendant que la maison de sa mère soit blanchie de tout soupçon d'hérésie.

La journée que je viens de décrire n'est pas historique. J'ai télescopé deux événements qui n'eurent pas lieu en même temps. La Chica a eu quinze ans en juin et a fui avec Monsignor Michael la maison de sa mère pour un couvent. Pendant ce même mois, da Costa a effectivement comparu devant ses juges, mais il a été arrêté en avril et jeté dans une geôle du palais des Doges, où les prisonniers s'entassent dans les cellules des caves glacées ou dans les greniers étouffants sous les toits, sans air ni nourriture, sans lumière, tourmentés par les insectes et les rats. La salle d'interrogation est aussi salle de torture afin de mieux terroriser les prévenus.

Tristan da Costa a cinquante-huit ans lorsqu'il est traduit devant le tribunal des inquisiteurs dirigé par un moine franciscain. Le tribunal inclut le plus haut représentant du pape à Venise ainsi que des nobles d'une piété impeccable, nommés par le doge. Ces Trois Sages en Hérésie agissent comme intermédiaires entre Venise et Rome. Les procès ont lieu au palais des Doges, face à l'entrée du Grand Canal, siège administratif de la ville en même temps que demeure du doge.

Interrogé sur sa date et son lieu de naissance, Tristan da Costa indique qu'il est né à Viana do Castelo, au Portugal, dans une famille convertie en 1497. Son père s'appelait Isaac Habibi. Il a été arraché au sein de sa mère et baptisé de force. À la maison il n'y avait pas de pratique religieuse chrétienne. Il est étonnamment ingénu, presque arrogant face à ses accusateurs et affirme qu'il a toujours vécu en juif, protégé par le sauf-conduit de Brianda.

À la question de savoir s'il assistait à la messe en son enfance au Portugal, il répond que oui, mais par peur de la prison.

À la question de savoir s'il pratiquait le catholicisme pendant ses études de droit, de latin et d'humanités à l'université de Salamanque, il répond que lui et ses camarades *conversos* prétendaient y assister mais n'en faisaient rien.

À la question de savoir s'il est marié, avec qui et si lui et son épouse ont reçu en toute bonne foi le sacrement du mariage catholique, il répond que oui. Une fois diplômé, il a épousé Francesca Pereira, une *conversa* comme lui. À l'église, par peur de l'Inquisition. C'est pour la même raison qu'il a fait baptiser ses trois fils et ses trois filles.

Il rapporte dans le moindre détail comment il a quitté le Portugal avec sa famille pour échapper au Saint-Office.

Quant à sa rencontre avec Brianda, il la situe plutôt à Ferrare où elle cherchait un juriste qui l'aide à se défendre contre sa sœur. Il l'a accompagnée ensuite à Venise, sous la protection du fameux sauf-conduit.

À la question : « Êtes-vous juif ou chrétien ? », da Costa répond :

— Je ne pratique pas le christianisme, mais depuis mon arrivée à Venise je n'ai participé à aucune cérémonie juive ni dit aucune prière juive.

— Utilisez-vous un nom juif ou chrétien ?

— Je m'appelle Tristan da Costa dans les deux mondes. Je n'ai jamais distingué si c'était un nom chrétien ou juif. Et on ne me l'a jamais demandé. À Ferrare, on m'appelait Abraham Habibi, mais le nom de Tristan da Costa était plus approprié pour le type de travail que j'exécutais pour ma Dame car il n'est pas explicitement juif.

— Portez-vous des vêtements et le chapeau noir réservé aux chrétiens ou le chapeau rouge ou jaune imposé aux juifs ?

— Je porte la faluche de velours noir des chrétiens parce que je suis protégé par le sauf-conduit de doña Brianda.

— Lors de votre séjour, êtes-vous entré dans une église à Venise ?

— J'ai pu y entrer à un moment ou un autre en passant.

— Avez-vous respecté l'usage de vous agenouiller et d'enlever votre chapeau ? Avez-vous reçu la sainte communion ?

— Non, monseigneur. Même lorsque je vivais au Portugal je n'ai jamais communié bien que je me sois senti obligé d'aller à la messe. Au moment de recevoir l'hostie, je me cachais dans la foule.

L'identité fluctuante de da Costa est confirmée par un Espagnol nommé Gottardo Archaro. Il affirme dans son témoignage que da Costa n'est ni chrétien ni juif. Il n'a pas de religion du tout. Il serait cependant plus proche des juifs puisque son épouse vit maintenant en juive à Salonique et que tous ses associés dans les affaires commerciales sont des juifs.

Monsignor Melchior Michael donne des informations embarrassantes pour Brianda. Selon lui, la Chica est si impatiente de vivre en chrétienne sincère qu'elle a demandé à quitter la maison de sa mère pour être placée dans un couvent. Il insinue que la présence de personnes comme da Costa vivant en juif dans une maison chrétienne paraît blasphématoire à la jeune fille Elle a donc eu besoin de l'aide d'une autorité de l'Église pour en sortir.

Pendant ces auditions, da Costa insinue que Brianda n'est pas non plus une catholique sincère.

Manœuvre stratégique ? Il déclare qu'à son tour, il dénonce vos agents Gomez et Henriques à l'Inquisition. Le vent tourne. Les êtres révèlent leur nature de girouettes ou de caméléons. C'est la chronologie qui devient maîtresse de leurs retournements, comme l'avait observé l'auteur du *Temps retrouvé* : « Tout est affaire de chronologie. »

La bulle du pape

Deux mois après son avènement, le pape a lancé la bulle fatale, *Cum nimis absurdum*, « à la fois absurde et inapproprié », écho lointain de l'édit de l'Alhambra, ainsi préfacée : « Les juifs, condamnés par Dieu à l'esclavage éternel à cause de leur faute, ont atteint un degré d'effronterie tel qu'ils s'enhardissent non seulement à vivre au milieu des chrétiens, mais aussi au voisinage de leurs églises, sans aucune distinction d'habit, louant des palais, et achetant ou possédant des terres, dans les rues ou les places principales. »

L'objectif est clair. Les anciennes politiques de ségrégation de l'Église catholique doivent être appliquées aux juifs et surtout aux *conversos* revenus plus ou moins officiellement au judaïsme avec la plus extrême rigueur : obligation de vivre reclus dans des ghettos, limités à

Rome au quartier le plus malfamé, interdiction de contracter des servantes ou des nourrices chrétiennes, insigne distinctif obligatoire comme celui d'un vêtement jaune. Aucun chrétien ne doit s'adresser à un juif en l'appelant *monsieur.* Une synagogue unique par ville. Les autres doivent être transformées en églises. Les prêteurs et les médecins juifs ne peuvent plus travailler avec des chrétiens. La propriété immobilière et l'exercice du commerce leur deviennent interdits sauf le prêt à gages et la chiffonnerie. Dans les semaines qui suivent, tous les juifs de Rome sont arrêtés, et enfermés dans le ghetto. Les autres villes suivent, y compris Ancône bien que certains privilèges commerciaux y soient encore maintenus.

Toutes ces dispositions anticipent sur les lois raciales de 1940 en France et ailleurs : humilier, marquer, enfermer, spolier, affamer… avant l'annihilation par le fer ou par le feu. Nul n'y échappe et surtout pas ceux qui sont restés juifs sous les apparences chrétiennes.

Coup de théâtre

La salle du palais des Doges est pleine à craquer. On se pousse, on se serre pour essayer d'apercevoir doña Brianda Mendes et sa fille Beatriz, la *conversa* la plus riche du monde chrétien, convoquées « pour faire comprendre au Conseil qu'elles vivent en bonnes chrétiennes ». Les deux femmes n'ont pas le droit de se voir et attendront dans des salles séparées leur comparution.

Doña Brianda est la première à comparaître. Elle a toujours de l'allure quoique vieillie par les insomnies et les larmes. Le noir de sa robe de brocart fait ressortir sa chevelure aux reflets roux, dans laquelle se glissent quelques cheveux gris. Contrairement à ses habitudes, elle ne porte pas de bijoux. Sa voix est enrouée lorsqu'elle commence à lire sa déclaration, mais elle s'affirmera lorsqu'elle répondra aux questions de ses juges.

— Mes illustres seigneurs, il y a presque vingt ans, j'ai quitté en Portugal la terre natale où j'ai été élevée, où je vivais joyeusement, afin d'échapper à l'Inquisition. Et j'ai cherché toutes les routes et tous les moyens de gagner votre magnifique cité qui m'offrait la liberté. J'ai réussi à obtenir un sauf-conduit qui me permettait de vivre en paix dans le plus bel endroit du monde. J'y suis venue de mon plein gré et j'ai toujours obéi aux autorités comme si j'étais saint François. Malheureusement, je n'ai pas échappé à mes persécuteurs, qui n'ont cessé de me harceler.

À ce moment Brianda s'arrête pour étouffer un sanglot. Elle cherche un petit mouchoir de dentelle. On entendrait une mouche voler sans la salle d'audience. Un membre du Conseil lui demande de préciser ce qu'elle entend par « j'ai toujours obéi aux autorités ».

— J'entends par là que je suis une nouvelle-chrétienne et que je vis en conséquence comme une nouvelle-chrétienne.

Brianda baisse la voix, hésite, mais poursuit :

— Mais si je vis en nouvelle-chrétienne, c'est uniquement parce que j'y suis obligée par les autorités.

Le silence s'alourdit. Une minute passe, interminable. La voix reprend, claire à présent et catégorique :

— Dans mon cœur je me suis toujours considérée comme juive, et c'est en juive que j'entends vivre dorénavant, ici, dans cette ville que j'aime plus que tout autre lieu au monde.

En prononçant cette phrase, Brianda relève la tête. Elle affronte ses juges, tandis que la salle résonne d'un brouhaha de cris d'indignation et de colère des assistants qui se sont mis debout, prêts à lyncher. Les membres du Conseil demeurent eux stupéfaits, comme statufiés par cette déclaration inouïe.

L'un d'eux se reprend néanmoins et intime à Brianda l'ordre de passer dans l'antichambre pendant que sa fille est interrogée à son tour.

La Chica entre dans la salle, avec toute la joliesse un peu timide de ses quinze printemps.

— Vous êtes bien Beatriz Mendes, fille de Diogo Mendes et Brianda de Luna ?

— Oui, messeigneurs.

— Avez-vous quelque chose à déclarer ?

— Oui, messeigneurs. J'implore les membres de cet honorable Conseil des Dix de m'aider à accomplir ce que je désire plus que la vie.

— En quoi consiste ce désir ?

— À vivre selon la loi de ma mère.

— Et quelle est cette loi, d'après vous ?

— La loi de Moïse. La loi juive.

Cette fois, il n'y a pas de cris. Un murmure de chuchotements envahit l'enceinte tandis qu'on fait sortir la jeune fille et que chacun se prépare à quitter la salle.

La messe est dite. Drôle de messe ! En tout cas, ce n'est pas celle qu'on attendait !

Les membres du Conseil ordonnent à la mère et à la fille d'attendre dans une antichambre commune pendant qu'ils discutent de ce qu'ils viennent d'entendre. On peut imaginer alors qu'elles tombent dans les bras l'une de l'autre.

Cette scène n'est pas inventée mais attestée par les documents d'archives, qui ajoutent quelques détails à son dénouement. Ainsi Brianda en quittant l'antichambre aurait réclamé « [son] argent ». On lui assure qu'il lui sera rendu. On lui demande de préciser l'âge de sa fille. Elle répond :

— Exactement quinze ans et un mois.

On craignait pire. Brianda et la Chica sont condamnées à être bannies, elles et leur maisonnée, de la cité des Doges. Le sauf-conduit qui les protégeait est annulé. Elles devront quitter les lieux avant la fin du mois d'août. Brianda renâcle à quitter la cité de son cœur et demande l'autorisation d'aller vivre dans le ghetto avec les gens de son espèce. Permission refusée sèchement. Puis elle plaide pour Tristan da Costa, qui sera libéré à condition qu'il quitte la ville avec elle. À la faveur du délai, octroyé sur intervention de l'ambassadeur de France, elle obtient un sauf-conduit du duc Hercule pour retourner vivre dans sa ville.

La position des Vénitiens est claire. Maintenant que l'héritière est devenue juive, elle ne peut plus épouser un chrétien. Adieu la dot ! En même temps on ne peut retenir la fortune de la nièce d'un personnage bénéficiant de la protection du Grand Turc. Maintenant que l'argent est hors de portée, les Vénitiens ne s'intéressent plus à l'ex-famille Mendes. Qu'elle aille se faire pendre ailleurs !

Et cet ailleurs est à quelques dizaines de kilomètres de la cité des Doges et se nomme Ferrare, la ville du retour. À l'automne, tandis que se déroulent les procès de Gomez et Henriques, finalement reconnus bons chrétiens et acquittés, Brianda, redevenue ou devenue Reyna Naci, et sa fille Beatriz la Chica, redevenue ou devenue Gracia Benveniste, retrouvent leurs pénates naguère chrétiens, aujourd'hui juifs. Elles s'installent dans une maison du quartier de San Guglielmo, avec des appartements spéciaux pour da Costa et sa famille.

J'ai raconté les faits tels qu'ils se sont produits d'après les documents d'archives. Je n'ai pas essayé de reconstruire votre action dans la coulisse. Il suffit de considérer quel est votre objectif depuis toujours, quels sont vos instruments en la personne de vos agents Henriques et Gomez, et quel est le résultat obtenu, pour deviner que dans cet apparent imbroglio religieux, politique et financier, votre intervention n'est pas étrangère.

Panique à Ancône

Ce n'est pas un rayon de soleil qui vous a réveillée en ce matin automnal avant l'aube, mais le glissement d'une lettre sous votre porte par une main complice. Vous l'avez lue d'une traite sur votre couche, puis déposée en tremblant sur le rebord du lit à l'instant même où vous avez été prise de cette douleur aiguë qui vous a traversé l'estomac chaque fois que le mot *Inquisition*, remplacé à mon époque par le mot *Gestapo*, a traversé votre existence et celle de votre peuple.

Voici en substance ce que vous a écrit votre ami, votre ancien amant Amatus Lusitanus, le médecin portugais qui vient de s'évader de la ville papale d'Ancône.

D'Amatus à Gracia :

Pesaro, février 1556

... Comment vous le dire ? L'hydre qui nous a déjà fait tant de mal s'est réveillée à Ancône, notre bonne ville jusqu'ici épargnée. Votre agent Jacob Morro a été arrêté brutalement et jeté en prison pour apostasie. Votre représentant de Raguse Izak Ergas a été temporairement détenu lors de son passage dans la ville. Tous leurs avoirs et les vôtres sont confisqués.

J'ai été menacé du bûcher. Mais j'ai pu faire évader mon épouse, aujourd'hui à Salonique. J'ai été arrêté puis relâché, ne devant qu'à ma réputation de médecin ce traitement exceptionnel. J'ai fini par échapper à nos tortionnaires en quittant secrètement le port et me suis réfugié à Pesaro. Mais dans la précipitation, j'y ai laissé tout ce que je possède et ce à quoi je tiens autant et peut-être plus qu'à ma vie : mes instruments professionnels, mes livres de médecine et surtout, surtout le manuscrit d'un ouvrage que j'étais sur le point de terminer, le cinquième d'une série d'études de cas que j'ai intitulé Centuriae, contenant chacun cent remèdes... sans compter, pire encore, les brouillons de mes commentaires sur un traité du grand Avicenne.

Je vous adjure : si vous pouvez le faire car vous pouvez tant faire, sauvez les nôtres... et sauvez ce travail d'une existence entière... Je vous baise les mains...

Vous venez d'emménager au palais du Belvédère auprès de Reyna. Vous faites immédiatement réveiller votre fille et votre gendre pour les prévenir. Josef n'en revient pas, lui qui s'était considéré si protégé lorsqu'il vivait il n'y a pas deux ans dans le port d'Ancône. Une ville où juifs autochtones, juifs levantins et *conversos* revenus ou non au judaïsme étaient difficiles à distinguer, vivant dans les mêmes quartiers, s'habillant de la même façon, commerçant ensemble dans les mêmes entreprises !

— Qui aurait pu croire qu'un pape…

Vous le corrigez amèrement :

— Que *ce* pape qui a déjà fait brûler des charretées de Talmud, qui traite ses ennemis espagnols, pourtant peu tendres avec nous, de « damnés de Dieu », de « semence de maures et de juifs », de « suppôts de Satan »…

Josef est blanc de rage :

— … qu'il se soit permis de confisquer nos propriétés, de nous dépouiller… tout cela pour renflouer son trésor épuisé par sa guerre contre l'Espagne !

Vous ajoutez, avec plus de fermeté encore :

— Et surtout de pourchasser et de terroriser nos représentants et tous les nôtres ! C'est un nouvel Haman que nous devons arrêter comme le fit la reine Esther.

Josef serre le poing.

— Je demande immédiatement audience au sultan.

Les faits sont moins ramassés que cette scène imaginaire. Ce pape enragé qui vient d'enterrer toutes les promesses de ses prédécesseurs fait en même temps la guerre à l'Espagne catholique. Son trésor est épuisé. Alors où trouver l'argent ?

Depuis juillet de cette année terrible, ce sont les juifs qui souffrent de cet halluciné fanatique. Pendant l'automne, on confisque leurs biens. Pendant l'hiver, ils seront enfermés dans un ghetto. Mais à présent ce sont les *conversos* qui vont souffrir. Brianda vient tout juste de le comprendre. Carafa transforme l'Inquisition italienne plutôt tiède en instrument de terreur et de soumission. À Ancône, jusque-là épargnée, une antenne du Saint-Office se met en place, traquant les marranes revenus au judaïsme en vertu des promesses antérieures de protection. Intégrisme religieux et désir incompressible de richesses font bon ménage dans l'application du plan scélérat du pape et de son neveu Carlo Carafa pour s'emparer des biens acquis par les nouveaux-chrétiens.

5316-5317 : ANNUS HORRIBILIS

De Gracia à Amatus :

> *... Mon pauvre Ami... Depuis votre abri de Pesaro, vous aurez appris comme moi – par un des nôtres qui se cache à Ancône – qu'environ quatre-vingt-dix conversos, dont dix femmes, ont été pris dans la première rafle des agents du Saint-Office. Le Vatican exige trois mille écus pour rétablir les nouveaux-chrétiens dans leurs privilèges antérieurs. Mais avant de négocier, il a fait torturer les prisonniers pour leur extorquer des aveux d'apostasie. Ces Portugais ne peuvent prétendre être restés juifs puisque tous nous autres, juifs du Portugal, avions été contraints physiquement de recevoir le baptême...*

D'Amatus à Gracia :

> *... Ma chère Gracia, un cousin qui est parvenu à rejoindre Pesaro me rapporte que trente-six prisonniers, dont huit femmes, sont parvenus à s'échapper en soudoyant un gardien qui s'est enfui à son tour. Sous la torture, vingt-sept hommes et une femme « se sont repentis » de leur retour au judaïsme et ont été condamnés aux galères. Ils ont réussi à s'évader sur le chemin de Naples grâce aux pots-de-vin de notre communauté conversa. Il reste vingt-cinq réfractaires, incluant une vieille femme, livrés au bras séculier, enfermés dans des donjons en attendant leur supplice...*

De Gracia à Amatus :

> *... Que faire, Amatus ? Carafa est intraitable. Il ne veut plus de conversos à Ancône. Nos agents collectent pour le Vatican de l'argent réuni par les convertis pour sauver nos frères. Sur mes instances, deux représentants du sultan ont été envoyés au Saint-Office d'Ancône pour essayer de récupérer nos avoirs confisqués. Sur ma suggestion, ils répandent le bruit que les marchands levantins pourraient abandonner Ancône pour des ports alternatifs comme Pesaro où le duc Guidobaldo vous accueille en ce moment.*

Clairement, les *conversos* n'ont pas attendu la diplomatie ou la corruption pour prendre leurs jambes à leur cou vers Pesaro, autre port sur l'Adriatique à une cinquantaine de kilomètres au nord d'Ancône. Pesaro, comme Ferrare, est une cité-nation, un centre littéraire, renommé pour son architecture, ses artistes et sa culture, dirigée par un duc lettré et doué d'un grand talent militaire. Il n'est pas dénué d'humanité mais surtout il saisit l'opportunité économique qu'offrent les réfugiés, comme l'avait fait naguère à Ferrare le duc Hercule qui est aussi sur les rangs. Mais ni Ferrare ni Pesaro n'ont jamais rêvé d'atteindre le poids commercial ou la prospérité d'Ancône.

D'Amatus à Gracia :

... Le pape vient d'envoyer à Pesaro un inquisiteur de haut rang pour exiger du duc qu'il nous livre. Guidobaldo a refusé. Il joue gros en défiant le pape et en plaçant toute sa confiance en nous. Le Vatican a réagi en lançant un édit d'arrestation de tous les conversos encore libres à Ancône avec la confiscation de leurs biens...

De Gracia à Amatus :

... Mon gendre et moi-même avons multiplié tout l'hiver les suppliques au sultan. Mais les audiences auprès de Soliman ou de son épouse Roxelane prennent du temps. Il faut que le sultan réfléchisse, que les conseillers se prononcent. Procédure interminable ! Mais enfin Soliman vient d'envoyer une lettre très ferme au pape. On a promis à Josef que la lettre lui serait remise en personne par le secrétaire de l'ambassadeur de France, dont la diplomatie prône le rapprochement avec les Ottomans. Le même ambassadeur a accompagné cette missive d'un message personnel au puissant neveu du pape Carlo Carafa.

Dans sa missive le Commandeur des croyants se plaint au chef de la chrétienté que des sujets ottomans aient été arrêtés et spoliés dans ses États. Il a perdu quatre cent mille ducats en taxes et droits de douane qui ne peuvent plus être remboursés parce que Sa Sainteté a confisqué toutes les possessions de ses détenus. En guise de réparation, le sultan exige la libération de tous « nos sujets et de leurs biens afin qu'ils puissent s'acquitter de leurs dettes et ne pas prétexter de leur arrestation pour ne pas payer ». En agissant ainsi, Sa Sainteté donnera au sultan une bonne occasion de traiter avec égards sur ses terres les sujets chrétiens en général et les sujets du pape en particulier.

On sait aujourd'hui que la haine de l'Autre est plus incompressible que l'intérêt personnel et même la soif de l'or. Le pouvoir d'une seule personne suffit à l'exercer. Dans votre temps à vous, l'Inquisition de Paul IV continue à traquer, enfermer, condamner, dépouiller, humilier, martyriser, brûler vif. Les atrocités compulsives, décidées à chaud, prennent le pas sur la diplomatie qui elle prend son temps. Entre tortures insoutenables et interrogatoires sadiques, les procès du Saint-Office contre les détenus réfractaires se succèdent. En avril on organise le grand spectacle. Des milliers de curieux accourent des divers points d'Italie pour se joindre à la population locale.

Lundi 13 avril 1556. Le Campo della Mostra est complètement déblayé. Un haut gibet voisine avec un *quemadero*, bûcher menaçant. Quatre hommes et une femme, doña Mayora, y sont traînés, entourés de sbires et de moines en cagoule armés de torches. Après la récitation des litanies, on les pend haut et court, puis on hisse leurs cadavres sur le bûcher qui a flambé toute la journée et une partie de la nuit, emplissant de fumées sinistres tous les quartiers environnants. Même scène le mercredi avec deux victimes, et le jeudi avec six victimes. Le lundi suivant et le samedi 20 juin, douze survivants sont suppliciés à leur tour. Votre ami et fondé de pouvoir Jacob Morro est parmi eux, à moins qu'il ne soit celui qui s'est jeté par la fenêtre. La semaine d'après, la lugubre cérémonie se répète avec vingt-cinq condamnés.

Pendant des siècles, chaque année, la communauté juive anconitaine commémorera la mémoire des martyrs au son de la poignante élégie de Jacob da Fano.

Dans *Revenir du silence*, j'avais repris les mots par lesquels Claude Lanzmann désignait les *survivants* de la Shoah, les *revenants* des camps de la mort et les *disparus.* Vous, les Naci, et moi-même, nous sommes des *survivants.* Comme Simone Veil ou Primo Levi, rescapé d'Auschwitz-Monowitz, tous ceux qui sont passés par l'Inquisition sans y laisser leur peau sont des *revenants.* Jacob Morro, votre proche, et Marie Jerusalmi, ma grand-mère, sont des *disparus.*

De Gracia à Amatus :

> *... Tout est perdu ! Mon cher Jacob Morro est mort supplicié abominablement. La lettre du sultan n'est parvenue au pape qu'à la mi-mai lorsque beaucoup des nôtres, y compris Jacob, avaient été dévorés par les flammes. Les autodafés ont continué. Le pape a répondu*

au sultan que seuls seront libérés avec leurs possessions les prisonniers anciens résidents de l'Empire ottoman, considérés comme sujets levantins. Il refuse de délivrer les conversos qui ne se sont pas judaïsés comme moi dans l'empire du Grand Turc. Il se moque de nous, acceptant de me retourner nos avoirs détenus par Jacob, soit un montant de quarante mille ducats... à la condition, entendez-vous bien, que j'envoie un émissaire de Constantinople pour prendre possession de la somme !

Je le répète : la chronologie est vitale lorsqu'il s'agit de démêler l'écheveau. Si la lettre de Soliman était arrivée à temps, elle aurait peut-être sauvé Jacob Morro de la potence et du bûcher. Ou de la défenestration. Mais là, c'en est trop ! La réplique papale est un affront pour le sultan et une insulte pour la famille Naci.

Vous réfléchissez longuement. Et trouvez la parade : *Il faut boycotter un port en le remplaçant par un autre.*

Du côté d'Avila

Thérèse a quarante et un ans. Elle ressent des faveurs spirituelles intenses qu'elle interprète comme grâces divines.

Dilemme cornélien

Les *conversos* réfugiés à Pesaro ou les juifs restés à Ancône ? Tel est le dilemme.

Ce jour-là, vous avez à nouveau convoqué vos proches dans le palais du Belvédère avec quelques conseillers avisés. L'heure est grave. Vous entrez dans le vif du sujet

— Je regrette que nous n'ayons plus qu'une option : boycotter le port d'Ancône et l'échanger contre celui de Pesaro. L'idée vient de notre ami Amatus Lusitanus et du rabbin Judah Faraj, qui est à la tête des sept cents fugitifs de Pesaro. Il s'agirait de dévier les cargaisons turques de la cité félonne vers la cité bienveillante. Pesaro est bâtie sur une hauteur entourée de murailles. Le duc l'a proclamée port franc et il a promis de l'aménager par une rade protectrice. Je veux qu'on substitue un port à l'autre. Je veux venger ainsi le sang de nos frères et exprimer notre gratitude au duc qui a accueilli les opprimés au péril de ses relations avec le pape.

Samuel approuve. Il juge que le commerce de la maison Naci ne sera pas interrompu, qu'ils n'y perdront rien. Le boycott leur gagnera la reconnaissance du sultan qui souhaite en découdre avec le pape.

— Je suis contre, déclare Josef. Pesaro n'a pas le poids commercial d'Ancône. Il n'offre pas le même attrait financier et ne pourra pas exercer les mêmes fonctions.

Reyna se déclare contre, elle aussi. Puisque le pape tolère les autochtones et les Levantins, les juifs d'Ancône pourraient se substituer aux *conversos* fugitifs de Pesaro. Ces pauvres juifs ancônais sont épouvantés à l'idée de voir leurs quais se vider, depuis que la fuite des *conversos* a diminué le flux des navires. Et ils craignent le courroux du pape qui pourrait faire d'eux les prochaines victimes « si nous les abandonnons ».

— Tu préfères, ma fille, abandonner aux bûchers nos amis et nos frères. Tu oublies qu'il n'y a pas deux années, nous étions nous aussi des *conversas* persécutées.

Vous êtes exaspérée et lorsque vous êtes exaspérée, le monde tremble.

Josef et Reyna n'osent vous faire remarquer que vous êtes à présent revenue vous-même à la foi mosaïque et que vous êtes plus proche des juifs d'Ancône, souvent eux-mêmes passés par l'Empire ottoman, que des *conversos* de Pesaro.

Samuel hasarde une observation :

— Pour que le transfert du commerce soit efficace, il faut la coopération de toutes les communautés juives du Levant, de Salonique à Bursa. Il faudrait un ralliement de la diaspora entière.

— Un véritable nœud gordien ! risque Josef.

Vous balayez l'objection d'un revers de main :

— Oh, cela ! J'en fais mon affaire. Je leur parlerai. Ils m'obéiront.

Josef s'incline. Jusque-là, il s'est toujours incliné. Mais il n'en pense pas moins. Reyna reste de son côté, Samuel du vôtre.

Si votre propre famille est divisée, qu'en sera-t-il de l'ensemble des communautés du Levant ? Dans un conflit entre juifs et *conversos*, comment réagiront les rabbins qui tous, à un moment ou un autre de leur vie, ont choisi de ne pas ou de ne plus se rallier à la foi chrétienne ?

Chronique d'un désastre annoncé

Mais vous vous enflammez pour le boycott et enflammez les autres. Et dans les débuts, l'enthousiasme prévaut. Le rabbin Judah Faraj se rend à Salonique avec un mémoire écrit par les *conversos* où ils font succinctement le récit des abominations anconitaines et invitent leurs coreligionnaires à transférer à Pesaro le centre des affaires ottomanes. Sinon, le duc livrera aux fureurs de l'Inquisition enfants, femmes et hommes. Il donne lecture de son message au Talmud Torah devant une assistance énorme avec une profusion de détails sinistres. Il évoque les martyrs, la corde au cou devant la potence, devant le bûcher ardent, criant leur credo éternel.

— Ils ont agonisé et expiré pour nous, martèle-t-il, parce qu'ils ont refusé de renier la loi de leurs ancêtres.

L'intense émotion suscitée exige des rabbins la promulgation d'un *herem*, une excommunication contre Ancône, ville perfide mise au ban. Les ex-*conversos* judaïsés de Salonique s'identifient aux victimes. Eux aussi auraient pu être livrés aux flammes du Campo della Mostra. Et à eux seuls, ils détiennent presque tout le grand commerce de la zone. Le Conseil fédéral prépare une *ascama* proclamant l'excommunication d'Ancône promulguée dans toutes les synagogues et les oratoires. La guerre économique est déclarée à la cité d'Ancône. Il sera défendu aux juifs de se rendre pour affaires dans la ville maudite, d'y faire du commerce, d'y envoyer ou acheter des marchandises ou des denrées.

À Brousse, à Andrinople, dans la Morée, partout où vivent des juifs soumis au sultan, la proposition suscite des adhésions passionnées. À Constantinople, Judah Faraj rencontre le même accueil. Le rabbin Joshua Soncino, qui a pris votre parti dans le conflit avec votre sœur sur l'héritage, rapporte que les larmes lui ont coulé des yeux lorsqu'il a entendu le récit de la mort des martyrs. Après quoi, toutes les congrégations de la ville ont approuvé le boycott. Mais il émet une réserve.

— À une condition ! Une seule, mais rédhibitoire : que *toutes* les communautés sœurs se joignent à la ligue !

Du jour au lendemain, Ancône est désertée.

Samuel et le rabbin Soncino avaient raison. Un boycott efficace implique le soutien des marchands hébreux de l'Empire ottoman dans leur intégralité : juifs de toutes origines, bannis espagnols de l'expulsion, marranes anciens, *conversos* rejudaïsés comme vous, Italiens forcés de fuir la Péninsule, ashkénazes contraints d'échapper aux persécutions d'Europe orientale, sans compter les romaniotes autochtones qui habitent l'Empire byzantin depuis des siècles. Un véritable melting-pot vivant dans des régions, des langues et des cultures distinctes. Tous n'ont pas les mêmes rapports que vous avec les *conversos* et moins encore de communications avec le port italien d'Ancône.

Beaucoup d'entre eux n'ont jamais subi l'Inquisition. Et ils ressentent de l'empathie pour leurs coreligionnaires restés juifs à Ancône, auxquels ils s'identifient. La *aljama* d'Andrinople se divise. La *aljama* de Bursa – aujourd'hui Brousse en Anatolie – rejette l'idée : ils n'ont pas les moyens d'assumer les pertes que leur occasionnerait la capacité inférieure du port de Pesaro. Malgré les ordres, certains navires changent de trajectoire au dernier moment et se retrouvent à Ancône sous toutes sortes de prétextes. D'autres encouragent leurs collègues à en faire autant.

Lorsque Josef, embarrassé par ces réactions, essaie de vous en faire part, votre colère ne connaît plus de bornes. Vous avez toutes les raisons pour choisir votre camp.

— Toute ma vie, j'ai lutté contre les persécutions à l'égard des convertis de force. J'ai perdu dans les flammes mon plus loyal représentant. Mon médecin et meilleur ami a dû renoncer aux travaux de sa vie entière. De plus, je me suis engagée auprès du sultan à punir Ancône. Mais avant tout, je veux défendre les miens.

GAGNER LA GUERRE SANS FAIRE LA GUERRE : LE BOYCOTT D'ANCÔNE

Vous ordonnez que tous les navires de la maison Naci soient déviés vers le port de Pesaro.

Les juifs d'Ancône contre-attaquent, menés par le rabbin Moïse Basula, leur chef âgé et très respecté. Ils multiplient les missives aux communautés du Levant. Le boycott les ruinera financièrement et entraînera des représailles de la part du pape dont la fureur retombera sur eux comme le feu. Le chef de l'Église n'hésitera pas à considérer que leurs frères juifs du Levant se moquent d'eux et de lui. Le port de Pesaro est trop petit pour assumer une telle charge et par-dessus le marché, il est en ce même moment victime d'un accès de peste qui pourrait ruiner toute l'entreprise. Un message du ciel ! À l'inverse, Ancône bénéficie de la sécurité ancestrale du port, d'un outillage commercial et bancaire, d'un réseau de correspondances, de facilités de crédit, de transactions aisées. Et séculaires. Un mois après la visite du rabbin de Pesaro à Salonique, magistrats, sénateurs et conseillers municipaux d'Ancône, tous *gentils*, adressent au pape une supplique éplorée. Le commerce décline. La ville ne sera bientôt plus qu'un château fort au bord de l'eau.

Par-ci par-là dans la diaspora, des voix s'élèvent, des scrupules, des craintes se formulent sous le manteau, se transforment en murmures, en protestations timides qui vont s'affermissant, grossissent, puis se manifestent plus hardiment. Les intérêts privés reprennent lentement le dessus. Des fonds importants sont toujours investis à Ancône : magasins, dépôts, stocks de marchandises, créances, engagements, contrats en cours. La tentative de Pesaro ne satisfait pas. Il reste des cargaisons invendues. Sa baie est incommode, inabordable. Les incidents puis les accidents se succèdent. Le moyen de demander à des marchands, à des armateurs, à des banquiers de sacrifier leurs affaires au nom d'une cause qui n'est pas la leur !

Vous écrivez à toutes les congrégations. Josef ouvre une souscription en faveur des réfugiés de Pesaro. Mais vous peinez à surmonter les flottements de Constantinople, les réticences de Safed, la désapprobation de Brousse, le scepticisme général.

Vrai ou faux ? Les juifs d'Ancône tablent sur l'antisémitisme réel ou supposé du duc de Pesaro et évoquent un épisode antijuif survenu dans la ville : un groupe de jeunes trublions menés par le propre frère du duc auraient occupé une synagogue de nuit, auraient déchiré les rouleaux de la Torah, et en auraient enveloppé un cochon avant de les replacer dans l'arche. À Pesaro, on soutient que cet incident aurait eu lieu beaucoup plus tôt puisqu'il figurait trois ans avant dans la *Consolation* d'Usque et dans d'autres relations de l'affaire. Autre argument ou calomnie des Ancônais : le duc Guidobaldo n'a rien du gentilhomme tolérant et magnanime que présentent les *conversos* de Pesaro. Son père était un ennemi des juifs. Lui-même ne leur a jusque-là manifesté qu'indifférence ou mépris. Ce prince n'est qu'un débauché capable de cruauté. Non seulement il a laissé la populace vandaliser la synagogue, mais il a aussi affirmé à plusieurs reprises que les marranes étaient « pires que la peste ».

Ainsi se creuse une fracture dans les communautés de la diaspora juive du Levant. Et cette fragmentation révèle à quel point les considérations de profit égoïste ou les convictions idéologiques peuvent l'emporter sur l'unanimité face à l'oppression.

Cette évolution vous met au désespoir. Pour vous, tous les arguments tombent face au devoir sacré auquel vous avez consacré votre vie entière : sauver les vôtres. Et les vôtres, clairement, ce sont les *conversos.* Vous convoquez le rabbin Joseph ibn Lev et lui ordonnez d'aborder chacun de ses pairs de Constantinople, un à un. L'objectif est de les convaincre de signer une déclaration ordonnant à tous les juifs de respecter le boycott. Le rabbin des romaniotes Abraham Jerusalmi accorde son soutien sur son lit de mort, considérant qu'il ne s'agit pas d'une opinion mais de « choisir la vie », un des fondements du judaïsme.

Joseph ibn Lev avance dans son travail de persuasion… jusqu'à ce qu'il aborde le fameux rabbin Joshua Soncino, qui vient, il y a peu, de vous donner raison sur le conflit avec votre sœur.

Or Soncino refuse de signer.

— Pourquoi ? Mais pourquoi ?

Vous êtes au désespoir.

Soncino se justifiera dans les *Responsa* trente-neuf et quarante.

Il a examiné les arguments des deux camps. Il commence par critiquer le choix du refuge de Pesaro. Pourquoi avoir voulu demeurer parmi les gentils ? Pourquoi pas le Levant où l'on peut revenir au judaïsme sans avoir rien à demander aux autres juifs ? Les *conversos* n'ont pas le droit de se sauver aux dépens de leurs frères. Ce sont là des comportements égoïstes et amoraux. Il exprime sa désapprobation et sa crainte que le boycott ne dresse les juifs entre eux.

La scène où Soncino, convoqué avec deux autres rabbins au Belvédère, affronte Josef qui vous a convaincue de ne pas assister à la réunion a été rapportée par lui-même et n'est pas inventée. Sous la pression de votre gendre, il se résigne à signer. Mais avec une réserve :

— Si les arguments des Ancônais sont avérés, je ferai savoir aux autres rabbins que ma signature n'implique pas d'accord avec le boycott et qu'il doit cesser.

Du coup Josef lui intime l'ordre de rester à sa place et de ne rien écrire nulle part.

— Comment as-tu pu supporter cette impertinence ? Il fallait le forcer !

Vous tonnez contre votre gendre. Vous écrivez au président de la synagogue de Soncino et exigez qu'il s'assure que le puissant rabbin signe le document. Mais Soncino est un être indépendant. Il répond qu'il renonce à être pensionné par votre famille.

Les autorités de la congrégation vous craignent autant qu'elles vous respectent. Elles tiennent une réunion et exigent que Soncino, accompagné de cinq membres éminents, aille vous présenter ses excuses.

Vous n'êtes pas dans vos bons jours :

— Signez !

— *Señora*… Don Josef m'a autorisé à rester à ma place sans signer si je n'étais pas d'accord.

— Signez !

— *Señora*, je vous implore de ne pas exercer de pressions sur moi. Je suis extrêmement préoccupé de l'impact qu'un tel boycott pourrait avoir sur nos coreligionnaires d'Ancône.

— Signez !

— Je ne peux signer au nom du Tout-Puissant quand je suis incertain de la vérité.

— Rabbi Soncino, je vous l'affirme, le boycott est l'unique réponse à la tyrannie et l'oppression.

— Doña Gracia, je vous fais une proposition : j'envoie à mes frais un émissaire aux autorités juives de Venise et de Padoue pour qu'ils entreprennent une enquête objective et évaluent quel camp dit la vérité.

— Rabbi Soncino, le cœur sent bien si ce qu'il voit est de la malhonnêteté et de la perversion.

Sans mot dire, le rabbin Soncino et les autres se lèvent et quittent le Belvédère.

Cette scène authentique fait monter en puissance votre colère. Vous vous passerez de l'intraitable rabbin. Sous la menace du *herem*, de l'excommunication, vous faites proclamer le boycott temporaire de huit mois par les *aljamas* séfarades de Constantinople, dès la fin de l'été 1556 jusqu'à la Pâque 1557. À la date limite, soit le boycott sera reconduit, soit il prendra fin.

Les communautés sont rejointes par une petite congrégation ashkénaze et les romaniotes, qui n'ont aucune relation avec Ancône et que le boycott n'affecte pas. De hautes autorités religieuses de l'époque à Safed, Joseph Caro et Moïse di Trani, vos alliés dans la querelle contre Brianda, semblent appuyer vos arguments mais tergiversent. Di Trani suggère que les réfugiés *conversos* de Pesaro dédommagent les marchands juifs pour les pertes résultant du transfert. Vous en avez vous-même indemnisé certains. Vous implorez les rabbins des communautés importantes du Levant de soutenir leurs frères de Pesaro qui seraient exposés au pire entre les mains d'un duc frustré de ne pas connaître l'enrichissement promis.

Mais Soncino persiste et signe, ou plutôt ne signe pas. À ses yeux, le décret de boycott n'a pas de valeur pour la Loi juive. Il a été obtenu par l'intimidation et il viole le principe talmudique selon lequel une personne ne doit pas se protéger aux dépens d'une autre. À ses yeux, la profanation d'une synagogue à Pesaro est plus grave que les autodafés de *conversos* à Ancône. Les pertes d'êtres humains sont moins importantes que le manque de respect pour les rouleaux sacrés de la Torah.

Vous ne pardonnerez jamais ce refus à votre ancien ami le rabbin Joshua Soncino.

Le jugement de l'Histoire

C'est pourtant le rabbin qui emporte cette bataille. Malgré l'appui d'autres autorités reconnues, votre action échoue. Sans unité et sans discipline, le boycott est voué au fiasco. Fracturée, la communauté juive ne réussit pas même à lever les vingt mille ducats destinés à apaiser la colère du duc Guidobaldo. Si limité pourtant que soit le boycott temporaire, il réduit à la ruine des douzaines de marchands ancônais juifs ou vieux-chrétiens. Dès la fin de l'année, la maison de commerce du fondé de pouvoir Salomon Bossendorf rompra la chaîne de l'union en faisant entrer à Ancône un navire destiné à Pesaro. La ligue se disloque et s'effrite. Si l'union fait la force, la désunion la brise. Et vous-même, la Señora, la reine des cœurs juifs, vous n'y pouvez rien.

Les juifs de Pesaro se lasseront d'accueillir les *conversos* qui sont accourus de partout s'adjoindre aux Ancônais, depuis les Marches, la Romagne, la Campanie, et tous les États soumis à l'autorité pontificale. Le délégué du pape multipliera les remontrances au duc de Pesaro qui finira par décréter l'expulsion des *conversos* sans rénover son port mais sans livrer non plus au pape les réfugiés. Certains devanceront l'arrêt d'expulsion et seront assaillis par une de ces tempêtes où les vieilles carcasses de navires font naufrage. D'autres seront happés par les agents du Vatican qui les guettent en route. Un petit nombre parviendra à atteindre Raguse d'où ils rejoindront les villes turques. La même année les juifs de Ferrare seront persécutés à leur tour, et tenteront par tous les moyens de gagner eux aussi le Levant.

Cette chronique d'un désastre programmé se sera peut-être accompagnée d'un sarcastique « Ne te l'avais-je pas bien dit ? » de votre gendre Josef, taxant ironiquement votre maigre résultat de victoire à la Pyrrhus.

Mais le temps passe. Pour les papes aussi. Enfin ! Paul IV s'éteint. Sa mort est saluée avec joie par des milliers de chrétiens et de juifs. Le peuple de Rome couvrira sa statue d'injures, la traînera dans les rues de la ville jusqu'au Capitole, la mettra en pièces et en précipitera la tête dans le Tibre. Les mêmes courront aux prisons du Saint-Office, en démoliront les murs dans des accès de fureur, en délivreront la foule des hérétiques qui y sont enfermés et mettront le feu au palais de l'Inquisition. À des milliers de kilomètres de là, dans votre demeure du Belvédère à Constantinople, vous respirez.

D'Amatus à Gracia, sans date :

Señora, ma Dame, après tant de malheurs, enfin une bonne nouvelle. Je vous écris de Salonique où je vis paisiblement en terre ottomane et pas si loin de vous. J'ai passé toutes ces années à Raguse puis ici à tenter de récupérer coûte que coûte mes précieux manuscrits. À la suite d'une conversation avec un ami, j'ai découvert qu'un marchand de Salonique avait convaincu une autorité italienne de les lui remettre. Au final, grâce à Dieu, le cinquième volume de mes Centuriae m'a été rendu mais je n'ai pas récupéré mes précieux Commentaires d'Avicenne. Au nom des conversos d'Ancône réfugiés à Pesaro, je voudrais vous exprimer ma reconnaissance pour votre tentative de mener à bien le boycott du port d'Ancône. Je n'évalue pas l'impact qu'un boycott intégral aurait pu avoir sur les juifs d'Ancône. Est-ce que les chrétiens auraient développé un plus grand respect pour nous si nous avions été capables de nous unir ? Ou la fureur de ce pape enragé aurait-elle déclenché un massacre pire encore ? En tout état de cause, les juifs d'Ancône ont été préservés et beaucoup de réfugiés de Pesaro ont gagné l'Empire ottoman où ils sont comme vous et moi revenus à la foi de nos ancêtres.

T'espérant vaillante et en bonne santé, soulagée de tes maux d'estomac et d'intestin, autant par les remèdes que je t'ai fait porter que par les bons soins du docteur

Hamon, je suis ton toujours loyal et affectionné Amatus.

La solidarité à laquelle vous êtes si attachée n'a pas eu les résultats escomptés. Mais certains historiens ont mis en lumière le caractère exemplaire de cette tentative d'unification communautaire pour la première fois depuis les temps bibliques. L'union plutôt que les prières, les pleurs, les pots-de-vin ou la fuite. Quand vous n'auriez emporté que cette bataille symbolique, même limitée, vous auriez déjà gagné beaucoup. La tentative de blocage économique du port d'Ancône laissera des traces et aura des répercussions dans la mémoire collective.

En donnant la priorité aux marranes sur les orthodoxes, à l'être humain sur le dogme, vous avez tracé le chemin de la modernité contre les fondamentalismes religieux, de quelque côté qu'ils se trouvent. Vous aviez tout fait pour revenir au judaïsme et effacer la malédiction de la conversion forcée. Mais dans le conflit entre la protection des nouveaux-chrétiens de Pesaro et les intérêts des juifs d'Ancône, vous avez « choisi la vie » et défendu les *conversos* plutôt que les juifs.

Le décès de Brianda

La lettre d'Amatus qui clôt l'épisode du boycott d'Ancône vous sera parvenue quatre années après une autre circonstance qui aura marqué douloureusement votre existence. Le mois de juin 1556 avait été tourmenté par le dernier autodafé d'Ancône. La disparition tragique de Jacob Morro vous hante. Vos maux d'estomac ont repris et Amatus n'est plus auprès de vous pour vous soulager, non plus que Moïse Hamon, décédé deux ans plus tôt, qui ne remplaçait au demeurant que le médecin. Cet après-midi cependant, l'énergie vitale vous est revenue. Vous avez décidé de faire une promenade dans votre jardin du Belvédère ombragé d'arbres et ponctué de fontaines. Sur la margelle, vous vous êtes assise pour méditer en contemplant le ruissellement de l'eau cristalline. Soudain la voix de Reyna, essoufflée, hoquetante.

— *Madre*... *Madre*... C'est la Chica... Un courrier... Tante Brianda est morte. Elle a été trouvée inanimée. Elle est morte, *madre*. Morte. Nous ne la reverrons plus. Oh ! Mon Dieu ! Et la Chica toute seule à Ferrare !

Comment avez-vous réagi ? Vous avez commencé par calmer votre fille... Mais vous ? Quelle sorte de bouleversement ? Un soulagement ? Une joie mauvaise ? Un attendrissement sur le passé ? Une détermination de reprendre la main sur le jeu italien ? Vous, « la cruelle sœur », avez-vous évoqué la gracieuse petite fille aux boucles rousses qui sautait sur les genoux de votre père Álvaro de Luna, il y a des siècles, dans la Lisbonne de votre enfance, et vous enchantait de ses éclats de rire perlés ? Ou la sorcière qui vous a dénoncée à Venise au Conseil des Dix ?

Avez-vous... allez-vous pardonner à la sœur qui vous a livrée à l'Inquisition ? Comme chrétienne, on pardonne à ceux qui nous ont offensée, on se délivre du ressentiment, on « annule une dette », recommande Jésus. Comme juive, on est face au dilemme qu'évoque Jankélévitch dans *Le Pardon* : « Le débat du pardon et de l'impardonnable n'aura jamais de fin. [...] l'amour des hommes est entre toutes les valeurs la plus sacrée, mais l'indifférence aux crimes contre l'humanité [...] est entre toutes les fautes la plus sacrilège. »

Votre tempérament vous pousse à la détermination d'agir. Vous promettez à votre fille de vous occuper de sa cousine bien-aimée. Vous écrivez au duc Hercule. Vous exigez d'être nommée tutrice de votre nièce. Votre rêve de toujours ! Vous savez que Ferrare a besoin d'argent, donc de vous. Donnant-donnant. Votre nièce, en échange d'espèces sonnantes et trébuchantes. Vous avez l'habitude, et vous êtes convaincue que ça marche... presque toujours.

À qui profite le crime ? Les archives sont muettes sur les circonstances de la mort de Brianda. Il semble qu'elle se soit éteinte « de mort naturelle ». On peut néanmoins se poser des questions. Était-elle malade ? Ou le stress de ces derniers mois, de ces dernières années, de toute sa vie adulte aurait-il eu raison de sa santé physique ou mentale ? S'est-elle donné la mort par désespoir de devoir renoncer à son existence dorée de grande dame vénitienne ? Ou bien, ou bien, oserais-je hasarder l'hypothèse, l'aurait-on fait assassiner ? Je vous en crois incapable. Vous vous êtes donné pour tâche de sauver des vies, pas de les détruire. Mais un autre à vos côtés aurait pu ourdir les fils d'un scénario d'empoisonnement à l'italienne ou d'étranglement à l'ottomane. Ne vit-il pas dans l'ombre d'un sultan qui doit sa place à l'égorgement de son frère par son propre père ?

Au-delà des mers, la Chica, qui n'a que seize ans, se sent bien seule dans la demeure ferraraise où le fantôme de Brianda l'a abandonnée à un monde de requins et de vautours, où ses plus proches parents ne rêvent que de la déposséder. La jeune fille écrit au duc Hercule en le suppliant de désigner quelqu'un qui veille sur ses affaires en attendant sa majorité légale de vingt-cinq ans « en raison de statuts restrictifs de Ferrare concernant les mineurs et les femmes ». Vous êtes nommée tutrice, mais comme vous ne pouvez pas quitter l'empire où vous êtes enfoncée jusqu'au cou dans l'affaire du boycott d'Ancône, vous êtes remplacée par Ariès de Luna, votre frère, qui continue à habiter Ferrare et les incontournables Agostino Henriques et Duarte Gomez, hommes de confiance qui s'en révéleront tous indignes. Brianda n'a laissé que des dettes à sa fille et pas de testament. Elle n'a pas légué la moindre obole même à des gens qui l'ont servie pendant son existence entière, même à des pauvres, juifs ou chrétiens, à qui son époux avait, lui, réservé une part non négligeable de la fortune familiale.

Il faudra du temps à la Chica pour apprendre par expérience que sa tante par alliance, épouse de votre frère, qui l'a accompagnée au début puis prise chez elle dans le Contrado di San Romano, afin de lui apporter le « réconfort d'une présence maternelle », n'en veut qu'à sa fortune, que son époux Ariès de Luna ne vaut pas mieux, et que vos hommes de confiance Henriques à Ferrare et Gomez à Venise s'en mettent plein les poches en en vidant d'autant les siennes.

Pendant ce temps, vous arrosez le duc pour obtenir de lui une faveur et une seule : les retrouvailles de votre nièce avec votre fille, l'arrivée tant espérée de la Chica dans la capitale de l'Empire ottoman. Les archives sont plus prodigues de chiffres que de sentiments sur le prix de cette jeune fille. Andrée Aelion Brooks les a relevés avec une grande minutie dans votre abondant échange de correspondances avec le duc Hercule.

Le choix du mari

Ce jour-là, pendant la crise d'Ancône, vous lisiez à votre gendre un extrait de la missive que vous veniez de recevoir de Ferrare.

— Tiens ! le duc Hercule continue à me nommer doña Beatriz... Écoute ceci :

... Le pape Paul IV, dont j'ai rejoint la coalition contre l'Espagne, me met en demeure de lui fournir trois cent mille ducats pour l'entretien des troupes. À plusieurs reprises, vous avez manifesté votre bienveillance et promis de me prêter une bonne somme d'argent. Maintenant que j'ai une guerre contre moi, j'ai grand besoin de cet argent. J'utiliserai jusqu'à mes ressources personnelles pour m'assurer que cet argent vous sera remboursé... vous pouvez me faire confiance... vous n'encourez aucun risque. Je vous serai reconnaissant et me souviendrai éternellement de votre aide...

— Il a l'audace de nous demander de financer la guerre du pape qui a brûlé Jacob Morro il y a à peine quelques semaines, répond Josef.

— Je suis aussi indignée que toi, mon ami. Mais la Chica est ma priorité. J'ai déjà donné ordre à nos agents Ariès et Henriques de consentir au duc un prêt de quarante-trois mille ducats. D'abord vingt-cinq mille en janvier puis dix-huit mille à la fin de cette année.

Le duc est aux abois. Il implore un prêt supplémentaire de cinquante mille ducats et l'engagement que la Chica et sa fortune demeureront dans sa ville.

Vous faites mine d'accepter : votre nièce et ses avoirs demeureront à Ferrare au moins six années. À deux conditions. D'une part, le maître de Ferrare devra autoriser la « Nation portugaise », c'est-à-dire les *conversos*, à vivre à Ferrare sans en être chassés et sans aucune restriction du pape ou de qui que ce soit d'autre. D'autre part, le duc devra promettre par écrit qu'il n'interviendra ni directement ni indirectement dans le *choix du mari* de la Chica, décidé unilatéralement par ses tuteurs. De son côté, Josef répond à la missive du duc « depuis les vignobles de Pera ». Il insiste sur le choix de l'époux et l'exigence pour le duc de s'entendre avec « les représentants de ma Dame ». Pressé de toutes parts, le duc s'exécute. La lettre qui confirme son engagement vous parvient pendant l'hiver. Vos représentants peuvent alors demander audience au duc pour lui présenter votre choix définitif de l'époux.

J'imagine cette audience historique qui va décider du sort de la Chica et du reste de la famille.

— Votre Excellence, la Señora Gracia Naci, sujette du Commandeur des croyants, le sultan Soliman, elle-même tutrice de Beatriz Mendes dite la Chica, qui vit présentement dans votre bonne ville de Ferrare, choisit en connaissance de cause, avec l'agrément de sa nièce, l'époux qui lui est destiné : Samuel Naci.

— Samuel Naci ! Vous voulez dire Bernardo Miquez, frère de João ?

— Le même exactement, Votre Excellence.

La stupéfaction empêche le duc de répondre. Mais qu'il s'y attende ou non, il est acculé. Se rappelle-t-il que la Chica a été mariée à l'église il n'y a pas si longtemps avec Josef quand il s'appelait encore João ? De même, ni lui ni personne ne s'était étonné que João ait été soupçonné avant ce mariage blanc d'avoir épousé chrétiennement Ana, aujourd'hui son épouse selon la loi juive. Quel méli-mélo ! Hercule ne peut que s'incliner. Ce qu'il veut, c'est l'or. Que ces juifs se débrouillent pour s'entré-pouser ! Ce n'est plus son affaire !

L'époque est accoutumée à ces mascarades. Le mariage civil n'existe pas et chaque religion considère qu'un mariage selon la loi de l'autre ne compte pas. Les marranes, marqués par leur double appartenance, en ont donc profité, et la littérature romanesque aussi. La vérité est un luxe que peut se permettre une démocratie qui a placé la liberté au fronton de ses édifices publics, avant même l'égalité ou la fraternité. Vous, doña Gracia, malgré toute votre fortune, votre influence, et le respect que vous inspirez, vous ne pouvez pas vous permettre cette liberté-là. Il vous faut atermoyer, flatter, dissimuler, comme nous avons dû le faire nous aussi sous l'Occupation, comme l'ont fait les déportés des camps nazis et du goulag. Pour survivre.

Samuel n'a pas attendu l'audience pour faire ses bagages. Quant à l'intéressée, on peut se représenter son soulagement. Elle se souvient de la soirée passée avec Bernardo, après le pseudo-mariage avec João. Le dernier regard qu'ils avaient échangé était déjà une promesse. Elle est toujours chez votre frère Ariès et sa femme. Et elle espère.

Du côté d'Avila

Thérèse, quarante-deux ans, connaît sa première extase ainsi que la vision de l'enfer.

Les noces de la Chica

L'élu a débarqué pendant l'été, directement dans la demeure de la famille de Luna. On décide immédiatement de la date du mariage, à la fin de la période de deuil imposée par la mort de Brianda. Vous surveillez les préparatifs depuis Constantinople. La cérémonie juive sera discrète, destinée surtout à officialiser la transmission de la dot par le contrat de mariage, la *ketouba*, rédigée en hébreu et en latin. Samuel, le nouveau marié, la reçoit nommément avec obligation formelle de l'investir dans les affaires de la maison Naci. Plus tard il recevra aussi la permission de collecter les reconnaissances de dettes à Brianda, toujours en suspens.

En échange, deux prêts considérables sont consentis au duc pendant l'époque des noces, signifiant que le couple ne pourra pas quitter Ferrare avant que l'emprunt ne soit remboursé. Pour plus d'assurance, l'époux est sommé de signer un engagement garantissant au duc que si le couple quitte la ville avant les six ans promis par vous, il devra lui payer une forte amende, sous réserve qu'il ne les relève de cette obligation.

De ce rocambolesque mariage, seul le cinéma pourrait rendre compte. Je ne m'y risquerai pas. Mais il en demeure au moins une trace : le portrait sur bronze de la jeune mariée. A-t-il été commandé par le mari ou par l'épouse en forme de cadeau à l'élu de son cœur et de

son sang ? C'est la seule représentation qui soit demeurée des femmes de la famille Benveniste Naci et elle vaut la peine d'être examinée.

Le portrait sur bronze a été commandé peu après le mariage. L'âge du modèle est indiqué : l'année de ses dix-huit ans. Au bord de la médaille : un nom gravé en caractères hébreux, *Gracia Naci*, alors que Gracia Naci, c'est vous et que la Chica se fera appeler Gracia Benveniste. Mais Naci est désormais le nom de son mari. Le portrait a été dessiné par Pastorino de Pastorini, artiste de Sienne, le plus renommé de l'époque. Posséder une médaille avec son portrait est alors le nec plus ultra. Dans les classes dominantes, il exprime le désir narcissique d'immortaliser son profil et d'offrir un présent durable pour les proches ou les amis. Tous les grands princes et personnages de cette ère ont fait confectionner leurs portraits, d'Érasme à Catherine de Médicis, de Charles Quint à votre confrère le banquier d'Augsbourg Jacob Fugger.

Cependant l'injonction biblique interdit les images. Et c'est sans doute pourquoi vous n'en avez jamais fait faire. La double appartenance de la Chica, née et longtemps restée chrétienne, a permis de conserver le profil d'une jolie Benveniste de l'époque qui ressemblait peut-être plus à sa mère qu'à sa tante. Mais qu'importe ! Avec le temps, les visages se brouillent, les corps se réduisent, les esprits s'envolent. Reste le pur profil d'une jeune marrane, ses longs cheveux noués en catogan derrière sa tête. Les associations de ma mémoire interposent cette crinière de 1557 avec celle de Marie Jerusalmi au même âge en 1903. La chevelure de ma jeune grand-mère, disparue à Auschwitz, que nous avons longtemps conservée, figure aussi sur sa photo retouchée, plus de quatre siècles après la Chica.

À l'automne, le couple loue une demeure dans le quartier de la Contrada Santa Maria in Vado, une belle propriété avec un patio, un verger, un grand jardin et une étable. Pas de lune de miel ni quoi que ce soit qui y ressemble. Pendant ces courtes fiançailles où Samuel avait habité aux côtés de sa future femme dans la maison d'Ariès de Luna, il n'avait pas compris d'emblée que ce dernier avait trompé son monde. L'oncle avait fait signer à sa nièce un document qui la dépossédait d'une partie de son patrimoine. Puis il a réitéré avec Samuel qui dans sa candeur a contresigné ce que lui présentait votre frère. Mais Ariès n'est pas le seul à avoir profité de la situation de l'orpheline tandis que vous aviez le dos tourné. Même

votre homme de confiance entre tous, Agostinho Henriques, a détourné des fonds. Détrompé, le nouveau mari va progressivement se débarrasser des agents véreux et leur substituer des hommes plus jeunes et plus fiables. Plus tard la Chica et son mari traîneront en justice l'oncle indélicat, et le contraindront à signer un accord. *Exit* Ariès qui filera à Florence pour éviter le pire.

Derniers testaments de cette histoire

Les imposteurs sont démasqués et les jeunes mariés n'ont qu'une idée en tête : trouver des hommes de confiance pour assurer la continuité et régler leurs affaires et les vôtres avant le grand départ du monde chrétien. Il est tellement définitif, ce départ, que la Chica, à dix-huit ans, éprouve le désir de rédiger ses dernières volontés, imitée par son époux. Les testaments archivés de Beatriz et de Samuel sont les derniers de cette histoire. À partir de l'installation des Naci dans l'Empire ottoman, les documents manquent qui auraient consigné vos dispositions ou celles de Josef.

Voici quelques extraits de ces testaments authentiques qui permettent de refermer cet épisode par la formalisation des sentiments et des états d'âme de la jeune épousée :

> *J'interdis à don Ariès de Luna et à tous ses descendants la moindre part du patrimoine et si leurs héritiers avaient l'audace de mettre la main sur quoi que ce soit, sous quelque prétexte que ce soit, ces personnes devront en être empêchées par la loi.*
>
> *Je recommande mon âme au Seigneur tout-puissant, mon créateur. Je prie pour qu'il m'accorde le salut. Je veux que mon corps soit enterré dans un cimetière juif de la ville ou de quelque lieu où je viendrais à mourir... Pour le salut de mon âme et la rémission de mes péchés, je prie mes héritiers de distribuer des aumônes aux personnes et aux institutions qui leur sembleront les plus appropriées.*
>
> *Je lègue l'ensemble de mes biens d'abord aux fils que je pourrais concevoir avec mon époux Samuel Naci et avec d'autres maris éventuels, à parts égales, à la condition que ces fils assument la responsabilité de marier leurs filles et de leur donner des dots. Si au moment de ma mort, je n'ai pas de fils, alors c'est ma fille ou ses*

filles qui deviendront mes héritières. Si je n'ai pas d'enfant, c'est mon époux Samuel qui héritera. Et si Samuel venait à décéder avant moi, ce serait ma cousine Reyna Benveniste, ses fils et ou ses filles. En l'absence d'héritiers proches, je lègue toute ma fortune aux juifs pauvres de Safed et de la Terre promise.

Le testament de Samuel, qui reconnaît « n'avoir pas de patrimoine propre », s'aligne sur celui de son épouse ; héritiers mâles d'abord, puis héritières, incluant les enfants qu'il pourrait avoir d'autres épouses. En cas d'absence d'héritier, sa fortune reviendrait à son frère Josef et à ses enfants.

Ces deux documents de la Chica et son époux sont éloquents. Leur message subliminal est simple : la fortune des Benveniste Mendes doit revenir à la source, c'est-à-dire, à défaut de leur propre descendance, à votre fille, votre gendre et leurs descendants. Les testaments sont rédigés in extremis. Car cette même année voit la disparition du duc Hercule, laissant les *conversos* sous la tutelle de son fils Alfonso II. Il est moins bien disposé que son père à l'égard des juifs et des marranes.

Selon la coutume, un émissaire est arrivé à Ferrare avec une lettre de Sélim, fils de Soliman, héritier potentiel du trône dont Josef est un proche. Sa mission : emmener la Chica et Samuel à Constantinople en dépit des promesses antérieures au duc Hercule. L'émissaire négocie avec les Vénitiens un sauf-conduit limité pour le couple, une sorte de « visa de transit » sans retour afin de passer par Venise pour prendre le bateau de Constantinople. La Sérénissime renâcle. Samuel Naci sous le nom de Bernardo Miquez a été banni à perpétuité de la cité des Doges pour sa participation au rapt perpétré par son frère sur son épouse actuelle. Le représentant ottoman traîne donc à Ferrare plusieurs mois, soi-disant parce que le duc ne peut pas trouver d'interprète pour traduire la lettre des Ottomans. En réalité il a ordre de rester jusqu'à ce que le duc libère le couple.

Il vous faudra consentir un nouveau prêt au duc pour obtenir en mai la libération de la Chica et de Samuel. Et quid de l'amende prévue en cas de départ anticipé ? Elle sera compensée par les dettes du duc Hercule de Ferrare à l'époque du mariage et après. Elles passeront une nouvelle fois par pertes et profits. Votre nièce et sa dot valent bien ce nouveau sacrifice.

Pendant les six premiers mois de l'année 1559, Samuel et la Chica sont toujours à Ferrare. Samuel accomplit l'acte peut-être le plus déchirant de sa vie après la circoncision à l'âge adulte. Il se sépare de son bien-aimé cheval bai, celui qu'il a baptisé *il baio Capitano.* Il le monnaie pour cinq cents ducats à un gentilhomme italien. À sa jeune épouse, il glissera ces paroles amères à l'issue de l'adjudication :

— J'aurais presque préféré vendre mon âme !

DU CÔTÉ D'AVILA

À plus de quarante-trois ans, Thérèse connaît l'expérience de la transverbération.

« Je vis un ange proche de moi du côté gauche... très beau, avec un visage si empourpré, qu'il ressemblait à ces anges aux couleurs si vives qu'ils semblent s'enflammer... Je voyais dans ses mains une lame d'or, et au bout, il semblait y avoir une flamme. Il me semblait l'enfoncer plusieurs fois

dans mon cœur et atteindre mes entrailles : lorsqu'il le retirait, il me semblait les emporter avec lui, et me laissait toute embrasée d'un grand amour de Dieu. La douleur était si grande qu'elle m'arrachait des soupirs, et la suavité que me donnait cette très grande douleur était si excessive qu'on ne pouvait que désirer qu'elle se poursuive, et que l'âme ne se contente de moins que Dieu. Ce n'est pas une douleur corporelle, mais spirituelle, même si le corps y participe un peu, et même très fort. C'est un échange d'amour si suave qui se passe entre l'âme et Dieu, que moi je supplie Sa bonté de le révéler à ceux qui penseraient que je mens... »

Ses supérieurs lui interdisent de s'abandonner à cet ardent penchant pour les dévotions mystiques, et de résister à ces extases.

D'un exil l'autre

Tandis que les feuilles des arbres commencent à jaunir et que les jours diminuent sur les cités italiennes de Ferrare et de Venise, Samuel et la Chica s'embarquent avec les restes de leurs possessions pour l'exil dans un nouveau monde, un monde dont ils ne reviendront plus jamais.

La Chica et Samuel, Reyna et Josef, sous votre égide, dans le somptueux palais du Belvédère à Constantinople, c'est comme la fin d'un film de Hollywood des années 1950, ou d'un conte de fées. On pourrait le conclure par cette invariable phrase qui me comblait petite : « Ils furent heureux et eurent beaucoup d'enfants. » Hélas la vie n'est pas un conte et les fins heureuses ne sont pas des fins. L'histoire n'est pas terminée. Les deux orgueilleuses têtes de l'aigle sont toujours là. Pour combien de temps ?

Une année plus tard, vous avez cinquante ans. Je vous aperçois contemplant le Bosphore des fenêtres du palais de votre gendre où vous avez fini par vous installer et faisant le bilan de votre existence : vous avez réuni votre proche famille dans une même demeure sans aliéner complètement la fortune de la maison Mendes. Vous avez réussi à revenir et à faire revenir vos proches à la religion de vos ancêtres. Vous avez sauvé bien des vies d'êtres humains, juifs et convertis, en ne ménageant ni votre énergie ni vos richesses. Vous avez laissé sur votre route beaucoup de « traîtres », à commencer par votre propre sœur, votre propre frère et des parents, hommes de confiance de toute une vie, qui vous ont spoliée.

La fortune que Francisco et Diogo avaient remise entre vos mains s'est néanmoins rétrécie comme peau de chagrin. Vous ne récupérerez aucune de vos créances, que ce soit de la part de vos fondés de pouvoir marranes ou de la part de souverains chrétiens comme le duc de Ferrare ou le roi de France.

Andrée Aelion Brooks explique ce semi-échec par le fait que, malgré votre génie, vous n'étiez qu'une femme dans un monde d'hommes, que vous vous êtes éloignée géographiquement de votre patrimoine en en remettant la garde à des représentants qui devaient eux-mêmes affronter des persécutions et des pertes financières. Sans compter la tentation trop humaine de mettre la main sur le gâteau. S'y ajoute le changement d'époque avec le développement de l'Inquisition qui cible les *conversos* plus encore que les juifs. Ce matrimoine, vous avez néanmoins su le transmettre. Il appartient désormais à

Josef, l'homme de votre vie, mû par un désir de pouvoir, un ego surdimmensionné qui vous sont étrangers. Dans un monde où les femmes ne comptent pour rien, c'est lui qui est devenu aux yeux de tous le chef de la maison Naci.

Les Naci au Belvédère

J'imagine don Josef sillonnant les rues de Constantinople, accompagné d'une escorte de janissaires, dans son élégant costume à la mode européenne, son beau visage encadré d'une barbe déjà grisonnante bien taillée. Puis je le vois distinctement rentrer au Belvédère à travers le regard du rabbin Almosino de Salonique hébergé au palais, qui rédigea un essai sur la vie quotidienne de la tribu Naci. « J'assistai un jour de Soukkot à un service religieux dans la synagogue privée de la demeure et j'expliquai à mes hôtes encore ignorants des détails du rituel que c'est la semaine où l'on récite le passage biblique sur Joseph et ses rêves. À l'issue de cette lecture, j'entamai avec don Josef une conversation à propos des songes qui m'inspira ce petit essai sur la juste manière de vivre que je voyais reflétée chez lui. Par exemple dans la synagogue, don Josef et don Samuel trônent sur les sièges d'honneur, mais ce dernier offre son droit d'aînesse sans contrepartie. Le grand frère est assis à la droite de Josef et participe à tout ce que fait le patriarche. Tous les deux m'apparaissent comme de nobles gentilshommes, d'une intelligence subtile, généreux, amoureux de la justice et compatissants. Dans une salle contiguë, sont assises leurs épouses doña Reyna et doña Gracia la Chica, avec d'autres femmes de la maison, incluant leurs filles respectives. »

L'essai d'Almosino est authentique et les mots sont de lui, même si je les ai adaptés. Entre séfarades, on gardait l'appellation de *don* et de *doña*, souvenir de l'Espagne bien-aimée, que je conserve. Vous n'êtes pas mentionnée dans ce passage. Quant aux petites-filles, elles n'ont pas dû vivre longtemps puisque plus tard un prêcheur allemand se réfère au couple de Josef et Reyna comme « sans enfant ».

D'autres visiteurs évoquent une élégante résidence avec son riche mobilier, ses tapis exotiques couvrant les sols ou accrochés aux murs, mêlant les styles européen et ottoman. L'ambiance est festive et raffinée. On joue des pièces de théâtre inspirées de la Bible. Les odeurs et les saveurs qui s'échappent des exquises préparations espagnoles et portugaises flottent dans l'air depuis les cuisines où des chefs expérimentés préparent les plats. Josef en envoie chaque jour au sultan Sélim, scellés de son sceau personnel pour le prémunir des éventuels empoisonnements. La famille est connue pour son hospitalité. Les fêtes se déploient dans les jardins au milieu des vignes, qui ont remplacé les fleurs. Des groupes de musiciens s'y succèdent. De jour y circule un flot ininterrompu d'ambassadeurs, d'émissaires, de courtiers, de musiciens, de rabbins, de vendeurs et de mendiants qui se pressent dans les couloirs et les allées.

Dans une autre aile du palais, vous vous adonnez à vos passions préférées : la bienfaisance – on dirait aujourd'hui l'humanitaire – et la spiritualité. Vous nourrissez quatre-vingts personnes chaque jour et distribuez des ducats aux juifs pauvres et aux hôpitaux juifs. Vous poursuivez votre action italienne en faveur de l'imprimerie et de l'édition hébraïque. Salomon Usque, fils d'Abraham, gagne Constantinople et poursuit la tradition familiale en publiant plusieurs manuscrits emportés avec lui et probablement financés par vous. À l'intérieur de l'Empire ottoman, vous semez les foyers pour les pauvres, les synagogues et les écoles où les convertis rejudaïsés ne seront plus discriminés par les juifs restés juifs. J'ai évoqué votre immense assistance à la communauté juive de Salonique.

À Constantinople, dans l'un des plus vieux quartiers de Balat, vous fondez une *yeshiva* devenue synagogue de la Dame couronnée. Et vous y imposez la liberté révolutionnaire d'aller prier dans le temple de son choix, manière de favoriser les ex-*conversos* au détriment des rigides orthodoxes. Dans la ville de Smyrne, le long des côtes égéennes de l'Anatolie, vous créez pour les anciens *conversos* judaïsés un autre temple nommé *Sinyora Giveret*, le seul à exister encore aujourd'hui, plusieurs fois détruit par le feu ou abîmé par les ans, mais toujours reconstruit.

L'appel de Safed

En ce jour d'automne 1559 où les deux cousines ne cessent de célébrer leurs retrouvailles dans le gracieux palais, vous vous êtes peu à peu éloignée dans les jardins pour lire une lettre que vous venez de recevoir. Perdue dans vos pensées, vous vous heurtez à Josef qui lui aussi s'est écarté de la danse et de la musique pour aller méditer dans ses vignes.

— À quoi songes-tu, Gracia ?... Tu me parais si lointaine...

— Je pensais à David Reubeni, le chevalier noir, que j'ai connu à Lisbonne quand tu n'étais encore qu'un tout petit enfant... Et à une lettre que je viens de recevoir de Safed... Et toi, mon ami ? De quoi nourris-tu ta méditation ?

— Plus qu'une méditation, c'est une indignation qui me traverse. À l'égard de cette diablesse de duchesse du Valentinois. Sais-tu ce que Diane de Poitiers, qui nous doit des milliers de ducats, vient de me faire répondre ? « Le roi de France emprunte à un chrétien. Il ne rembourse pas un juif... »

... Josef et Gracia s'éloignent sous les frondaisons... J'entends décroître le son de leurs voix. Mais la lettre de Safed est devant vous. Elle est signée de Rabbi Yossef ben Ephraïm Karo. Elle est de l'année 5320, soit 1559 dans notre calendrier. Je m'approche mais n'en peux saisir que quelques bribes :

> *... Le but est pour une âme de s'échapper de son enveloppe passagère afin de rejoindre la grande âme où les âmes individuelles se retrouveront un jour... Quelques personnes exceptionnelles comme vous reçoivent pour les guider le jumelage avec une grande âme sainte qui est renvoyée sur cette terre pour faire avancer l'humanité dans sa tâche sacrée de réintégration... Le Tout du monde d'ici-bas est constitué d'écorces avec un noyau secret d'étincelles... Et notre tâche suprême, notre mission dans cette vie terrestre, est de libérer ces étincelles afin qu'elles puissent remonter au sein de la Divinité, aidant ainsi à réparer le*

monde... Notre Messie si attendu pourra seulement venir – je dis bien Venir et non point Revenir –, nous mener vers le Paradis des temps meilleurs lorsque le travail saint de réparation aura suffisamment avancé... Sachez que nous concevons la Présence divine dans le monde, la Shekhinah, comme féminine... Ce travail, nous vous invitons donc à y contribuer... Nous restons, ici à Safed, et plus encore à Tibériade, à votre disposition, avec notre Gratitude...

Tibériade... J'entends ce dernier mot prononcé, alors que vous revenez tous les deux, presque en amoureux, dans les grandes salles d'apparat du palais.

TIBÉRIADE...

De toutes les cités égrenées dans cet itinéraire, Tibériade est la seule où vous n'aurez jamais mis le pied. C'est pourquoi Tibériade n'occupe pas un chapitre dans cette histoire et ne restera qu'une promesse dans votre vie.

UNE MYSTÉRIEUSE SUPPLIQUE

Cet été-là de l'année 1560 ou 5321 pour les juifs, une requête parvient au représentant du sultan. Une demande de concession sur l'enclave de Tibériade en Galilée, dans la province de Safed en pleine renaissance mystique depuis le début du siècle. Entre les eaux tranquilles de la mer de Galilée et les contours triangulaires des pentes montagneuses environnantes, Tibériade est, d'après la supplique, une antique cité en ruine à ressusciter. Mentionnée dans la Bible comme la région allouée par Joshua à la tribu de Nephtali, reconstruite par un fils d'Hérode le Grand d'après le nom de l'empereur Tibère, elle est devenue un foyer de la vie spirituelle juive, depuis la destruction du Temple de Jérusalem jusqu'à l'arrivée des croisés et des mamelouks. À votre époque, elle est encore entourée d'une muraille, peu à peu effritée par des siècles d'abandon et de tremblements de terre. Les pèlerins et les voyageurs de passage racontent qu'il ne reste à Tibériade que des piliers renversés et des pierres brisées. Ils décrivent un paysage lunaire où les serpents se glissent entre les ruines silencieuses. Personne n'ose s'y aventurer sauf pendant le temps des caravanes.

On y trouve néanmoins quelques pêcheurs juifs tentant de gagner leur pain sur les côtes, des structures souterraines et des maisons vides. Tout près, un vaste lac et des sources thermales chaudes. Sur la route des caravanes, entre Damas et Le Caire, la ville morte comprend des bains délabrés, d'innombrables palmiers-dattiers et des terres fertiles, propres à la production de la soie. Traversé de brises suaves, d'eaux douces, de paysages spectaculaires, de sources thermales chaudes, le lieu abonde en poissons. On y peut cultiver la canne à sucre, et y élever dans les mûriers blancs des vers à soie.

Près de trois mille musulmans, juifs et chrétiens viennent là chaque année pour y prendre les bains. Un fonctionnaire de l'Empire y collecte une poignée de piastres pour chaque poisson pêché dans le lac, pour chaque juif venu en pèlerinage visiter les tombes de Maïmonide et d'Akiba et se plonger dans les eaux médicinales. Si un lieu aussi déliquescent attire autant de monde et génère de tels bénéfices, que serait-ce si on le restaurait et si on en percevait les taxes ! C'est ce que propose d'entreprendre la supplique au sultan.

La requête n'est pas signée. Plus tard, dans un document d'archives, on mentionnera « une femme juive du nom de Gracia, qui collecte l'impôt à Tibériade ». Mais elle n'a pas été rédigée sans une longue conversation préalable entre vous-même et votre alter ego. Josef sera séduit par le projet. Pas pour les mêmes raisons que vous. Pour le convaincre, vous commencez par ce qui vous paraît le plus futile, mais qui le touchera lui :

— Ces sources thermales me feront du bien maintenant que mon mal est revenu. Amatus me les recommande vivement. Et de même pour ta maladie de la pierre.

Joseph fait observer qu'il sera très rentable d'attirer là des pèlerins riches qui paieront cher pour prendre les bains.

— Riches ou pauvres, dites-vous, ce serait un refuge précieux pour nos frères persécutés par le pape et par l'Inquisition. En les faisant pénétrer dans cette Terre sainte, nous les libérerons de la captivité et de l'exil. Ils pourront y être inhumés tout près des sépultures de nos plus grandes âmes et ils connaîtront une chance de rédemption.

Vous n'ajoutez pas, connaissant le scepticisme de votre gendre, « avant l'euphorie spirituelle de l'ère messianique ».

Josef rêve tout haut.

— Nous pourrons en faire une enclave autonome, où les nôtres pratiqueront librement notre religion dans un lieu où les Naci ont régné dans l'Antiquité. Comme celle que nous avions naguère sollicitée dans la lagune vénitienne.

Josef n'ajoute pas qu'il souhaiterait y conquérir le statut de prince, voire même de roi des Juifs. La cité n'a-t-elle pas constitué au IIIe siècle le siège du Sanhédrin, corps de soixante-dix Anciens sous la direction des Naci, reconnus comme descendants de la Maison de David. Il rêve de régner sur la diaspora comme le pape règne sur les chrétiens. Lui aussi vous connaît. Mais vous devinez son dessein avant lui. Et vous protestez vigoureusement.

— Ne pense pas à devenir chef de notre peuple, mon ami. Notre loi nous interdit ce type de gouvernance. Mais nous sauverons notre âme et assurerons notre rédemption. Rappelle-toi que « celui qui pénètre seulement de quatre coudées dans la Terre sainte, ses péchés lui seront pardonnés ».

Josef ne répond pas. L'ancien converti sent qu'il est traître à deux religions. Il ignore si ces deux péchés capitaux se cumulent. À moins que dans la lignée de Maïmonide, dans la perspective de Spinoza, il n'ait déjà pris le chemin d'un rationalisme sceptique, à la Montaigne. À moins qu'il n'ait ouvert avant l'heure les portes d'une certaine modernité. Mais cela, il n'osera pas vous le confesser. Pendant qu'il médite sur ce qu'il doit, sur ce qu'il peut dire de plus, vous suivez votre chimère et risquez malgré tout :

— Josef, je le sens. Karo me l'a confirmé. Nous entrons dans l'ère messianique. Le Messie émergera peut-être de ce lieu que nous lui préparons. Je compte sur ton influence auprès du sultan. Rédigeons ensemble cette supplique pour obtenir la concession de l'enclave. Ce sera le couronnement de notre destinée.

Josef s'exécute. Pour vous, anciens chrétiens, le lac tout entier parle de Jésus, de ses miracles, de ses discours, de ses paraboles, de la multiplication des pains et de la pêche miraculeuse. C'est sur ces mêmes eaux qu'il avait marché.

Mais vous sentez aussi que Tibériade commence à vous séparer. Ce qui intéresse Josef, c'est la partie financière : le profit des pèlerinages, la collecte des impôts, tous les bénéfices des sources thermales chaudes. Surtout, il y entrevoit la réalisation de son grand projet intérieur : devenir prince des Juifs. Pour vous, c'est la cause humaine, la protection de votre peuple qui prime avec ses conséquences spirituelles. Ou l'inverse.

Pour finir, la concession est accordée. Soliman recommande au gouverneur de Damas d'aider à la reconstruction des murailles de la cité qu'il subventionne généreusement. « Ceux qui sont enterrés à Tibériade seront parmi les premiers à ressusciter », dit la prophétie. La ville avait longtemps rivalisé avec Jérusalem en popularité parce qu'une prédiction, fondée sur l'interprétation de la Bible et du Zohar, et confirmée par les écrits de Maïmonide, en faisait le lieu exemplaire où pourrait émerger le Messie. Tout près, Safed est la ville sainte par excellence, un petit miracle dans la montagne où avaient afflué dès les commencements les exilés de la péninsule Ibérique, ceux qui étaient mus par la ferveur la plus intense, des penchants cabalistiques et des attentes messianiques.

Du côté d'Avila

Thérèse, à quarante-cinq ans, conçoit son projet de réforme de l'ordre du Carmel. Elle fonde à Avila le couvent de Saint-Joseph selon la règle d'austérité du Carmel authentique. Il inclut l'obligation de la pauvreté, de la solitude, du silence. Quatre novices du nouvel ordre y emménagent. En renonçant à leurs chaussures – parfois pour des sandales – par tous les temps, ces carmélites sont rebaptisées « déchaussées ». L'oraison devient un temps obligatoire de la journée carmélitaine. La clôture du couvent est respectée avec peu de visites au parloir, toujours derrière des grilles. Le nombre de religieuses par couvent est limité.

Son confesseur dominicain demande à Thérèse d'écrire son autobiographie : Le Livre de la vie *contiendra des enseignements sur la vie de prière et l'oraison mentale.*

Safed attend le Messie

Depuis longtemps, Safed avait pris l'ascendant sur Jérusalem, où les juifs étaient maltraités. Au siècle précédent, un franciscain évoquait ainsi leur sort dans la ville sainte : « Ces chiens, les juifs… sont humiliés, battus et torturés comme ils doivent l'être. Ils vivent sur la Terre sainte dans des conditions de soumission indescriptibles. » Alors pourquoi ne pas se tourner vers la colline de Safed avec ses ruelles étroites et sinueuses, et son sens aigu de la communauté ? Elle est entourée de murailles et bien protégée des maraudes. Plus que partout ailleurs, les juifs y développent les deux activités pour lesquelles ils sont le plus doués : l'esprit d'entreprise et la recherche livresque et religieuse. À Safed on trouve un centre de tannerie, de tissage, de fabrique de tissu et de confection, tout un artisanat venu de la péninsule Ibérique avec les bannis. La laine brute de mérinos leur est livrée depuis Constantinople et les réfugiés filent la toile sur leurs métiers à tisser bien installés chez eux à l'intérieur de leurs gîtes de montagne.

En même temps, ces artisans du textile sont des lettrés, ces marchands sont des mystiques, ces savants gagnent leur pain pour nourrir leur âme. Peu leur chaut l'argent, le pouvoir, la gloire. « Aucun d'entre eux, écrit un voyageur, n'est honteux d'aller au puits chercher de l'eau, ou au marché acheter du pain, de l'huile et des légumes. Tout le travail domestique, c'est eux qui le font. » Ces pêcheurs de perles les trouvent dans leurs esprits illuminés autant que dans les huîtres de la mer de Galilée. Au sein d'une existence quotidienne rustique et rurale, les plus grands kabbalistes, les Salomon Alkabetz, Moïse Cordovero, Isaac Luria ou votre Joseph Karo y entretiennent un débat éclairé dans une ambiance exaltée. Avant d'inaugurer le repos hebdomadaire, au crépuscule, les fidèles sortent dans les champs où poussent l'orge, les haricots, le coton et les figues et chantent le jour du shabbat – jour de la régénération – des hymnes au Seigneur.

Les fidèles fabriquent du textile pendant la journée. La nuit avant l'aube, ils discutent des livres saints, cherchant un sens divin dans les éléments de l'univers. On estime à des milliers les balles de tissu fabriquées par eux chaque année, et presque autant de publications religieuses érudites préservées jusqu'à ce jour. Le nombre d'immigrants juifs est restreint et spécialisé. Les nouveaux venus, individus solitaires ou petits attroupements de *conversos* et de juifs, constituent une élite austère sans autres ambitions qu'éthiques et théologiques. L'attente du Messie est au cœur des préoccupations de ces mystiques.

Avec la catastrophe de l'expulsion et l'exil de la péninsule Ibérique, la conquête de la Terre sainte par les Ottomans est considérée comme l'une des deux faces de la médaille. Sur la cartographie de l'espérance, elles signifient que le Messie est en chemin. Les prédictions, les prières et les actions religieuses accomplies par les kabbalistes sont destinées à hâter cette arrivée en suspens. Pour vous, comme pour tous les *conversos* marranisés, la possibilité d'une ère messianique est cruciale. Vous avez adoré un autre Dieu, vous n'avez pas observé les commandements. Vous craignez la colère du Tout-Puissant, vous craignez d'être condamnée à perpétuité par la malédiction du *karet*, la punition divine. Certes, vos péchés ont été commis en des temps d'extrême dureté. Votre unique espoir à présent réside dans l'environnement rédempteur de la Terre promise où vous attendrez votre Messie.

La bande-annonce de la série *Messiah* est éloquente : « Il vient de nulle part. On ne sait pas qui il est. » Est-il le sauveur ou bien un charlatan ? En pleine guerre de Syrie apparaît un personnage énigmatique qui se prétend le Messie. Il y a et il y a eu des dizaines de « faux messies » à toutes les époques. Après vous, le faux messie de Smyrne Sabbataï Tsevi bouleversera le monde judéo-espagnol et ashkénaze au XVIIe siècle. Finalement converti à l'islam sur ordre du sultan, Tsevi entraînera à sa suite des familles entières de la Salonique juive, nouveaux marranes islamo-juifs qu'on appellera les deunmés et qui survivront à Istanbul jusqu'à aujourd'hui. Il y eut probablement parmi eux des descendants de Juda Senyor et Samuel Benveniste, mes ancêtres. À la fin du XXe siècle, pour Moon, le Messie ne pouvait être qu'un milliardaire. La Russe Marie Davi Cristos reste l'une des rares femmes messies avec plus de quatre-vingt-dix mille adeptes.

Le Messie dans les trois religions monothéistes annonce la fin des temps profanes marqués par la lutte incessante entre le bien et le mal, la rédemption spirituelle de la créature humaine et l'ouverture des portes de l'éternité. À Tibériade aussi, au XVIe siècle, on attend le Messie.

Terre d'accueil ou patrie intérieure

L'entreprise est vite expédiée entre le sultan, Josef et vous-même. Votre représentant à Tibériade est payé par la Sublime Porte. On lui adjoint huit assistants, gardes armés. Tous les maçons et portefaix de Galilée sont convoqués dans l'enclave pour travailler à la muraille de protection. Les habitants des villages alentour sont sommés de fabriquer le mortier en utilisant le sable des rives du lac. Les vieilles pierres abandonnées doivent être ramassées et réutilisées pour le mur. Le site devient presque autonome, et les *conversos* et les juifs peuvent s'y installer sans crainte sous la protection de l'autorité communautaire. Bientôt Tibériade acquerra comme Safed la réputation de centre intellectuel et spirituel.

Quatre ans plus tard, le périmètre du mur est terminé. La restauration de la cité peut commencer. Pendant les excavations, on découvre la crypte d'une ancienne église avec ses autels et ses statues de marbre intacts ainsi que trois cloches d'église en bronze qui avaient été cachées par les croisés trois siècles plus tôt. Des mûriers sont plantés à l'intérieur et à l'extérieur de la cité pour l'élevage des vers à soie. On fait venir de la laine d'Espagne pour fabriquer des étoffes dans le style vénitien. On plante des orangeraies et des palmeraies de dattiers. On développe des ruches pour le miel et on y fait venir des apiculteurs. Josef invite artisans et artistes juifs des États du pape et d'ailleurs à s'installer dans la cité renaissante.

Et vous lancez un appel dans toute la diaspora conviant les *conversos* et les juifs, tous les persécutés de la papauté et de l'Inquisition, à accourir dans le refuge de la vieille cité.

DU CÔTÉ D'AVILA

Le dépouillement du couvent des Carmélites de Saint-Joseph suscite de vives critiques dans la ville d'Avila et se heurte à des résistances au sein des Carmes.

RECONSTRUISONS TIBÉRIADE !

Peu à peu les opprimés gagnent le havre que vous leur avez destiné. À l'intérieur des murailles, les nouveaux arrivants se mettent à l'œuvre, relèvent les structures abandonnées, rénovent les demeures inoccupées, réparent les toits éventrés, nettoient les décombres… et se querellent pour des riens dans la plus pure tradition juive. Un voyageur évoque les senteurs des palmiers-dattiers, des orangers et des pins, si puissantes qu'elles en deviennent suffocantes.

Une ancienne synagogue est rouverte près du mur qui borde le lac. Vous fondez la *yeshiva* dirigée par un sage de Safed, d'origine espagnole, un autre Benveniste. Au bout du compte, d'après les documents rabbiniques, près de soixante-dix savants et chercheurs y auront étudié. Et un autre centre d'études opère en dehors des murs de la cité. Ses portes resteront ouvertes pendant quatre-vingts ans encore après votre mort, entretenue par des juifs de la diaspora.

Les immigrants peu à peu s'installent. Les archives et les noms de famille ont gardé trace de la communauté de Cori au sud de Rome qui répond à l'appel. Les juifs de Cori ont souffert des mesures imposées par Paul IV, le terrible pape. Ils ont d'abord été enfermés dans un ghetto. On les a empêchés de participer à nombre d'entreprises commerciales, incluant l'artisanat.

Comme ils ne pouvaient plus subvenir à leurs besoins ni payer leurs dettes, le pontife les a condamnés aux galères ou à l'exécution pure et simple. « Nous sommes devenus des tas d'os… nos yeux ne peuvent que pleurer et les larmes n'ont cessé de se déverser sur nos jours », se lamentent-ils. Certains, accompagnés de leur rabbin, sont tentés par le projet de Tibériade. Josef envoie ses navires à Venise et Ancône pour acheminer les juifs de Cori en Terre sainte. Certains parviendront à Tibériade.

Cinq années après l'attribution de la concession, un pèlerin, ancien serviteur de Josef Naci que ce dernier a envoyé en mission, lui rend compte de l'état des lieux.

« J'ai vu des hommes vénérables qui étudient la Torah, le Talmud et le mysticisme dans une synagogue située à l'intérieur des murs, non loin des rives du lac.

» J'ai découvert par hasard un vendredi après-midi des hommes qui se hâtaient vers les sources chaudes pour se purifier.

» J'ai observé ces mêmes hommes qui revenaient à la "maison de prière" et allumaient des chandelles.

» J'ai entendu le chantre entonner des psaumes aux fidèles depuis une tour de bois édifiée pour la circonstance.

» J'ai découvert près des sources thermales de belles habitations. Une superbe demeure se prépare pour la Dame, notre Señora. Elle viendra de Constantinople l'été prochain pour vivre avec sa famille à Tibériade. Elle sera accompagnée de tous les juifs qui voudront la suivre. »

Ceux-là commencent à croire que le Messie est en route en même temps que vous. L'un comme l'autre, arriverez-vous un jour à Tibériade ? Seul nourrit l'espoir.

Le déclin de Tibériade

Mais – car il y a un mais – on n'occupe pas impunément un morceau de Terre sainte sans dresser contre soi toutes les autres religions. D'abord, il y a les musulmans. Un des cheiks vieillissants argue qu'il a trouvé dans les textes antiques un passage prophétisant la fin des Arabes autochtones et même de l'islam si Tibériade était reconstruite. Décidez-vous de vous approprier une parcelle à l'abandon ? Vous devez construire une clôture pour marquer les limites. « Soyez prudente » est la recommandation du juge de Tibériade qui représente le sultan.

Et puis il y a les chrétiens. Les Franciscains, basés à Jérusalem, ont eux aussi l'oreille de certains dignitaires de haut rang à la Sublime Porte. Ils ont vu leur position se détériorer sous l'Empire ottoman. Leur monastère sur la colline de Sion, site légendaire de la Cène et tombeau du roi David, leur a été confisqué. L'ordre répand la rumeur que les nouveaux arrivants vont convertir en synagogue l'église de Saint-Pierre, l'un des plus anciens sanctuaires de Tibériade. Il exige du gouverneur de Damas l'engagement formel que cela n'arrivera pas. Les chrétiens sont appuyés par la France, fille aînée de l'Église, et amie de la Sublime Porte depuis François Ier. Le consul français de Constantinople alerte ses supérieurs sur la reconstruction. Il fait remarquer que Tibériade est destinée exclusivement aux Hébreux. Et que Josef Naci pourrait y devenir le « roi des juifs », hantise de la chrétienté tout entière.

Moins d'une année après la reconstruction du mur, les lieutenants du sultan avertissent le dirigeant régional de Safed que le vandalisme et les pillages sont en expansion. On n'a nommé personne pour surveiller et entretenir les grilles de la cité. L'officier ottoman note que des délinquants s'introduisent la nuit dans la ville et dérobent les objets précieux en faisant violence aux habitants. Il ordonne au responsable de Safed de s'assurer que le portier de Tibériade ouvre et ferme les grilles comme il convient. Puis un deuxième firman est adressé au gouverneur. Le sultan exige que deux janissaires soient chargés d'ouvrir les portes à l'heure des prières du matin et de les fermer à l'heure des prières du soir. Cinq mois plus tard, vous mandez une plainte aux autorités de Constantinople. Les janissaires ne font pas leur travail. Vous alertez les autorités de la cour. Le représentant du sultan exige du corps de Damas que les gardes soient remplacés. Rien n'y fait…

Josef, lui, a compris que le projet de Tibériade n'est pas viable. Il s'en détache progressivement. Il n'a plus besoin de Tibériade pour asseoir son pouvoir. Or pour le monde entier, alliés et adversaires confondus, l'entreprise commerciale et politique de Tibériade, c'est lui. Les hommes voudront toujours ignorer que le projet humanitaire et religieux de Tibériade venait de vous, qui n'en avez plus la force. Pour tous les ennemis que Josef s'est fabriqués en montant trop haut, vous n'existez pas. Vous n'êtes qu'une femme, pire encore une vieille femme. L'utopie de Tibériade va se déliter peu à peu sous vos yeux sans que vous puissiez vous y opposer. Mais en rebâtissant Tibériade, vous avez reconstruit votre patrie intérieure. Peu importe que vous n'en ayez jamais foulé le sol. C'est votre âme que vous y avez envoyée. Quant à votre bien-aimé, il semble que la sienne s'y soit perdue, engloutie dans l'hubris qui les entraîne tous, monarques et tyrans, despotes et dictateurs, dans la quête du pouvoir sans limites.

DU CÔTÉ D'AVILA

Thérèse a quarante-sept ans. Pendant des années, elle se vouera à la tâche de réformer et fonder après celui d'Avila seize nouveaux couvents : Tolède, Madrid, Alcalá de Henares, Medina del Campo, Malagón, Valladolid, Pastrana, Salamanque, Alba de Tormes, Ségovie, Beas de Seguro, Almodovar del Campo, Séville, Villanueva de la Jara, Palencia, Burgos.

La résistible ascension de Josef Naci

J'aurais souhaité que l'histoire de Josef ne fût qu'un appendice à la vôtre. Juste revanche sur une postérité qui lui fit la part du lion et ne vous réserva que la portion congrue. Mais il est incontournable pour vous de même que vous êtes incontournable pour lui. L'historien britannique Cecil Roth en fit le premier l'expérience à l'envers. Il voulut écrire la biographie du grand homme et s'aperçut qu'elle commençait par la vôtre. Une déviation qui ne pouvait pas vous mettre entre parenthèses. Il fit donc d'une pierre deux coups et deux livres.

Oui. Vous étiez bien un aigle à deux têtes. Lorsque l'une penchait vers le bas, c'est le corps entier qui palpitait. Cependant, quel que soit le regard qu'on lui porte, l'élévation de votre cousin, neveu, gendre et amoureux, Josef Naci, n'a pas beaucoup d'équivalents dans l'histoire de la diaspora juive. C'est sous votre regard anxieux et mélancolique que je tracerai l'esquisse de cette résistible ascension.

Tout avait commencé lorsque votre cousin bien-aimé, le Beau Trouvé João Miquez, était arrivé à Constantinople. Ou plus exactement lorsqu'il était devenu le juif Josef Naci, héritier de la fortune des Mendes, mais apprenant du même coup que la Dame qu'il aimait et servait loyalement l'avait rejeté de son existence de femme. Vous assistez alors à la lente transformation de votre Lancelot du Lac en homme lige d'un sultan au sein d'un palais dont le noyau intérieur est un harem, dans une ville où les femmes sont invisibles. Josef est un caméléon qui sait se prendre au jeu. Il commence par imiter les apparences de ce qu'il voit et qu'il n'est pas.

Pas encore. Mais qu'il deviendra peu à peu. Il aura coulé de l'eau sous les ponts depuis que vous rêviez l'étudiant de Louvain en chevalier blanc. Mais peu à peu il se transforme.

Son modèle à présent s'appelle Soliman, Gloire d'Allah et Commandeur des croyants. Le sultan lui aussi avait été jeune, poète, orfèvre, amateur de fleurs, de pierres et de femmes. Lui aussi était tombé amoureux, d'une ancienne captive ruthénienne, fille d'un pope, qui se convertira à l'islam pour se rapprocher de son amant. Il en avait fait la sultane Hurrem (La Joyeuse), Roxane ou Roxelane pour nous. Et il l'aimera jusqu'au bout. Néanmoins Soliman hérite d'un pouvoir absolu, de droit divin. Et de ce pouvoir, il n'aura jamais assez.

Dans l'esprit de Montesquieu, un philosophe anglais écrira trois siècles après vous que le pouvoir tend à corrompre et que le pouvoir absolu corrompt absolument. Le sultan qui vous protège en est un exemple. Ni vous ni Josef ne connaîtrez son premier vizir et meilleur ami Ibrahim, égorgé sur ordre par un eunuque du palais et remplacé par Rustem Pacha, son beau-fils dont votre gendre se fera un allié précieux. Autre assassinat shakespearien : Mustapha, le premier-né du sultan, étranglé par un muet du sérail sous les yeux de son père caché derrière une tenture. Vous n'avez pas connu Mustapha mais à votre arrivée, le palais de Topkapi bruit encore de ces rumeurs que ni vous ni Josef ne pouvez ignorer.

Reconnaissons-le néanmoins : le Magnifique vous a accueillis généreusement. Il vous a permis de vivre selon votre loi, de pratiquer votre foi, de parler votre idiome, de porter vos vêtements. Il appuie le boycott d'Ancône.

Il vous offre l'enclave magique de Tibériade. Vous fermez les yeux.

Josef parle presque toutes les langues européennes majeures. Mais pas plus que vous, il ne connaît le turc. Il doit recourir à un interprète. À Constantinople, il ne change pas seulement de parler, de ville ou de pays, il change de religion et de modèles. Tous ses repères se modifient. Il était un gentilhomme adepte de la courtoisie, le Tristan d'une seule femme, le don Juan de beaucoup d'autres. Il devient un homme marié dans une culture polygame où jusqu'à la sultane est une ancienne esclave. Dans une société où les femmes n'ont pas voix au chapitre, ce sont les atouts de Josef qui prévalent et votre influence se dissipe.

Sa pratique des puissances européennes qui comptent, au plus haut niveau des cours et des capitales, ses relations personnelles avec les monarques et les hommes d'État, son charisme et son action au service de son nouveau maître font de lui un appui incontournable pour la Sublime Porte qui prend l'habitude de le consulter sur tout :

— Demandons son conseil à Yussef ! Il « les » connaît.

C'est ainsi que le sultan conclut invariablement ses réunions au sommet.

Cinq années après votre arrivée conjointe, la sultane Roxelane, qui refusait de choisir entre les deux fils issus de son ventre, s'éteint d'une terrible maladie. Le sultan reste prostré par ce deuil qui affecte aussi Bajazet et Sélim, les héritiers potentiels. Au début, Josef, sur vos conseils, s'était rapproché de chacun des deux frères qui sont ses contemporains. Il réussit si bien son entreprise de séduction qu'Amatus Lusitanus, de passage dans la capitale, observe « à quel point il compte à la cour de Soliman et ses deux fils ». Néanmoins, une fois la sultane mère disparue, les deux frères s'affrontent.

Dans le code de Mehmet II, arrière-grand-père de Soliman, une loi du fratricide consacre une pratique courante qui consiste à éliminer tous les rivaux prétendants au trône. Celui qui gagne est le préféré de Dieu. C'est ainsi qu'un sultan comme Soliman a pu condamner à mort en toute injustice un fils qu'il jugeait coupable de trahison ou de rébellion. Cette règle était considérée comme inévitable mais haïssable déjà à son époque puisque la mort injuste de Mustapha répandit une tristesse générale dans l'armée et dans l'Empire.

Le verdict est qu'il faut choisir. Entre l'intègre Bajazet, l'aîné, paré de toutes les vertus, et le faible et corruptible Sélim, Josef choisit Sélim qu'il sait pouvoir débaucher et manipuler à sa guise. Lui aviez-vous conseillé d'appuyer le plus valeureux et le plus magnanime des deux héritiers de Soliman ? C'est ce que j'aurais souhaité. Il misera néanmoins sur le plus fragile, pour prendre l'ascendant. L'année de l'arrivée à Constantinople de Samuel et la Chica, votre gendre obtient la permission de rendre visite à Sélim dans sa résidence officielle de Kutahia, en Anatolie, avant une bataille entre les deux frères sur les droits de succession. Josef apporte avec lui des renforts vitaux, armes, chevaux, sans compter un trésor de ducats et quelques bouteilles de vin de Crète que le prince fratricide boit en cachette… Pour oublier ? Sélim défait Bajazet. La récompense ne se fera pas attendre.

Duc de Naxos, gouverneur des Cyclades

— Ta propre fille est duchesse, vous mande votre gendre avec fierté.

Une nuit de septembre 1566, le sultan Soliman meurt brutalement alors qu'il est en campagne à Szigetvár, dans l'actuelle Hongrie, et qu'il se repose au milieu de ses troupes sous une tente plantée dans la boue. Les messagers galopent pour prévenir Sélim. Il faut le proclamer sultan avant que la nouvelle ne se répande. Josef accompagne à cheval son complice. À mi-voyage, pendant une pause à Philippopolis en Roumélie orientale – aujourd'hui Plovdiv en Bulgarie –, le nouveau sultan adoube son compagnon, ne le nommant pas moins que gouverneur des Cyclades, îles arrachées par Venise aux Byzantins et italianisées. Détail important : elles sont célèbres pour leurs vignobles. L'ivresse du pouvoir s'est emparée de votre ancien chevalier servant.

Le nouveau gouverneur a le statut de duc de Naxos, comte d'Andros et de Paros, seigneur de Milos et des autres îles. L'adoubé n'attend pas le couronnement pour se rendre dans son duché. Il tourne la bride de son cheval et part pour les îles, tandis que Sélim continue sa route jusqu'au sommet.

Trente ans plus tôt Josef était un méprisable nouveau-chrétien en Portugal, sans ressources et sans avenir. Vingt ans plus tôt, il était au péril de sa vie un juif du silence aux Pays-Bas. Treize ans plus tôt sa tête était mise à prix à Venise. Douze ans plus tôt il débarquait à Constantinople, étranger sur la terre. Aujourd'hui, auprès de

Sélim II, il a le pouvoir d'un gouverneur sur les Cyclades.

Vous mettez en garde votre gendre contre cette résistible ascension. Il ne répond rien. Il emmène son épouse dans son île de Naxos où vous refusez d'aller. Reyna et Josef s'installent dans le palais ducal sur ces terres homériques où il y a des juifs depuis l'Antiquité. Et ils y vivent somptueusement. Mais ils se heurtent à l'hostilité des autochtones et aux menaces des pirates.

Du côté d'Avila

Thérèse a cinquante-trois ans. Son premier couvent réformé de frères Carmes déchaux est fondé à Duruelo dans une simple maison, avec deux moines dont Jean de la Croix.

La revanche du converti

Le couple s'en retourne au palais du Belvédère dans la capitale ottomane. Le nouveau duc y accumule les honneurs et les privilèges dont le monopole sur l'importation des vins et les taxes agricoles. Il devient « Prince de la terre » dans tous les sens du terme. Dans sa correspondance, il se réfère à son domaine d'Ortaköy comme « le Palais Ducal du Belvédère » et y place à l'entrée l'inscription *Duc de Naxos*. Le goût de la revanche coule dans ses veines. Maintenant il va pouvoir traiter avec les monarques européens d'égal à égal.

Le vin de ses vignes qu'il fait goûter au sultan, malgré l'interdit, et dont il l'abreuvera, sera la potion magique par laquelle il fera couler ses relations avec les Turcs et la chrétienté. La scène se répète régulièrement : Josef verse l'alcool, Sélim propose une beauté de son harem. Donnant-donnant. Dans le fond du palais, une épouse délaissée cache ses larmes à sa mère qui ne souffre pas moins qu'elle.

Cette apothéose de Josef fait l'effet d'une bombe dans la chrétienté. L'ambassadeur du Saint Empire a beau dire que ça ne se fait pas dans la tradition ottomane de nommer à un tel poste un non-musulman, les souverains chrétiens sont impressionnés. Le Grand Turc pèse dans la géopolitique de l'époque. C'est, à ce moment précis, la puissance adverse la plus redoutée des monarques d'Europe. Six mois après son accession au rang de duc de Naxos, l'ex-dom João Miquez envoie deux représentants à la cité des Doges avec une sollicitation écrite, rappelant qu'il est en position de porter assistance à tous les sujets chrétiens requérant l'attention du sultan. À une condition : que les pères de la cité lèvent le bannissement et la condamnation à mort contre lui.

Et soudain c'est le changement à cent quatre-vingts degrés. Toute forme d'opposition disparaît. Il reçoit une grâce totale de la part des Vénitiens. Il pourra voyager sans risque aucun, pour le commerce ou pour la diplomatie. Le méprisable juif levantin réincarne la gloire de ses ancêtres. On l'appelle maintenant don José, don Joseph.

Vous escomptez un voyage de votre beau-fils à Venise, pour « affaires », avance-t-il. Pour vous l'essentiel est de négocier le passage de deux cents juifs arrivant de Rome et désireux de partir vers les terres du Levant, probablement pour Tibériade, et autres villes de l'Empire. Josef, lui, entend récupérer les prêts colossaux concédés à la

France, à l'époque où vous étiez encore à Anvers et lui à Lyon.

Les chemins de la gloire

Vous n'en regardez pas moins tristement votre gendre monter une à une les marches de la gloire, toujours plus haut vers le faîte. Des volumes ont été écrits sur ce chef d'orchestre éphémère qui manœuvre la géographie politique de la décennie. On y détaille ses rapports avec la Pologne, la Moldavie, l'Espagne, le Saint Empire, et sa position d'intermédiaire entre l'Europe et les Ottomans. Il n'oublie rien des affronts et des humiliations du passé. Il fait saisir les marchandises transportées par des navires sous pavillon français dans tous les ports ottomans en échange des prêts non remboursés par la couronne de France. L'année des confiscations de bateaux, il encourage les protestants des Pays-Bas à se soulever contre les maîtres catholiques espagnols. Parmi les rebelles de la révolte des Gueux, Josef n'ignore pas que beaucoup sont des descendants des *conversos* d'Anvers, vos proches d'autrefois. Il reconstruit l'économie de son duché, entretient avec la Pologne, alors hospitalière pour les juifs, des relations commerciales sur l'exportation de vins et de cire. Il encourage des mariages dynastiques afin de développer les ambitions ottomanes.

Il tutoie les sommets. Le roi de Pologne Sigismond II Auguste l'appelle « Mon ami bien-aimé » et sous son influence réserve aux juifs de son pays un traitement adouci. La boucle est bouclée lorsque, symboliquement, l'empereur Maximilien, son ancien compagnon de jeunesse, lui fait cadeau d'un service de coupes à vin centenaires.

Au fur et à mesure que s'étendent sa puissance et sa réputation croît le nombre de ses ennemis, et des vôtres. Les Espagnols craignent tellement son influence qu'ils tentent de le faire assassiner.

VOTRE DISPARITION

Josef ignore cette haine. Il continue à grimper. Mais le vent tourne à l'hiver 5330 (1569). Ce jour-là, un coup de foudre traverse l'univers de don Josef et le transperce. Subitement il est dans l'obscurité, au bord du gouffre, aspiré par le vide de votre disparition. Le deuil le prend de plein fouet, s'enfonce au cœur, puis rebondit quand il s'avère que Samuel alias Bernardo, le compagnon de toujours, vient lui aussi de trépasser.

La Dame aimée et le grand frère. Deux pertes insondables pour le duc de Naxos dont il ne se remettra pas.

La nouvelle de votre décès ne fait apparemment pas de bruit. Au point que les historiens se demandent parfois quand et où vous avez rendu votre dernier soupir. On se souvient qu'une demeure avait été construite pour vous à Tibériade. Vous êtes-vous embarquée pour la Terre sainte et en avez-vous été empêchée par un naufrage ou une tempête ? Avez-vous rejoint une caravane sur la route de l'Asie Mineure qui aurait été attaquée par des brigands ? Avez-vous affronté une lente agonie ou une mort paisible et rapide ?

À Constantinople, cet hiver-là fut glacial. Le Bosphore gela et l'on pouvait se promener à pied sur ses eaux. Un incendie a pu naître dans les jupes volumineuses d'une servante accroupie devant une cheminée pour activer le foyer. Avez-vous souffert d'une maladie infectieuse, d'une dégénérescence ? Pourquoi n'y a-t-il rien dans les archives sur la mort et les funérailles de quelqu'un comme la Señora ? Pourquoi n'y a-t-il aucune mention d'une tombe ?

L'aimant du romanesque aspirant peu à peu ce récit, j'imagine que vous êtes morte de mort naturelle et que Josef était auprès de vous. Il n'a pas eu besoin de vous étouffer pour éviter l'eau bénite.

Vous lui aurez murmuré très bas :

— Tu as été le grand, le seul amour de toute ma vie.

Il vous aura répondu :

— Je t'aimerai jusqu'à mon dernier souffle.

Vous tomberez immédiatement dans l'oubli. Toute l'attention de la décennie qui suit votre décès se concentrera sur votre alter ego, sur l'autre tête de l'aigle. Cette tête se maintiendra quelque temps, puis elle sera décapitée à son tour.

HISTOIRE DE JOSEF

If you are the dealer, let me out of the game
If you are the healer, I'm broken and lame
If thine is the glory, mine must be the shame
You want it darker
We kill the flame

Leonard Cohen, *You Want It Darker*

Post mortem

Samuel avait vécu dans l'ombre de son frère comme Josef avait été dans votre ombre. Sans lui, sans vous, le dernier des Naci tentera de se maintenir dans la lumière mais il a perdu son ombre. Vous n'êtes plus là pour l'arrêter, vous n'êtes plus là pour le protéger de lui-même.

C'est l'année de votre mort qu'il commence à s'écrouler. Une à une, don Joseph redescendra les marches qui l'avaient élevé au pinacle. Cette même année marque un arrêt sur la confiscation des cargos français à Alexandrie. Les Français lâchent Naci. Ils n'ont pas intérêt à rembourser l'immense créance qu'ils doivent à l'ancienne famille Mendes. Et ils trouvent un bon prétexte pour ne pas payer : les transactions avec les juifs étant illégales dans le royaume de France, la créance disparaît des registres. L'emprunt contracté avec la maison Mendes ne peut pas être restitué à la maison Naci. Josef peut être duc de Naxos. Aux yeux du roi de France, il n'est qu'un paria, à qui l'on soutire une fortune sans aucun devoir de restitution.

À Tibériade, les candidats au départ pour la Terre sainte se font de plus en plus rares. Ils ont peur de voyager sur des navires constamment piratés et d'être réduits en esclavage. Sur place, l'autorité des Ottomans dans cette région faiblit, laissant les habitants à la merci des nomades. Les attaques et les pillages se multiplient. Moins de dix ans après votre disparition, une insurrection bédouine, rapportée par des sources rabbiniques, portera le coup final. Les résidents juifs s'enfuient, abandonnant leurs propriétés et leurs biens et laissant leurs taxes impayées. « Je suis passé par Tibériade, raconte un voyageur vingt ans après sa première visite, et il n'y avait plus qu'une petite auberge et quelques maisons alentour. »

Du côté d'Avila

Thérèse, à cinquante-six ans, est nommée, contre sa volonté, prieure du couvent de l'Incarnation, son monastère de jeunesse. Elle décide de le réformer en douceur et fait nommer l'année suivante Jean de la Croix comme confesseur officiel des religieuses.

Roi de Chypre

— Je veux être roi de Chypre… énonce clairement le duc de Naxos au sultan Sélim II.

— Non, Josef ! Pas de cela, Josef ! Roi des Juifs… Roi juif d'une terre vénitienne… Ce n'est pas pour toi…

Votre murmure depuis l'au-delà anticipe celui de ma mère, qui regrettait tant que Pierre Mendès France, qu'elle révérait, ait accepté de devenir président du Conseil. « Quand on est qui on est, on ne se met pas en avant… »

Mais Josef refuse de se laisser intimider par une morte. Roi de Chypre, quel panache pour le duc de Naxos, comte d'Andros et Paros, seigneur de Milos et des Cyclades ! L'archipel, proche des côtes ottomanes, occupe une position stratégique au centre de la Méditerranée orientale. Ce serait une telle gloire pour l'Empire ! Et Sélim était faible. Quelques coupes d'un exquis vin de Crète eurent raison de ses objections.

Josef Naci en petit Bonaparte qui veut tout avaler. Qui veut monter toujours plus haut. Mais l'hubris a ses limites. Il se croit au seuil de son Austerlitz. Il lui faudra déchanter.

Le surlendemain du jour où Naci a formulé son exigence, le Grand Arsenal de Venise est dévoré par les flammes. La Sérénissime perd des centaines de galères. À qui profite le crime ? Venise tremble : un roi juif, avec une colonie juive comme à Tibériade ! Jamais !

Les Ottomans mettent le siège sur la forteresse de Famagouste. Il dure deux mois et demi. Enfin Chypre est à eux. Josef monte au septième ciel. Il touche d'une couronne son rêve.

La joie sera de courte durée, accrochée à cette auréole fantôme qui ne se matérialisera jamais. Car c'était compter sans l'adversaire qui change de tête mais détient encore un pouvoir infini, celui d'unir les désunis. Le pape réussit à rallier l'ensemble des puissances chrétiennes, moins la France de Charles IX et le tsar de Russie. Mais l'Espagne, mais l'Autriche, mais Venise et Gênes, mais les princes italiens constituent la Sainte Ligue sous la bannière de don Juan d'Autriche, demi-frère bâtard du roi Philippe II. Et la flotte, chrétienne toute, livre une bataille historique aux forces navales de la Sublime Porte.

Lépante

7 octobre 1571, golfe de Patras sur la côte occidentale de la Grèce, non loin de l'endroit où l'Adriatique se jette dans la Méditerranée. À proximité de Naupacte, dénommée à l'époque Lépante.

En nombre, le Croissant dispose de quelques galères de plus, de fustes, de galiotes et de combattants renforcés par les janissaires. Mais ils n'ont pas de galéasses, grosses galères à voiles, armées de canons fixés aux navires. Face à eux, la Croix est portée par les escadres vénitiennes et espagnoles, renforcées par des galères génoises, pontificales, maltaises et savoyardes qui disposent de galéasses. Les Ottomans ont pour eux l'avantage numérique et la prétention de ne faire qu'une bouchée de leurs adversaires. Les chrétiens sont enragés de colère, ils se sentent dans leur bon droit contre l'adversaire commun.

Peu auparavant les flottes combinées de la Sainte Ligue avaient quitté Messine et s'étaient dirigées vers Corfou, tandis que les forces navales ottomanes se rassemblaient à Lépante à l'entrée du golfe de Corinthe.

Au soleil levant les chrétiens se positionnent à l'entrée du golfe et réussissent à y enfermer la flotte ottomane. Aucune sortie n'est possible sans abordage et affrontement sur les ponts des bateaux. La Sainte Ligue lance ses galéasses qui s'enfoncent dans les lignes ennemies. Le feu se répand de bateau en bateau, semant la panique parmi les Ottomans. La Méditerranée se teinte d'écarlate. Une mer de sang où flottent sans distinction ceux qui croyaient en Jésus, ceux qui croyaient en Allah. L'amiral turc est fait prisonnier et sa tête est placée au bout du mât du navire principal espagnol.

Cette bataille historique n'aura duré que trois heures.

Les Ottomans y perdent la plupart de leurs vaisseaux et plus de vingt mille hommes. Pour les chrétiens, les pertes sont légères en termes de navires mais considérables en termes d'hommes.

Lépante ! La victoire la plus fameuse en Méditerranée depuis l'Antiquité est célébrée par la chrétienté comme la plus éclatante de tous les siècles. Des historiens européens n'hésiteront pas à affirmer que cette victoire est la plus importante depuis celle d'Actium qui avait marqué la fin des guerres civiles romaines. Elle inspira l'un des plus célèbres tableaux de Véronèse.

Lépante, pour les pays chrétiens, c'est un triomphe sans précédent, la plus belle victoire de tous les temps, remportée sur l'Infidèle, leur meilleur ennemi. Mais la Sainte Ligue ne tirera pas les bénéfices de sa victoire

EL COMBATE DE LEPANTO (7 DE OCTUBRE DE 1571).
(Composicion y dibujo de [illegible].)

Lépante, pour les Turcs, c'est une défaite passagère, un échec qu'ils surmontèrent aisément et passèrent par pertes et profits.

Lépante, pour Josef, c'est un Waterloo. Contrairement au Fabrice de Stendhal, il n'y est pas spectateur mais partie prenante. Tout ce qui suivra sera comme un retour à l'exil, sa Sainte-Hélène à lui.

Le lendemain de Lépante, Naci éperdu court à Topkapi et, comme il en a l'habitude, attend que les gardes le laissent passer sur sa bonne mine. Cette fois, c'est non… « *Hayir* ! »

— Sa Majesté est en consultation avec le grand vizir Mehmet Sokollu.

Le peuple musulman aura-t-il conscience que de l'autre côté de la Méditerranée, on se livre à des réjouissances et des actions de grâce adressées à l'autre Dieu ? Hier plus qu'aujourd'hui encore, il est facile d'aveugler l'opinion publique et de lui faire prendre des vessies pour des lanternes.

Vrai ou faux ? la parade de galères que le vizir fait passer devant le public amassé sur les rives en les faisant tourner et en y changeant chaque fois un élément pour faire croire qu'elles sont neuves. Le peuple turc n'y aura vu que du feu.

Mais même face aux grands symboles, la réalité est coriace. Venise se résigne à traiter. Elle verse un tribut de trois cent mille ducats. Et surtout, Chypre reste aux mains de Sélim. De Sélim, certes, mais pas de Josef, qui passe du statut de roi présumé à celui de bouc émissaire.

Ce n'est donc pas à votre aimé mais au grand vizir Mehmet Pacha, serbe d'origine et brillant tacticien militaire, que l'on prêtera cette apostrophe aux Vénitiens :

— En nous emparant de Chypre, nous vous avons coupé un bras ; en détruisant notre flotte à Lépante, vous nous avez rasé la barbe. Un bras coupé ne peut pas repousser une nouvelle fois, mais une barbe rasée repousse avec plus de force à nouveau.

Dans la mémoire collective de la célèbre bataille demeure le Manchot de Lépante, un personnage qui n'est pas le duc de Naxos mais qui s'appelle déjà Miguel de Cervantes. Lui aussi peut-être descendant de *conversos*, il sera un jour poursuivi par l'Inquisition, par *Don Quichotte* interposé. À Lépante, il perdit sa main gauche mais garda la droite pour tenir la plume.

Survivre au déshonneur

Josef Naci, lui, y perdit son honneur. Les deux camps firent reposer la responsabilité de la bataille sur les épaules de l'ancien marrane de Venise, le débaucheur du sultan. Un double traître. Autres victimes expiatoires : les juifs et les *conversos* sont vilipendés comme des agents au service des Turcs et chassés de Venise. Raguse fait exécuter l'un de vos parents et abolit la concession que vous aviez signée lors de votre passage.

Josef aura le malheur de survivre à tous ceux qui l'auront aimé et aidé. De survivre aussi aux désastres grands et petits qui auront ponctué les derniers jours de son existence. Il survivra à la débâcle de Lépante. Et trois ans plus tard, il survivra à Sélim, son protecteur et son compagnon de plaisir. Sélim l'Ivrogne est mort. Vive le sultan Murad III. Joseph a perdu au profit du vizir Sokollu tout son ascendant sur la Sublime Porte. Les dernières années de votre aimé s'écoulent dans l'obscurité. Le nouveau sultan a pris en grippe le fossoyeur de Lépante.

Non, ce n'est plus vous qui le regardez du toit du ciel. C'est moi qui lis de loin dans le grand livre de l'Avenir le graphique d'une déchéance.

Du côté d'Avila

L'année de Lépante, Thérèse a cinquante-neuf ans. Le Livre de la vie *est soumis à l'Inquisition. La princesse d'Eboly fait effectuer des copies en secret et le diffuse aux membres de la cour où l'ouvrage est persiflé et raillé.*

La Reconversion : tentation ou trahison

Une lettre de Josef demeurée dans les archives et destinée à Augustin Manuel, juif venu ou revenu au christianisme, atteste de l'état d'esprit de Josef et de sa désespérance.

Je sollicite un sauf-conduit à destination de l'Espagne, pour moi-même et soixante-dix membres de ma maisonnée avec mes possessions. Je demande le pardon de mon apostasie et la protection contre l'Inquisition avec le libre passage de toutes les frontières vers l'Espagne et l'abrogation par Sa Majesté Philippe II de tous mes procès en suspens.

En échange j'offre mes services à la couronne espagnole...

Comme une toupie qui s'essouffle dans tous les sens, le juif est devenu chrétien, puis le chrétien juif. À présent le juif veut redevenir chrétien. Cette lettre néanmoins n'aura pas de suite. Doit-on considérer Josef comme un traître, un agent double ? Ou comme un homme habité par le doute dont vous avez été, vous et Thérèse, préservées par une conviction inébranlable ?

Heureusement que vous n'êtes plus. À votre place, je contemple votre aimé avec plus de bienveillance. Il devance un temps où la religion n'est plus un lien. Où la foi devient un choix comme celui d'en avoir ou de n'en pas avoir. Où la tentation de la conversion ou de la reconversion se heurte à l'injonction spinoziste de persévérer dans l'être. Un des rares écrits qui demeurent de cette période permettra peut-être d'éclairer ses états d'âme.

DU CÔTÉ D'AVILA

Thérèse a soixante ans. Elle continue ses voyages et fonde d'autres couvents de son ordre du Carmel. Elle n'échappe pas à l'Inquisition qui fait effectuer une première étude de Le Livre de la vie.

Mais la montée du luthéranisme et de l'anticléricalisme érasmien inquiète l'Inquisition qui se méfie de plus en plus des mystiques. Or Thérèse est une mystique. C'est une femme. Pire encore, c'est une descendante de conversos.

L'année suivante, sur une seconde dénonciation par une ancienne novice, l'Inquisition saisit tous les livres. Thérèse est assignée à résidence dans un couvent de Castille. Principaux chefs d'accusation : la pratique de l'oraison mentale et non vocale, les effusions mystiques, les stigmates et la lévitation dénoncés comme signes de possession démoniaque.

Le jeune Jean de la Croix avait usé de son pouvoir de prédication et d'enseignement pour soutenir et développer le mouvement de refondation et de fondations. Mais les Carmes chaussés supplantés, jaloux de l'admiration des Carmélites pour le mystique ami de Thérèse, lancent leur offensive contre la réforme. Jean de la Croix est arraché à son couvent, maltraité, condamné au cachot. Il finit par s'évader de sa prison.

Les médisances et les calomnies circulent mais Thérèse demeure sereine et rédige son ouvrage majeur, Le Château intérieur. *Elle tente d'écrire au roi d'Espagne pour lui demander sa protection, mais Sa Majesté, même avec le soutien des évêques, ne réussit pas à convaincre le nonce du Vatican.*

JOSEF CONTRE JOÃO

Dans sa Sainte-Hélène à lui, Josef a des ressources intellectuelles comme vous aviez des ressources spirituelles. Je le vois distinctement dans sa bibliothèque, son refuge, qu'il alimente régulièrement de livres et de manuscrits copiés à grands frais. Chaque jour il passe par la petite imprimerie hébraïque, consacrée à la littérature juive, qu'il a fait installer dans un coin de sa demeure. En font foi les nombreuses dédicaces de gratitude que lui adressent les lettrés, les philosophes, les écrivains de tout poil et de tous idiomes.

Pour la première fois de son existence, loin des hommes et loin de vous, Josef médite. Sur lui-même et sur le monde. Et il écrit. Le résultat est une œuvre pieuse qu'il intitule *Ben porat Yosef*, en hébreu la « bonne semence » ou la « racine » de Josef. J'y observe avec lui des affinités entre son destin et celui du Joseph biblique. Le fils de Jacob passe la première partie de sa vie en esclavage, vendu par ses frères. Mais il devient l'homme le plus puissant d'Égypte aux côtés du pharaon dont il a su interpréter les rêves. Lorsque la famine les frappe, il fait venir en Égypte les enfants d'Israël. Plus tard il pardonnera à ses frères et les invitera à s'installer en Égypte.

Josef en est-il à l'étape du pardon ? Tout au moins du compromis ?

Les premières lignes de l'opuscule annoncent une controverse entre un sage juif et un penseur chrétien, sur les vérités de la Torah. Le juif veut promouvoir la véracité littérale des Commandements. Le chrétien veut pénétrer le monde par l'étude de la nature. Le sous-texte du juif est destiné aux marranes vivant encore empêchés dans des pays où ils ont dû renier leur loi. Le chrétien s'adresse surtout aux *conversos* revenus au judaïsme sans la même conviction que ceux qui sont toujours restés juifs. Ceux-là sont attirés par les sirènes de la Renaissance, celles qui chantent une nouvelle existence dans un monde qui se transforme.

Question : le juif pur et dur est-il le travestissement par lequel votre influence s'exerce encore sur Josef tandis que le chrétien rationaliste rassemble ce qui demeure en lui de son éducation et de la pensée de la Renaissance ? Est-ce la perplexité d'un homme qui s'est frotté à la double appartenance, prêt à se rallier à une vision plus ouverte de libre pensée ?

L'aigle redresse ses deux têtes même si la vôtre est entrée dans le sommeil éternel.

La reine Esther et le chevalier blanc

Deux ombres accompagnent le vieil homme dans ses derniers songes, ses dernières hallucinations. Son Frère et sa Dame. Le pouvoir, la politique, l'intrigue, tout cela est derrière lui. Il lui reste son passé, sa vie, sa mémoire. Si son Dieu se cache dans les sables mouvants de ses multiples identités, il lui reste quelqu'un à vénérer. Alors le chevalier blanc, le gentilhomme lettré qui étudia à Louvain avec un futur empereur, l'amant courtois qui vous aima sa vie durant et le poète qui ne vous posséda jamais, imagine de vous ressusciter au théâtre sous les traits de l'héroïne biblique à laquelle vous ressemblez le plus : la reine Esther.

Février 1574 : dans la coulisse, à l'abri des regards, la toujours duchesse de Naxos, émanation de sa mère et fantôme familier, observe son époux et consigne le registre de la vénération dans une lettre à sa cousine-sœur.

De Reyna Benveniste à Gracia Benveniste, veuve Naci :

Hiver 5335

Mi querida Chica...

Dommage que tu aies dû t'éloigner de Constantinople par souci de ta santé. Tu auras manqué la représentation dramatique que Josef a organisée en hommage à notre mère bien-aimée. Elle a été jouée pour la fête de Pourim à l'occasion du cinquième anniversaire de sa mort. Josef a lui-même composé le texte inspiré du grand livre de la reine Esther qu'on nous faisait lire lorsque nous étions petites. Tous les membres du palais et quelques invités de marque formaient un public choisi, détendu, pendant qu'on passait d'exquises sucreries.

Au premier acte, Esther, juive cachée comme nous l'avions nous-mêmes été pendant de si longues années, devient la favorite du souverain Assuérus dont le vizir Haman hait les juifs. Haman se déchaîne au deuxième acte et obtient du roi un édit qui l'autorise à exterminer tous les juifs. Mardochée apparaît au troisième acte. Il est l'oncle d'Esther et le chef de la communauté des Hébreux. Il lance à sa nièce un appel déchirant pour qu'elle obtienne du monarque l'annulation du maudit décret. Alors la reine Esther, au quatrième acte, prend fait et cause pour les siens au prix de sa propre vie et tente de convaincre son époux de renoncer à cette diabolique machination. Au cinquième acte, Assuérus décide de condamner le vizir et les siens à être pendus au poteau destiné à Mardochée. La reine Esther, revêtue de la robe écarlate de notre mère, a sauvé son peuple. Elle est célébrée par des chants d'une douceur inexprimable. Ces comédiens, ces musiciens, ces danseurs m'ont bouleversée. Lorsque mon époux est venu saluer avec celle qui portait le vêtement écarlate bien connu de la Señora, j'ai été bouleversée et je lui ai pardonné le mépris dans lequel il m'a tenue depuis que notre mère n'est plus...

Quant à moi, j'aime dans le roman de Catherine Clément la manière dont elle imagine la conception et la représentation dramatique de la pièce dans le théâtre intérieur de don Josef. « J'écrivis tout avec exaltation, lui fait-elle dire. Il me semblait inscrire pour l'éternité des générations futures notre histoire la plus secrète... Je fis d'Assuérus un jeune homme qui me ressemblait comme un frère, impatient, incertain, libéral et sceptique. Mon Esther se mit à aimer ce souverain de fiction. »

L'*Esther* disparue constitue le plus bel hommage que Josef put offrir à celle qu'il avait aimée et qui l'avait aimé. Offrande éphémère à votre souvenir, premier petit caillou blanc sur la route de la postérité qui vous mène jusqu'à moi. Autre trace de votre existence dans la sienne, il continua, pour l'amour de vous, à s'intéresser aux autres et à pratiquer la charité à l'égard des siens. Comme vous, sa compassion envers les persécutés s'adresse d'abord aux marranes, aux ex-chrétiens, aux juifs et à tous ceux dont la trouble allégeance leur a valu le rejet des uns et des autres.

Josef, l'homme du doute

Votre aimé n'était pas un saint ni le diable qu'on en a fait. C'était un réaliste, sans illusions, qui n'a servi qu'un seul dieu : *vous*. Pour vous, il s'est montré ardent défenseur de la cause des opprimés. Mais il était avide de pouvoir et surtout de respect et de reconnaissance comme Shylock. Pétri de contradictions, il a été votre homme lige jusqu'au bout et ne s'est jamais remis de votre disparition. Il a été emporté par la démesure et n'a pas échappé aux passions tristes, aux pulsions de rancœur et de haine. Il n'a jamais atteint votre intégrité ni celle de Thérèse.

Néanmoins je me sens proche de lui par le doute qui l'habitait.

Votre Josef Beau Trouvé, fils comme vous d'une Benveniste, alias dom João Miquez, alias don Juan Micas, alias Jean Mique, alias Josef Naci, alias Youssef Nassy, ou Yusef Nasi, duc de Naxos et des Cyclades, mourut juif en l'année 5340, dans la première semaine d'août 1579, de ou avec la maladie de la pierre, comme Montaigne. J'aime à penser que le dernier nom qui sortit de sa bouche fut le vôtre : *Gracia*.

Ainsi disparurent les deux têtes de l'aigle Naci.

La chute de la Maison Naci

Josef est à peine refroidi que le sultan Murad se précipite sur ses biens pour en faire l'inventaire. Mais déception !

La fortune n'atteint pas même le montant de la dot de Reyna qui était censée lui revenir. Cinq ans avant la mort de votre gendre, l'ambassadeur de France avait écrit qu'il était « au safran », couleur jaune portée par les juifs, les prostituées... et les débiteurs.

L'exceptionnelle fortune amassée par Francisco et Diogo Mendes au début du siècle est partie en fumée. À qui la faute ? A-t-elle été dérobée par Murad et ses hommes de main après que la maison a été vidée de tous ses objets de valeur ? Ou par les Vénitiens qui revendiquaient des confiscations de propriétés dans le duché de Naxos ? Ou par les Français qui recherchent des compensations à la violation de leurs cargos à Alexandrie et n'ont jamais remboursé leurs propres dettes ? A-t-elle été grignotée par les dépenses extravagantes occasionnées par le train de vie de la maison Naci ?

L'argent, ducat par ducat, a été dépensé pour apaiser des papes cruels et des monarques endettés. Il a diminué quand des biens énormes ont été abandonnés à Anvers, lors de la fuite en Italie. Il a étanché une soif inaltérable de pots-de-vin. Il a souffert des difficultés à conclure des affaires quand on est en fuite, des aventures commerciales qui ont mal tourné, des effets corrosifs de l'inflation d'or et d'argent ruisselant du Nouveau Monde et de prêts jamais remboursés. Il a été dévoyé par des fondés de pouvoir malhonnêtes, par des tourmentes économiques qui ont ruiné les communautés de *conversos* en Europe, par des engagements de perceptions d'impôts qui n'ont pas été réalisées. Et par une vie entière à tendre la main à des opprimés en finançant les routes et les réseaux de l'évasion, en distribuant des donations pour soutenir la vie du rituel et du culte, en nourrissant des multitudes de nécessiteux à la porte de la maison.

Au final votre fortune, la fortune des Benveniste Mendes, disparut presque en en même temps que vous. Vous n'aurez pas assez vécu pour assister à cette débâcle. De même, après la guerre, mon père – naguère fils de famille aisée – se retrouva sans le sou et sans pouvoir récupérer l'appartement parisien de ses parents exterminés à Birkenau, parce qu'il ne pouvait fournir « le document original de leur acte de décès ».

Du côté d'Avila

Un an après la mort de Josef à Constantinople, l'Inquisition s'acharne de plus en plus contre Thérèse. Son confesseur lui ordonne de brûler ses Pensées sur l'amour de Dieu. *Son* Livre de la vie *restera sous séquestre entre les mains des inquisiteurs jusqu'à sa mort.*

Deux ans plus tard, Thérèse atteint ses soixante-sept automnes et elle fonde son dix-septième carmel à Burgos.

À son arrivée à Alba de Tormes son état empire. Elle meurt dans les bras de sœur Anne de Saint-Barthélemy durant la nuit du 4 au 15 octobre de l'an de grâce 1582

Pourquoi cette si longue nuit, « la plus longue qu'ait connue l'Espagne » ? Parce que cette nuit-là, l'Italie et l'Espagne passent du calendrier julien au calendrier grégorien avec un décalage de onze jours.

D'après la tradition, ses dernières paroles sont : « Je meurs en fille de l'Église… L'heure est à présent venue, mon Époux, que nous nous voyions. »

POSTÉRITÉS

Dame Postérité se partagera avec mesquinerie pour votre aimé, avec générosité pour Thérèse, avec parcimonie pour vous.

LA LÉGENDE NOIRE DE DON JOSEF

Dès avant votre disparition, les rumeurs malveillantes ont peu à peu fait place à une haine unanime contre votre gendre et sa famille. Même chez les juifs. Un anonyme lance à Constantinople des calomnies contre Brianda, morte depuis presque une décennie, mettant en doute la sincérité de sa conversion au judaïsme. D'autres rumeurs anonymes circulent sur une liaison amoureuse entre vous-même et votre cousin-neveu – et gendre. Des fumées… avec feu ?

Entre sa mort et sa réapparition au siècle dernier sous la plume de l'historien Cecil Roth, l'image de Joseph Naci se détériorera pour se dégrader et enfin se dissiper. Les Turcs commenceront par l'accuser d'avoir circonvenu le sultan et de l'avoir entraîné dans l'addiction à des plaisirs coupables, à l'alcoolisme, à la débauche, sans compter la responsabilité de la défaite de Lépante. Les Arabes ne lui pardonneront pas Tibériade, même si l'initiative venait de vous. Les catholiques lui en voudront d'être retourné au judaïsme et d'avoir encouragé la rébellion des protestants aux Pays-Bas. Les juifs verront en lui un ancien converti, traître potentiel, agent double, possédé par un orgueil démesuré, une volonté de pouvoir condamnée par la morale juive. Sans parler de la jalousie de tous à l'égard d'un homme qui est monté trop haut.

Le pire est que pas un éclat de sa gloire ne survivra à votre Josef. Son existence fulgurante et sa mémoire diabolisée par la postérité se défigureront pour le faire passer à la littérature comme le prototype du salaud. Son image tant dénigrée roulera dans le ruisseau. Elle sera ramassée par des génies du théâtre qui la dégraderont plus encore. Les épisodes estropiés de sa vie réduisent ses restes à des squelettes de personnages déconsidérés.

Seulement treize ans après sa mort, Christopher Marlowe confond deux îles et fait de Josef l'abject Barrabas du *Juif de Malte*.

Dans *Le Marchand de Venise*, Shakespeare transforme Barrabas en Shylock, usurier cruel habité par la haine de celui qui l'a traité comme un chien parce que juif. Ce ressentiment de l'humilié est plus fort que son amour de l'or.

Le Shylock shakespearien fera le chemin inverse de celui de Josef. Néanmoins la revendication de sa judéité et sa plainte contre la persécution résonnent avec justesse.

SHYLOCK :
Un Juif n'a-t-il pas des yeux ? Un Juif n'a-t-il pas des mains, des organes, des dimensions, des sens, de l'affection, de la passion ; nourri avec la même nourriture, blessé par les mêmes armes, exposé aux mêmes maladies, soigné de la même façon, dans la chaleur et le froid du même hiver et du même été que les Chrétiens ? Si vous nous piquez, ne saignons-nous pas ? Si vous nous chatouillez, ne rions-nous pas ? Si vous nous empoisonnez, ne mourons-nous pas ? Et si vous nous bafouez, ne nous vengerons-nous pas ?

Acte III, scène I

De même que les affronts subis par Josef dans le camp chrétien l'amèneront à servir le sultan et à inspirer Lépante, de même l'ampleur du ressentiment de Shylock contre Antonio le conduit à préférer une livre de la chair de son débiteur, c'est-à-dire littéralement la peau du chrétien qui l'a humilié, au remboursement même multiplié de sa créance.

La dualité juif/*converso* éclaire les contradictions de la pièce shakespearienne. Je relève à la fin la condamnation de Shylock à se faire chrétien pour récupérer sa fortune, sa fille et ses privilèges. Et qui, contraint et forcé, s'en déclare… satisfait !

PORTIA : Art thou contented, Jew ? What dost thou say ?
SHYLOCK : I am content.

Acte IV, scène I

Contre votre Josef, ses ennemis auront gagné la guerre, celle des armes, celle de l'argent et celle de l'image. Les Barrabas et les Shylock sont les ancêtres du juif Süss des nazis, créé par un auteur juif sans mauvaises intentions.

Yussef Nassi et la Signora Mendes

Je détache de Josef le personnage créé par un feuilleton télévisé turc, *Muhteşem Yüzyil*, « Le Siècle magnifique ». La première scène où figure Yussef Nassi, petit marchand juif sournois, toujours précédé de coffrets de ducats, a lieu chez le prince Sélim, à qui il offre avec servilité du vin de Crète. Un peu plus tard, autour de deux verres du même breuvage, Yussef évoque la lamentable histoire de sa tante enfermée dans une forteresse par sa cruelle sœur.

Yussef est alors éclipsé par une *signora Mendes* qui incarne la vénalité et la concupiscence. Les apparitions de cette extravagante *signora*, dans la dernière partie d'une série de cent trente-neuf épisodes, sont invariablement accompagnées de deux coffres emplis à ras bords de pièces d'or. La *signora Mendes* est une intrigante et une catin comme Lucrèce Borgia. Tout sourires et poitrine dehors, libre de ses mouvements, elle tranche sur les femmes du harem qui ne connaissent pas d'autres hommes que leur maître et les eunuques.

À Edirne, elle est surprise par la sultane Roxane en grande conversation avec le Magnifique dans ses jardins, tandis qu'elle l'implore de la laisser porter son nom et pratiquer sa religion. Plus tard, on découvre que ses navires contiennent des réfugiés et non des marchandises. Elle offre de repartir avec eux vers la chrétienté mortifère. Mais le sultan est magnanime. Il fait venir des brassées de fleurs de toutes espèces et de toutes couleurs et donne à son vizir une leçon de tolérance : ses sujets dans leurs diversités religieuses sont comme ces bouquets formés d'essences différentes. Soliman aime toutes ses fleurs.

La fresque de ce narratif ottoman à la gloire du grand souverain est servie par la cinématographie, le décor du palais de Topkapi, la musique, la poésie des dialogues, les costumes fastueux et les tonalités shakespeariennes des grandes passions humaines : amour et haine, clémence et ressentiment, repentir et cruauté. Le sultan sort de la vie et de la série par la grande porte, dans sa tenue impériale, ouvrant pour son peuple des horizons de rayonnement inaltérable.

Dans le récit mémoriel turc que représente cette série, il n'y a pas de place honorable pour les juifs. Et bien que la plupart des sultans aient eu pour mère une esclave ou une captive convertie à l'islam, il y en a moins encore pour une méprisable juive ex-*conversa*, quand les femmes musulmanes elles-mêmes sont présentées comme les principales responsables des trahisons et des meurtres.

Quant à Yussef Nassi et la *signora Mendes*, ils disparaissent par la petite porte sans qu'on comprenne ce qu'ils font dans l'histoire ni pourquoi ils le font. Ils n'ont d'existence propre que malfaisante. Et c'est à peine s'ils laissent une trace dans la mémoire du spectateur. Décidément la *signora Mendes* n'a pas grand-chose à voir avec vous, ni son neveu Yussef avec le duc de Naxos !

Gloire et immortalité pour Thérèse

Le corps de Thérèse, incorrompu, sera inhumé dans le chœur de la chapelle du couvent de l'Annonciation à Alba de Tormes. Plus tard un sépulcre sera édifié. Au XVIIe *siècle, ses restes seront transférés dans une nouvelle chapelle, puis enfermés dans une châsse d'argent. Au siècle suivant, ils trouveront une demeure dans un tombeau de marbre sculpté. Ses reliques seront réparties en plusieurs lieux.*

Teresa de Avila sera béatifiée, puis canonisée, déclarée patronne de l'Espagne, puis docteure de l'Église. Aux yeux du pape François elle est « une maîtresse de prière pour toute l'Église ».

La petite-fille de Juan Sánchez, le juif converti, est considérée comme sainte non seulement par l'Église catholique, mais par l'Église anglicane et l'Église luthérienne.

Pour vous : l'hommage d'un poète

La Dame se meurt… La Dame est-elle morte ? Vous n'aurez pas eu comme Henriette d'Angleterre un Bossuet pour votre oraison funèbre. Le grand rabbin Almosino reconnaît avoir prononcé pour vous un éloge à Edirne, trente jours après votre mort. On n'est pas étonné d'apprendre que les rabbins ne publiaient pas de panégyriques sur la gent féminine. Un an plus tard, Almosino le confirme : « Les sermons sur les femmes sont tenus secrets. » Dans le contexte turc, les préjugés des juifs traditionnels sont renforcés. Il est inimaginable de reconnaître la moindre influence à une femme sauf si la protagoniste est vivante et tient les rênes du pouvoir économique.

Mais la poésie peut accomplir ce que la loi interdit. *Doña Gracia de la Maison des Naci* est une élégie, écrite par le grand poète salonicien expulsé d'Espagne Sa'adiah Longo. Son long poème est divisé en deux. D'abord une lamentation sur les grands malheurs qui ont affecté son peuple : destruction des deux Temples de Jérusalem et expulsion des juifs d'Espagne. Puis un hommage appuyé à la Señora, exception absolue dans la règle commune de son sexe.

« Sans elle, notre Dame couronnée *ha gevira*, l'oppression serait revenue... À l'époque de l'Inquisition, nous étions comme le bois et le combustible pour le feu, comme la viande pourrie qui se putréfie, comme l'homme qui désespère de sa vie et creuse une fosse devant lui, nous étions une honte pour nos voisins, objets de moquerie et de dérision de tous, nos âmes pleuraient en secret. Mais la Dame est venue, elle, la descendante de la tête du Sanhédrin, la maison royale de David. Elle a frayé le chemin dans la forêt vierge, guidant des milliers de *conversos* tout au long de leur interminable et périlleux voyage vers la sécurité des terres ottomanes et elle les a rendus à leur foi. La Dame ne s'est pas conduite comme une femme ordinaire mais comme un homme et de toutes ses forces, elle s'est préparée à l'action. »

C'est votre sagesse, non votre richesse, la clef qui vous a ménagé une place au paradis. Ainsi écrit-il, « tandis que nous vous pleurons, vous êtes installée dans le palais du Seigneur ».

Dix ans plus tard, à la mort de Josef, Longo revient sur vous. Car c'est vous qui entraîniez vers le bien votre alter ego, vous l'étoile du matin guidant votre peuple vers la lumière tandis que Josef n'était que votre étoile jumelle reflétant votre éclat. Qu'importe la contradiction ! D'un côté, par la virilité de vos actes, vous avez cessé d'être une femme ! De l'autre, vous avez réussi à devenir la mère de tous ceux qui souhaitent retourner à la foi de leurs ancêtres.

Et c'est tout. Sa'adiah Longo Moïse di Trani, Joshua Soncino, Samuel Usque, qui vous avaient connue, vous ont glorifiée. Après quoi plus personne, sauf occasionnellement dans la littérature judéo-espagnole. Andrée Aelion Brooks, à la suite de son impressionnante recherche, pose la question de cette évaporation d'un être qui avait tellement pesé sur son temps. Sa réponse est claire : vous n'étiez qu'une femme, qui plus est une femme d'affaires, une convertie, sans descendants directs.

Dans le pays des juifs que vous n'aurez pas connu, quelques traces de vous demeurent à l'aube de notre siècle : dans la ville de Tibériade, un petit musée avec quelques personnages de cire qui vous ressemblent, à l'intérieur d'un hôtel dont la porte pourrait être celle de votre demeure d'Istanbul et une rue Doña Gracia qui mène par un léger détour à la tombe de Maïmonide. Pour le cinq centième anniversaire de votre naissance, un timbre au profil de votre nièce. Et dans le souk de la ville de Smyrne, une petite synagogue nommée « Signora Giveret », dix fois brûlée et reconstruite, où l'on prie quelquefois en ladino.

Renaissance

Silence et oubli. Mais pour vous le mythe n'a pas fini de se construire. Dame postérité n'a pas dit son dernier mot. Dans le contexte du réveil des femmes durant ces deux derniers siècles, votre image ne cessera de grandir et de resplendir. Sur la femme que vous êtes commenceront à se poser des regards de femmes.

Et vous n'êtes plus seule. Après vous, il y aura au siècle suivant Sarah l'épouse du faux messie de Smyrne, née juive, baptisée de force catholique, retournée au judaïsme et pour finir convertie à l'islam. Plus près de moi encore, il y eut sainte Thérèse-Bénédicte de la Croix, sœur carmélite, née juive sous le nom d'Edith Stein, morte à Auschwitz-Birkenau, dont les dernières paroles à sa sœur, elle aussi convertie, seront : « Viens, nous partons pour notre peuple. »

Leurs histoires sont encore à entrecroiser. Une chaîne invisible lie entre elles toutes ces inconnues qui, comme nous, surmontèrent les tourments de la conversion et de la reconversion, de la reconnaissance et de la métamorphose.

MON ÉPILOGUE

NON. VOUS N'ÊTES PAS MORTE...

Pour le mysticisme juif et les croyances kabbalistiques, l'énergie divine atteint le monde à travers dix canaux. Les sages de Safed croyaient en un transfert constant de l'énergie divine, de la sphère céleste à la terre et réciproquement. De même que le corps de Jésus a disparu, les âmes des grands juifs descendent directement sur la terre pour y accomplir une mission puis remontent directement au ciel. Ils n'ont pas besoin de tombe.

Le kabbaliste Karo de Safed, votre ami, celui qui vous avait appuyée contre votre sœur, avait soutenu le boycott d'Ancône, et vous avait inspiré Tibériade, a une vision. Il sait que votre âme, envoyée sur terre pour sauver des vies, est remontée vers le ciel tandis que votre corps était détruit par une catastrophe naturelle. Il sait que vous n'avez jamais atteint Tibériade car toute personne essayant de hâter la venue du Messie est empêchée de pénétrer en Terre sainte.

Non. Vous n'êtes pas morte. Il n'y a aucune trace dans aucune archive de la date de votre décès ou de vos funérailles. Ni à Constantinople, ni à Tibériade, ni nulle part. Vous avez disparu. On vous attendait là où l'on attendait le Messie, mais pas avant lui. Votre ombre s'est enfoncée dans les mirages de la Terre promise, dans les sables des déserts que vous avez parcourus pour l'atteindre, dans les flammes de l'incendie qui a peut-être ravagé votre demeure, laissant derrière vous cette question : aurait-il été possible que le Messie fût une femme ?

Où que vous ayez été assoupie pour l'éternité, vous aurez attendu que le Tout-Puissant ressuscite votre corps. Votre âme vitale aura plané trois jours sur votre dépouille avant de s'abolir. Votre âme spirituelle aura paru devant le Scribe céleste, l'Ancien des Jours, qui tiendra le dossier de votre vie terrestre et vous jugera selon vos mérites en fonction des trois principes de la Compassion, de l'Amour et de la Foi en la Sagesse inconnaissable.

Puis vous aurez pu passer le Pont, laissant derrière vous un sillon qui s'est allongé jusqu'à moi.

Celles qui croyaient au ciel et celle qui n'y croyait pas…

Et ce moi de la narratrice qui n'a ni une foi ni une loi, ce moi de la fille des Lumières et de la laïcité accueille, dans notre commune humanité, toutes celles qui comme vous croient au ciel et toutes celles qui comme moi n'y croient pas.

Santiago du Chili, janvier 2020-janvier 2023

NOTE DE L'AUTRICE

La documentation d'un roman n'est pas pour moi une béquille, mais une nourriture. J'ai rencontré doña Gracia pour la première fois dans le roman de Catherine Clément, *La Señora* (Calmann-Lévy, Paris, 1992). L'autrice avait chargé Josef, l'homme qui l'aimait, de raconter son histoire à travers le prisme de sa passion.

Intriguée par ce personnage de femme exceptionnelle, je voulus lire sa source principale, la brève biographie que lui avait consacrée Sir Cecil Roth. Le grand historien britannique des marranes explique comment, invité à écrire la biographie de Joseph Nasi, duc de Naxos, il la divisa en deux parties dont la première fut consacrée à celle que l'auteur considérait alors comme sa tante, à la fois son modèle, sa bienfaitrice, et son inspiration constante. De la scission originelle naquit *Doña Gracia of the House of Nasi* (Jewish Publication Society, Philadelphie, 1948).

À l'aube du XXIe siècle, Andrée Aelion Brooks, universitaire, journaliste et écrivaine américaine, produisit l'œuvre historique monumentale *The Woman Who Defied Kings : The Life and Times of Doña Gracia Nasi. A Jewish Leader During the Renaissance* (Paragon House,

Saint Paul, Minnesota, 2002). Avec une équipe de chercheurs en treize langues et dans sept pays, elle traqua des archives dans toute l'Europe et permit de reconstituer l'histoire véridique de doña Gracia.

Parallèlement, l'universitaire spécialiste de hongrois et de littérature et culture d'Europe centrale Marianna D. Birnbaum publia *The Long Journey of Gracia Mendes* (Central European University Press, Budapest, 2003).

Suivirent plusieurs fictions en anglais et dans d'autres langues, écrites souvent par des femmes, qui ont presque toutes en commun le désir de leurs autrices de se considérer comme des descendantes de doña Gracia. Par le sang ou par l'esprit. Je ne fais pas exception à la règle.

À propos de Salonique, l'ouvrage de Joseph Nehama *Histoire des Israélites de Salonique* (Librairie Durlacher, Paris, et Librairie Molho, Salonique, 1936) a alimenté mon évocation de la ville qui accueillit Gracia lors de son passage vers Constantinople, notamment le tome III intitulé « L'âge d'or du séfaradisme salonicien ».

Sur Thérèse d'Avila, le roman très bien documenté de Barbara Mujica *Sister Teresa : The Woman who became Spain's Most Beloved Saint* (The Overlook Press, 2007) m'a aidée à créer un contrepoint entre les deux personnages.

Les mots en espagnol figurant dans les dialogues correspondent à la langue des documents de l'époque répandus parmi les *conversos*, comme le *Midrach des Dix Commandements* (Alba Amparo, Sáinz de la Maza Carlos, « *La declaración de los Diez Mandamientos* en su versión judeoespañola », in *Bulletin hispanique*, tome 103, n° 2, 2001).

Note de l'autrice

Pour leurs lectures attentives et exigeantes, je voudrais exprimer toute ma gratitude à : François Azar, Danièle Ball, Roger Bensky, Marie-Françoise Berthu-Courtivron, Joseph Brami, Isabelle de Courtivron, Élyane Dezon-Jones, Jordana Simon, Adriana Valdés.

Je remercie Betty Mialet et Bernard Barrault, mes éditeurs, de m'avoir intégrée à leur équipe et d'avoir soutenu ce projet.

CRÉDITS DES ILLUSTRATIONS

P. 12 et 13 : Arbre généalogique présumé. Michèle Sarde et Clément Reychman © Flammarion

P. 91 : Carte de l'Europe du XVIe siècle. Clément Reychman © Flammarion

P. 190 : Page d'ouverture de la bible de Ferrara (1553). Courtesy of Library of Archivo General de la Nación. Mexico City

P. 307 : Portrait de Gracia Nassi, la jeune, Pastorino (Sienne, vers 1549-1592). Fonte au XIXe siècle d'une médaille de Pastorino du XVIe siècle. Collection Strausse. Dépôt du Musée national du Moyen Âge. Photo © RMN-Grand Palais (musée de Cluny – musée national du Moyen Âge) / Jean-Gilles Berizzi

P. 309 : Photographie Marie J. Archives familiales © Michèle Sarde

P. 348 : *Bataille de Lépante*, gravure de Monleón dans *La Ilustración Española y Americana*, Octobre 1880. © Mary Evans / Bridgeman Images

TABLE

Cet ouvrage a été mis en pages par

<pixellence>

Achevé d'imprimer en mars 2023
dans les ateliers de Normandie Roto Impression s.a.s.
61250 Lonrai
N° d'impression : 2300273
N° d'édition : 439387-0
Dépôt légal : avril 2023

Imprimé en France